真珠の魔女が恋をしたのは翼を失くした異国の騎士
完結編

Contents

イラスト／さばるどろ

真珠の魔女が

恋をしたのは翼を失くした

異国の騎士

完結編

MOON DROPS

第一章　取り戻した絆

窓を開けた。

明け方の澄んだ空気が、肺の中に流れ込んでいく。アシエとは異なる異国の空気。ほのかに混じる潮の香りを、胸いっぱいに吸い込む。これはモジャウハラートに来て灯台で暮らし始めてからの、習慣のようなものだった。

ラルジュ・セールヴォランはしばらく海を眺めた後、窓をゆっくりと閉めた。後ろを振り返ると、ベッドの上でスヤスヤと眠る愛しい女の姿が目に入る。桜桃《サクランボ》色の唇を微かに開き、無防備に眠る姿は本当に愛らしい。

真っ白なシーツに包まれたその身体には、至る所に赤い花びらが散っている。薔薇《ばら》から生まれた竜の家の娘が、男の唇から生み出された淫猥《いんわい》な花弁に包まれて眠る。

その背徳感に、身体の芯がゾクゾクと震えた。

「やっぱり待ち伏せて正解だったな」

――突然自分の前から姿を消したファラウラの事は、どんな手を使ってもひたすら探し続けるつもりだった。だが途中から、追うのではなく待ち伏せる事を選択した。何とも

忌々しいが、彼女は空へと逃れる事が出来る。苺《いちご》色の小鳥を確実に捕獲するには、小鳥が自ら網の中に飛び込んで来るのを待つしかない。

　果たしてその選択は正しく、こうして無事に捕まえる事が出来た。そして潜伏している間に諸々の手続きなどを済ませておいたおかげで、早ければ明日にでもアシエへ戻る事が出来る。

　ファラウラの行方がわかるまでは、激しい後悔と喪失感に絶え間なく襲われる日々だった。

　その感情は日増しに膨れ上がっていき、夜も細切れの睡眠しか出来なかった。

　いっそ彼女の存在をなかった事に出来れば、と何度思った事だろう。そもそも気持ちが通じ合っていると思っていたのは自分だけで、彼女には身体目当てだと思われていたのだ。けれど、どうしても諦められなかった。時に自分が怖くなるくらいに、ファラウラの事ばかりを考えていた。

　ファラウラを慕う団長夫人が地味な嫌がらせによりラルジュの精神力を削ってくれたおかげで、自分は冷静でいられたのかもしれないと、今は少しだけ思っている。


　交流試合を行い、フォリーを倒したあの時。

　フォリーから衝撃の言葉を聞いてすぐ、プリムの元へと走った。

そのプリムは観客席を乗り越えん勢いで身を乗り出し、両手をバタバタとさせていた。

「副団長！　ちょっと大変！　魔女様が……！」

――ラルジュの胸に、氷の手で心臓を鷲掴《わしづか》みにされたような感覚が走る。

「プリム！　ファラウラは⁉」

「走って行っちゃいました！　もう、副団長ったら魔女様にちゃんと気持ちを伝えてなかったでしょ！　魔女様は誤解をしてるんです！　なんでイヴェール・ミルティユなんかと楽しそうにしてたんですか⁉」

「はぁ⁉　何の話だよ！」

ラルジュは右腕に装着した雷撃加速砲《レールガン》で髪をかきむしりながら、半ばパニック状態になっていた。

その右腕が、横から伸びて来た手に掴《つか》まれた。

「右手を持って来ました！　プリム、俺が交換するから早く魔女様の居場所を！」

掴んでいたのはリュシオルだった。リュシオルはラルジュの雷撃加速砲を肘から捻って外し、いつもの右腕に素早くつけ替えてくれた。

「魔女様はヴァイツェンに行くとおっしゃってました。ですから、おそらく空港に向かわれたのではないかと……！」

「空港⁉」

ラルジュは大きく舌打ちをした。王宮《ここ》から空港までは、魔導二輪で一時間ほどかかる。

おまけに王宮周辺は速度制限がかけられているのだ。

「副団長、早く行って下さい！」

「わかった」

ラルジュは身を翻し、己の魔導二輪の元へ駆け寄る。その横では、道を開けるよう指示を出す団長ノワゼットの姿があった。

「団長！」

「大丈夫、後の事は気にしないで行っておいで！」

周囲にてきぱきと指示を出す団長の背後には、涙を浮かべてこちらを睨《にら》みつけている団長夫人が立っている。

『副団長！　真珠の魔女は少なくとも交流試合を見終わってから旅立つつもりだったはずです！　ヴァイツェン行きの出発時刻には余裕で間に合うでしょう、どうか落ち着いて行動を！』

背中の毛を逆立てながら銀の仔猫が叫ぶ。

「わかってる！」

それに応えながら、ラルジュは魔導二輪に飛び乗った。エンジンを全開にし、急いで会場から走り去る。

――この時、ラルジュはまだどこかで楽観視していた。王宮周辺は飛行が禁止されていると伝えていたし、守護結界の範囲が毎日変わる事もきちんと伝えていた。

だからファラウラは徒歩か公共の交通機関を利用しているはず、すぐに捕まえられる、そう思っていた。

使い魔を持つ事ができず、特定の宝石を持っていないと魔法が使えない宝石魔法使い。忘れていたのだ。愛する女は腕の中で愛らしく鳴いているだけのか弱い小鳥ではない。それでも必死に努力をし魔獣がひしめく洞窟に飛び込む勇敢さと行動力を持った、優秀な魔法使いだという事を。

◇

結局、ファラウラを空港で捕まえる事は出来なかった。肩を落として詰め所に戻ったラルジュを待ち受けていたのは、上司の妻による罵倒とその使い魔の辛辣な言葉だった。

「プリムさんから聞きました！　副団長、貴方が先輩に色々意地悪をして振り回してたって！　その上、元婚約者との仲を見せつけるってどういう事ですか⁉」

『副団長、あなたが真珠の魔女に向けている気持ちは本物だと思います。が、それをご本人に伝えていましたか？　まさかとは思いますが、伝えてもいないのに気持ちが通じ合っているとかなんとか、思っていらしたのですか？』

団長夫人の言葉はともかく、仔猫の言葉は耳に痛い。というか痛すぎる。

ラルジュは仲間達の〝どう反応をすれば良いのかわからない〟という視線に耐えなが

ら、それでも反論を試みた。

「……意地悪を言ったのは認めます。ですが、彼女を弄んだつもりはありません。それに元婚約者との仲もなにも、僕と彼女は完全に無関係です」

　正直なところ、心の奥底には『どちらかと言えば振り回されたのは自分の方だ』という思いが少しある。もちろん、それがどこまでも身勝手なものだという事はわかっている。

「副団長は魔法を使った。その意味は、もちろんわかっています。先輩はきっと貴方の事が本当に好きなんだと思う。けど、だからといって傷つけて良いとでも思ってるの⁉」

「……思っていません」

　だが、結果的に傷つけた。そこだけは悔やんでも悔やみきれない。

『主、お気持ちはわかりますが怒鳴ってはいけません。確かに副団長は肝心な言葉を何一つ口にしていないにもかかわらず、なぜか真珠の魔女と交際をしていると思い込んでいた理解不能な思考回路の持ち主ではございます。ですが、それでもあなたが慕う真珠の魔女が好いている男性なのですから』

　――そしてこの日から、ラルジュは上司の妻である『仔猫の魔女』から絶妙に心を抉《えぐ》る嫌がらせを受ける事になった。

◇

『最初に申し上げましたでしょう。真珠の魔女を傷つけたりしたら、我が主がお怒りになりますよ、と』

澄ました顔で言う銀の仔猫を前に、ラルジュは苦い顔を隠さずにいた。

先ほど団長夫人が手作りの焼き菓子を差し入れに来たのだが、何事もなかったかのようにラルジュを素通りしてお菓子を配っていた。

『先輩の代わりに私がお仕置きをするの！というのが、主の考えです。マルトー団長は止めるよう注意をなさいましたが、わたしが〝魔法使いの報復の歴史〟をお話しいたしましたところ、無言になってしまわれまして』

「なるほど。この程度は可愛いものだって事か」

『おっしゃる通りです』

「……俺は意外と傷ついているんだが」

――最初は己の主と共に冷たい視線を浴びせかけていた仔猫だったが、やつれた顔で職務に励むラルジュを見ている内に段々と気の毒になって来たらしい。

隙を見計らい、時折こうして話しかけて来るようになった。

「ラルジュ」

疲れた顔で仔猫の相手をするラルジュの元に、団長ノワゼットがやって来た。

その長身の後ろに、団長夫人が小柄な体を更に小さくして隠れている。

「ほら、ミルハ」

団長夫人の本名はミルハ・マルトー。通称は「仔猫の魔女」もしくは涙《ダムア》という。彼女の本名を聞くことができるのは、団長がそばにいる時だけだ。

夫に優しく促され、夫人は渋々前に進み出た。その手には、何か紙のようなものが握られている。

「……これ、昨日先輩から届いたハガキです」

「ハガキ⁉　ファラウラから⁉」

ラルジュは差し出された紙を半ばひったくるようにして奪った。そしてハガキに書かれた丁寧な文字にしばし見惚《みと》れた後、肩を落とし大きな溜息《ためいき》を吐いた。

「まさか炎陽《えんよう》まで逃げて行ったとは……」

「落ち込むなよ、ラルジュ。魔女殿はヴァイツェン行きよりも早い出発の炎陽行きに乗っただけだろう。逃げようとしたわけではないと思うよ」

ノワゼットの言葉に、絶望の淵に転がりかけた心がギリギリの所でゆっくりと浮上していく。そんな自分を単純だな、と内心で嘲笑《あざわら》いながら、ラルジュは団長夫人に向かって頭を下げた。

「ありがとうございます、仔猫の魔女」

「……先輩の為です。でも私、意地悪した事は謝らないですから」

「ミルハ。キミの気持ちも理解は出来るけど、今一番不安なのはラルジュだと思うよ？」

ノワゼットが珍しく妻の物言いを咎《とが》める姿に、周囲の団員は目を丸くしている。

「いえ、団長。悪いのは僕ですから」

「ごめんね。ミルハは俺も嫉妬するくらい、真珠の魔女殿が大好きなんだ。もうこれ以上意地悪はさせないから、許してやってくれ」

「はい、もちろんです」

ラルジュの言葉を聞いて安堵《あんど》したのか、ノワゼットは妻の頭を一撫《な》ですると書類仕事を片付ける為に団長室に向かった。

ラルジュは団長室の扉が閉まるのをしっかりと確認した後、気まずげな顔をしたままの団長夫人に向き直る。

「……な、何ですか?」

「いえ、お礼を言おうかと思いまして」

「え、お礼……?」

団長夫人は愛らしい顔を強張らせ、まるで不気味なものを見るような目つきになっている。ラルジュは澄ました顔でサラリと告げた。

「いえ、貴女に嫌がらせを受けた事をファラウラに話せば、同情を買えるな、と」

「な、先輩に言いつける気⁉　卑怯《ひきょう》者!」

「卑怯もなにも、僕は仕返しをしないとは一言も言っていませんが」

拳を震わせ、悔しげに唇を嚙《か》む主の肩に銀の仔猫が慌てて飛び乗り、慰めるかのように頬を一生懸命舐《な》めている。

『主、残念ながら、あなたでは副団長に太刀打ち出来ません。それよりも、真珠の魔女がお戻りになった時のために言いわけを一緒に考えておきましょう』

「うぅ……悔しいー！」

謎の勝利感に浸りながら上司の妻とその使い魔に背を向けたラルジュの耳に、団員の誰かがポツリと呟《つぶや》いた声が聞こえた。

「相手が誰だろうと容赦ないなぁ、副団長……」

仲間達のひそひそ声を気に留める事もなく、ラルジュは苺色をした真珠の魔女を両の腕で捕らえる為の計画を、頭の中でゆっくりと考えていた。

「……捕まえるだけじゃ駄目だな。それよりも、逃がさない方法をきっちり考えておかないと」

——彼女の最大の味方は空だ。だが、空になど彼女を奪わせたりはしない。

今度こそ、絶対に。

＊＊＊＊＊

そんなラルジュの思いを知る由もなく、ファラウラは飛空艇の窓から眼下に広がる風景を見つめていた。

綺麗《きれい》に整備された道路に、洗練された建物が並ぶ鋼鉄国アシエ。まさか、こんなにもすぐに戻って来る事になるとは思ってもいなかった。

「あ、壁の砦《ミュール・ウォール》……！」

遠くに、黒ずんだ『壁の砦』がかすかに見える。

「ラルジュ、見て！　ほら、あそこ……！」

隣を振り返ると、ラルジュは足を組み左手で頬杖をつきながら眠っていた。

黒鋼《くろがね》の右手は、ファラウラの左手をしっかりと握っている。

ファラウラは慌てて口元を押さえた。ラルジュはアシエ人なのだ。壁の砦には何度も行った事があるだろう。眠っている所をわざわざ起こしてまで見せるものでもない。

幸い、ラルジュに起きる気配は見られない。ホッと胸を撫で下ろし、再び窓に顔を向けた次の瞬間、ファラウラは力強い腕にグイと抱き寄せられた。

「きゃ……！」

悲鳴をあげかけた口元を、黒鋼の手が覆う。反射的にもがくファラウラの首筋に、チリッとした痛みが走った。

「……〝壁の砦〟を見て思い出した？　他に人がいる中で、俺とシた事」

ラルジュは笑いを含んだ声で言いながら、首筋に舌を這《は》わせていく。ファラウラは慌てた。ラルジュはいつから起きていたのだろう。だが今、問題はそこではない。壁の砦が見えるという事は、王都ラザンの空港には後二十分弱で到着する。着陸準備を始める人々に、二人の戯れを見られてしまうかもしれない。

「ラルジュ、だめ、やめて……」

「ファラウラ、口開けて。これを噛んで」

音を立てながら今一度首筋に吸いついた後、ラルジュはファラウラの目の前にポケットから取り出したハンカチを差し出した。いきなりの行動に困惑しながらも、ファラウラは口を開けハンカチを大人しく噛む。

鼻先に、ふわりと香水の香りが漂った。

そこでようやく〝飛空艇の中で恋人に突然ハンカチを噛ませられる〟という異常事態に気づいた。ファラウラはハンカチをくわえたまま、ラルジュの顔を上目遣いに見上げる。

「……可愛いけど、ここまで素直だと逆に心配になるな」

そう言いながら、ラルジュはファラウラの足の間へ指を滑り込ませた。

「飛空艇の中でも気持ち良くなる経験をしておけば、飛空艇に乗る度に俺にされた事を思い出すでしょ？」

「んー！　んんぅっ」

ファラウラは必死に首を横に振った。混乱のあまり、ハンカチを吐き出すという考えに思い至らない。

「……俺ばっかり貴女の事を考えているのが、悔しいんだよ」

——右手が腰に回された。掠《かす》れた声と共に、熱い舌がぬるりと耳に絡まっていく。反射的に身体がびくりと震えた。

耳全体を執拗《しつよう》に舐められ、耳朶《みみたぶ》を食《は》まれたところでスカートの中に手が入っていく。

(だめ！　飛空艇の中でなんて……！)

座席で仕切られているとはいえ『壁の砦』の時より他人との距離が近い。

けれど、左手の動きは止まらない。そうこうしている内に指は太腿《もも》を焦《じ》らすようにゆっくりと滑り、ついには下着の縁まで到達した。

きっと容赦なく指をねじ込まれる。そう考え、精一杯の力をこめて両の足を閉じた。

指は足の間に割り入ろうと試みている。けれどファラウラも譲らない。

「僕に触れられるのは嫌ですか……？」

そう切なげに囁《ささや》かれると、途端に心が揺らいでしまう。先ほど目にした壁の砦。

あの場所で、ラルジュに散々身体を弄られ、最後には自分から求め抱かれた。そこまでの事をしておいて、今さら拒む事に何の意味があるのだろう。

飛空挺の中での濃密な戯れが泣きそうなほど恥ずかしい事に変わりはない。けれど、それよりもラルジュを傷つけてしまう事の方が何倍も怖かった。

ファラウラはそっとラルジュの顔を見上げた。その黒と青の両目には、悲しみどころか揶揄《からか》うような光が浮かんでいる。

(……!?)

「やれやれ、薔薇竜の家は危機管理意識が低いんだな。貴女のような純粋無垢《むく》な娘を一人で国外に出すなんて。だから俺なんかに捕まる羽目になる」

小さく笑い声をあげた後、ラルジュの左手が足の間から離れするすると上にのぼった。大きな手は薄い腹の上で止まり、そのままゆっくりと腹部を撫でる。まるで宥《なだ》めているかのような、優しい感触と伝わる手の平の温かさ。眠気すら誘うその心地良さに、意識が次第にふわふわとして来る。瞼《まぶた》がとろんと落ちそうになった次の瞬間。ファラウラは身体をビクンと跳ねさせた。

「んんんっ！」

――ラルジュの指が臍《へそ》に到達したかと思うと、窪みをこしょこしょとくすぐって来た。他人に臍を弄られる、という経験のない事態に、ファラウラはハンカチを強く噛み、両の目をぎゅっと閉じた。

「あ、お腹の奥が、段々変な感じになってきちゃう……」

ゆるゆるとした指の動きに、下半身の力がどんどんと抜けていく。気づくと、両足がふわりと開いてしまっていた。

「ここ、くすぐったくて気持ち良いでしょ？」

楽しそうな、ラルジュの声。途端に、ファラウラの背筋がゾクリと震えた。正直なところ、何度身体を重ねても行為にはなかなか慣れない。恥ずかしさもあるけれど、自分が自分でなくなってしまうような激しい快楽は時に恐怖ですらある。けれど、ファラウラなりに行為中のラルジュの変化は何となくわかるようになった。ラルジュが比較的冷静な時、セックスは優しくて甘い口づけから始まる。

今回はいきなり身体に触れて来た。口調は飄々《ひょうひょう》としているものの、欲求が高い証拠だ。

ファラウラは閉じていた目を開け、ラルジュの下半身に目線を移動させた。

——足の間は、窮屈そうに盛り上がっている。慌てて目を逸らしながら、ファラウラは嫌な予感に震えた。これからラルジュは、信じられないほど恥ずかしい事をして来るような気がする。

(お願い、もう意地悪しないで……)

ファラウラは一縷《いちる》の望みをかけ、ラルジュの顔を見上げた。欲に染まった両目と目が合った瞬間、腰を支えていた右手が胸元まで上がり右の乳房を服の上から強く摑まれた。

同時に左手は下に滑り降り、素早い動きで下着の中に潜り込んでいく。

(やっ……！　だめ、だめ……っ！)

「そんな顔で見るなよ、逆効果だぜ？　あーあ、もうこんなにトロトロにして」

頬を一舐めされた後、長い指が秘裂の中にずぶりと沈む。奥深くに沈み込んだ指は、容赦のない動きを開始した。

「んーっ！　んんっ！　んぅぅっ！」

ハンカチをギリギリと噛みながら、指の動きに合わせて腰をガクガクと揺らす。恐れていた激しい快楽が、ファラウラの羞恥心を容易く飲み込んでいった。

「ひあぁっ！」

「おっと、危ない」

陰核を親指で潰され、同時に膣《ちつ》内の一か所を抉られた瞬間こらえ切れずに悲鳴を上げた。口元からハンカチが落ちると同時に、ラルジュの唇で口を塞がれる。

「んっ！　んうぅっ！　んんーっ！」

――口の中を、ラルジュの熱くて滑る舌が動き回る。ファラウラの唇の端から、飲み込みきれなかった唾液がポタポタと垂れた。弄ばれ、嬲《なぶ》られている右胸と秘部が燃えるように熱い。断続的に響く粘ついた水音を聞いている内に、身体の内側から何かがせりあがって来るのがわかった。

「あっ、あっ……！　も、もう、だめ……！」

「声、我慢出来ます？　出来ないなら俺の服を噛んで」

堪えきれない喘《あえ》ぎ声が、喉元のすぐそこまでせり上がって来ている。ファラウラは急いでラルジュのシャツを噛んだ。そのまま、指で膣奥深くを穿たれ続ける内に、ファラウラは一気に高みに昇りつめていった。

「どうして、こういう事ばかりするの……」

甘い余韻が去った後、ファラウラはラルジュを睨みつけた。

「仕方ないでしょ、我慢出来なくなったんだから。ちなみに二列前と三列後ろなんて座席で普通にセックスしてましたからね。まぁ、アシエでは普通です」

ラルジュは澄ました顔でさらりと答える。文化の違いを持ち出されると、ファラウラはそれ以上なにも言う事は出来ない。

「あと五分ほどで到着します。疲れているとは思うけど、一度機装騎士の本部に行って団長に挨拶だけして貰《もら》っても良いですか？　あぁそれと、ホウキは僕が預かります。魔導二輪は空港に停めてるんで、それで行きますから」

「わ、わかったわ……」

ひとまず頷《うなず》きはしたものの、ファラウラは釈然としない思いを抱えていた。『アシエでは普通』はなんとか理解出来る。

出来るが、こう毎回自分ばかり恥ずかしい思いをさせられているのには少々納得がいかない。

「……ラルジュ」

「ん？　何？」

「アシエに着く前に、昨日教えて貰った事が上手に出来ているか、確認してくれる？」

「確認？　何の？」

ファラウラは胸元に手を当て、大きく深呼吸をした。ラルジュはきょとんとしている。

その隙をつき、ラルジュの足と前の座席の間に素早く身体を滑り込ませた。

「ファラウラ？　何を——」

「上手に出来ていたら、褒めてね？」

そう言うと、ラルジュの反応を待つ事なくベルトに手をかけ金具を外した。そして『砂《サ》礫蟻《レキアリ》の巣』での時と同じように、勢い良くズボンの前を引き下ろす。ぶるん、と飛び出した男性器に一瞬怯《ひる》みながら、ファラウラは意を決しその先端を口に含んだ。

「なっ……!? ま、待て、ファラウラ！　あと五分で着くって言っただろ!?」

「大丈夫。言われた通り、五分以内にやってみせるから」

「いや、あれは……！」

珍しく慌てるラルジュの姿に気を良くしながら、完全に勃起した陰茎を一生懸命に舐めた。口淫は祖国モジャウハラートでは後孔性交と共に禁止されている。気にはなるが、ここはアシエなのだ。

（アシエでは普通……アシエでは普通……）

心の中で呪文のように唱えながら、陰茎を口内奥深くまで飲み込む。

「やめ、止めろって……！　この、家に帰ったら、覚えて、ろよ……！」

「……気持ち良い？」

「はっ……あ、そこで、喋《しゃべ》る、なっ……！」

ファラウラは上目遣いで恋人の様子を確認した。ラルジュは右手で口元を押さえ、左手は肘かけを力任せに摑んでいる。眉根を寄せ、肩を上下させて荒い息を吐き、上気した頬に乱れた黒髪がはらりとかかる様は見惚れるほど格好良い。

不意に、口の中の陰茎がより大きくなった。それと同時に、ラルジュの腰が小刻みに前後へ揺れ始める。射精が近いのかもしれない。ファラウラは教えられた内容を必死になって思い出す。

（ええと、まずは手を上下に動かし全体を擦る。それから先っぽを手の平でクルクルと撫でて、合間を見ながら舐める。その時、穴に舌を入れるとすごく気持ち良いけど、私はやらなくて良い、下手過ぎて痛いから――）

ファラウラは教えの通り、陰茎を上下に擦り透明な液を吐き出す先端を手の平を使って何度も撫でた。

「うっ……！　ファラウラ、どけっ……！」

滅多に聞く事のない切羽詰まった声。ファラウラの胸に、むくむくと謎のやる気が湧き上がった。どうせなら、完璧にやり遂げてラルジュを見返したい。

（ここに、舌を入れる、痛くないように……）

「おい、止めっ……！」

再び陰茎を咥《くわ》えなおし、先端の穴に慎重に舌をねじ込む。少し考え、くすぐるように舌を動かすとラルジュの腰が大きく揺れた。

「うぁっ……！　クソッ……！」

呻《うめ》き声と共に、口の中に熱くて苦い精液が吐き出されていく。腰の痙攣《けいれん》が治まるのを確認し、ファラウラはラルジュの足の間から顔を上げた。

「素直過ぎるのも考えものだな……」

ラルジュは身支度を整えながら、脱力したように大きく溜息を吐いていた。

◇

入国手続きを終えたファラウラが、ホウキを抱えたままこちらに駆け寄って来る。それに片手をあげて応えながら、ラルジュは時計をちらりと見た。ファラウラが手続きに出向いてから、一時間半ほど経っている。

「ずいぶん時間がかかりましたね」

「ごめんなさい、お待たせしちゃって」

「いや、怒ってるわけじゃないです。それより何かありました？　今回は仕事での入国ですし、機装騎士団《ウチ》が書いた要請書があるんだから手続きに時間がかかる事はないと思ったんですが」

ラルジュの言葉に、ファラウラは申しわけなさそうな顔で答えた。

「ええ、入国手続きはすぐに終わりました。でも、魔法の特別使用許可証を申請していたの。飛空艇の中で説明すべきだったわ、ごめんなさい」

「魔法の特別使用許可証？」

――基本的に『魔法使いは魔法を使うもの』という認識から、魔法を使う事自体に関して申請などは必要ない。申請が必要なのは、各国で取り交わされている領空法によりホウキなどで飛行する場合と『武器の持ち込み』とみなされる使い魔の入国に関してだけだ。

事実、ファラウラは結婚式の日や自分達を救出に来た時などに魔法を使っていた。

それなのに、前回と今回でどう違うというのだろう。ラルジュは疑問を多分に含んだ眼差しをファラウラに向けた。

「特別使用許可証って何ですか？」

「自国だと必要ないけど、他国では必要なの。ほら、今回は改造魔獣を調査するお仕事でしょう？　改造魔獣がいるという事は、その魔獣を改造する為に使用した施設があるわけだし改造術を施した人がいるわけじゃない？　万が一調査中に戦闘になって家屋を破壊してしまったら、外国人の私は許可証がないと建造物破壊の罪で逮捕されてしまうの。それと同じで、攻撃魔法を無許可で人に使用したら殺人及び障害罪。無許可で人に使用しても良い魔法は治癒術だけなの」

「……なるほど」

一瞬、ラルジュの眉がピクリと動いた事にファラウラは気づかない。

「それでね、魔獣の発生場所がリートとの国境付近だったでしょう？　この許可証が有効なのは国境から半径十キロ以内の範囲内なの。それ以上はリートで手続きをしないといけなくなってしまう。それがちょっと心配だわ」

「……今、そんな事を心配しても仕方がないでしょ。ほら、行きますよ。団長や皆が待っているから」

ラルジュはファラウラを促し、魔導二輪の停車場へと向かう。

歩きながら、思わず右手を握り締めた。胸中に、暗い不安が過る。

ファラウラは魔法使いとして、与えられた任務をしっかりと遂行しようとしている。

それは良い。仕事なのだから当然だ。むしろ魔法使いではない自分は魔法行使の権利申請に詳しくはない。そこをきちんと考えていたファラウラはさすがだと思う。

だが、ファラウラに対人戦闘はやらせたくない。

「……ファラウラ」

「なぁに?」

「貴女の事は、俺が絶対に守るから」

ラルジュの言葉に、ファラウラは一瞬驚いたような顔をする。数秒の後、はにかんだような笑顔を浮かべて小さく頷いていた。

◇

機装騎士の本部に到着したのは十四時過ぎだった。遠くから、鐘が鳴っているのが聞こえる。

「ルゥルゥ先輩!」

本部の扉を開けた途端、奥から転がるように駆けて来た後輩をファラウラは優しく受け止めた。しがみつく後輩の肩で、銀の仔猫が嗚咽《おえつ》に合わせて揺れている。

『お帰りなさいませ、真珠の魔女』

「ただいま……で良いのかしら。ごめんなさい、色々とお騒がせしてしまって」

『とんでもございません。真珠の魔女、これから主《あるじ》が己の罪を告白します。ですがどうか、寛大なお心をもってお許し下さいますよう、切にお願いを申し上げます』

ファラウラは首を傾げながら、腕の中の後輩とその使い魔の顔を見比べた。『罪』とは一体、何の事だろう。

「あの、どうしたの？　何があったの？」

「うぅ……私、セールヴォラン副団長に先輩が傷つけられたのが許せなくって、それで……」

ファラウラの脳裏に、灯台でのラルジュの言葉が蘇って来る。

『僕にだけ差し入れの焼き菓子を配ってくれないという地味な嫌がらせを――』

「あ、ラルジュにだけお菓子をあげなかったっていう？」

「そ、そうです、ごめんなさい……」

泣きじゃくる後輩の髪を撫でながら、ファラウラは考えた。一人だけお菓子をあげない、という嫌がらせ自体は子供じみているし、何よりも肉体的なダメージは皆無だ。

その代わり、心は傷つくと思う。

けれど、それは心優しいダムアがファラウラの事を思い、心配してくれたが故の行動なのだ。行いは確かに良くないが、だからと言って無下に叱る事は出来ない。

「そうね、だったら……」

ファラウラはダムアを優しく自身から引き離した。そして涙ぐむダムアを、なぜだか薄ら笑いを浮かべているラルジュの隣に押しやった。

「え、せ、先輩？」

戸惑うダムアと同様に、ラルジュも謎の薄ら笑いを引っ込め困惑した表情になっている。ファラウラの意図が伝わったのか、仔猫は項垂《うなだ》れ前脚で額を押さえていた。そして恋人と後輩の両名に向かい、ファラウラは勢い良く頭を下げた。

「ごめんなさい！」

予期せぬファラウラの行動に、二人は同時に動きを止めた。

そして、同時にあたふたと動き出し始めた。

「きゃあぁっ！　先輩⁉」

「な、何ですか、いきなり……！」

顔を上げたファラウラは、動揺を隠せない二人の顔を交互に見つめた。

「私が、きちんと気持ちを伝えなかったのが悪かったの。ラルジュの言葉や態度に傷ついたのなら、それを言葉にするべきだった。そうしていれば、私達がすれ違う事はなかったと思うの。だから、ごめんなさい」

――ラルジュもダムアも、再び彫像のように固まったまま動かない。そんな二人を救ったのは、パンパンという手を叩く音だった。いち早く振り返った銀の仔猫が、姿勢を正して頭を下げる。

『お帰りなさいませ、マルトー団長』

団長夫人ダムアと、副団長のラルジュも慌ててそれに続く。

「あ、お、お帰りなさい、ノワ君」

「……お疲れさまです、団長」

「ただいま。ちょっと前から見ていたけど、ミルハにラルジュ。キミ達はさ、もう色んな意味で魔女殿には敵わないってわかったでしょ？　だからお互いに意地悪をしたり仕返しをしたり、そういうのはもう、今後一切なしにしてね？　……なんだかじゃれ合ってるみたいで、ちょっと腹立つし」

機装騎士団長ノワゼット・マルトーの口調は穏やかだ。だが、その笑顔からは底知れぬ圧が放たれている。

「はい、ごめんなさい……」

「……申しわけありません、団長」

神妙に頷く妻と部下に笑顔を向けた後、ノワゼットはファラウラの方に向き直った。

「真珠の魔女殿、せっかくご帰国なさったところを申しわけありません。それから、アシエまで再度ご足労頂きありがとうございます」

そう言うと、ノワゼットは胸に手を当て優雅な一礼をした。ファラウラも同じようにして挨拶を返す。

「いえ、その節は大変ご迷惑をおかけ致しました。今回は皆さんと共に魔獣調査のお仕事に就かせて頂きます。どうぞよろしくお願いいたします」

「こちらこそ。では早速ですが、今回の任務についての説明をします。どうぞ、そちらにおかけ下さい」

ノワゼットに促され、ファラウラはラルジュと共に手近な椅子に座った。

ダムアは仔猫と共に奥の部屋へと消えていく。ふと、右手が温かい何かに包まれた。見ると、ラルジュの大きな手が右手に覆い被さっている。

何となく嬉しくなり、ファラウラはラルジュの顔を見上げた。ラルジュはこちらを見る事もなくどこか不貞腐れたようにそっぽを向いている。

「どうしたの？」

「……貴女が謝る必要はなかったでしょ。悪いのは僕なのに」

小さな声で囁くように話すラルジュの手を、ファラウラはそっと握り返した。

「ううん、私も後悔していたの。どうして貴方ときちんとお話をしなかったのかしら、って。だからごめんなさい、なの。だって、貴方に寂しい思いをさせてしまったんだもの」

「寂しかったけど、少なくとも傷つきはしなかった。でも、貴女は傷ついたでしょ」

「それは、うん……。でも良いの。その代わり、今とっても幸せなんだもの。貴方に愛されているって思うだけで、心がポカポカしてくるの」

「全く、貴女のそういうところが本当に……。まぁ良いです。これからは嫌っていうくらい思い知らせてあげますから」

「本当？　嬉しい」

――ファラウラはラルジュの腕にそっと頬をすり寄せた。間髪入れずに額に唇が落とされ、握る手には力が籠っていく。

「……あの、副団長に魔女様。団長が困ってらっしゃるので、そろそろ……」

団員の誰かに声をかけられ、我に返ったファラウラの目に入ったのは何とも言えない表情でこちらを見ている機装騎士の面々。そして、口元は緩やかに弧を描いているものの一切笑っていない機装騎士団長の青銀の瞳。

「も、も、申しわけ……！」

ファラウラは真っ赤な顔で謝罪を繰り返す。

「とりあえず、説明を始めても良いかな？　任務の説明が終わったら今日はもう解散だから大人しく聞いてね。一応言っておくけど、大人しくっていうのは黙って聞いていれば無駄にイチャついて良いってわけじゃないよ。俺だってさっさと終わらせて早く帰って、家でミルハと昨日の続きを――」

『団長。そろそろお話を始められては？』

銀の仔猫が困ったように小さな肩を竦《すく》めている。

「そ、そうだね。じゃあ詳細を説明する前に、今回の改造魔獣調査へ向かって貰うメンバーを発表する」

団長ノワゼットは照れ笑いを浮かべながら、机の上から一枚の紙きれを持ち上げた。

途端に周囲が軽くざわつく。

「まずは指揮官。機装騎士団副団長、ラルジュ・セールヴォラン」

「はい」

名前を呼ばれ、ラルジュは軽く片手を上げた。

「次。エフェメール・クラルテ」

「……え？　は、はい」

呼ばれた騎士は、怪訝《けげん》な顔で手を上げている。

「どうした？」

「いえ、いつもの順番で呼ばれると思っていたので。すみません」

どこか戸惑った様子の部下を気にする事なく、ノワゼットは読み上げを続けていく。

「アレニエ・トワル」

「シガール・ブリュイ」

「ヴェルミリオン・フィル」

「はい。……はい？」

先ほどと同じように、ヴェルミリオンと呼ばれた騎士は困惑した顔でノワゼットを見つめた。次いでラルジュの方に視線を向ける。ラルジュは一瞬だけ目を合わせ軽く頷いたあと、すぐに目線を外して前を向いた。

「ラン・ヴァーズ」

「ロズ・クロッシュ」

続けて名前を呼ばれた二人は特に何の動揺も見せる事なく、手をあげている。

「他に、真珠の魔女殿と整備士フォルミ・セーヴが同行する。以上、機装騎士が七名。整備士一名に魔女殿を合わせた九人が現場に向かうメンバーになる。次、万が一の交代要員は――」

ノワゼットが言い終わる前に、ガタン、と椅子が倒れる音が辺りに響いた。

「ちょ、ちょっと待ってください！　指揮官は副団長ですよね⁉　だったら、なぜ俺が、いや、俺達が外されるんですか⁉」

勢いよく立ち上がったのはリュシオルだった。同じく、前回はメンバーに入っていた残りの三名も不満そうな顔をしている。

「なぜ、もなにも、不測の事態を想定して最も相応しい編成を組んだつもりだけど？」

「で、でも、副団長との連携なら俺達の方が……！」

「それは、俺の隊の人間が信用できないって事？」

「……いいえ」

青銀の目をスッと細めたノワゼットの表情に、リュシオルは渋々といった顔で引き下がった。しかし、悔しげな顔を隠そうともせず、きつく唇を噛んでいる。

そんなリュシオルの姿を見たファラウラは、ラルジュの腕をそっと引っ張った。

「ん？　どうしました？」

「副団長さん、隊の皆さんにきちんと説明をして差し上げたらどうでしょう」

「……何ですか、その〝副団長さん〟って」

ラルジュは戸惑ったような顔でファラウラを見下ろしている。

「今はお仕事のお話ですから。私は副団長さんの指揮下に入るわけですし、そこはきちんとするべきだと思います。それより副団長さん、早く」

ファラウラは急かす。仕方なさそうに、ラルジュはその場に立ち上がった。

「僕が指揮官でも団長が指揮官でも、今回の任務はこのメンバーで編成をしたと思う。まず、エフェメールは専用装具が広範囲の射程を持つ火炎放射器だから乱戦に強い。アレニエとシガールはお前達も知っての通り、近接戦闘に強い」

リュシオル以外の三人の顔に、納得の表情が浮かんでいく。

選ばれたメンバーと己の装具を照らし合わせ、なぜ自分達が外されたのかを理解したのだろう。不貞腐れた顔を崩さないリュシオルも、特になにも言ってはこなかった。

「といっても、今回は戦闘が目的じゃない。調査、探索が主な任務になる。となると、偵察向きのヴェルミリオンとロズは外せない。万が一に備えて長距離砲の使えるランも必要だ。リュシオル、お前を外したのにもきちんと意味はある。遭遇した改造魔獣は出来るだけ駆除し、魔獣核はなるべく早く送る。だからお前には解析部とのやり取りを頼みたいんだ。お前は専門家だったから」

リュシオルは驚いたように両目を見開き、すぐに顔をうつむけた。女性と見まがうほどの美貌が、泣くのを堪えているかのように歪《ゆが》んでいる。

「す、すみません、俺……」

「言っておくが、一番忙しいのはお前だぞ？　解析部からあがって来た情報を精査して貰うんだからな」

「はい、わかりました」

先ほどとは打って変わり、神妙な顔つきになったリュシオルを確認したあと、ラルジュは再び椅子に座り直した。やれやれ、と安堵の息を吐きながら、ファラウラの左手をそっと握り締める。

「……ありがとうございます。おかげでリュシオルも落ち着きました」

「いいえ。プリムさんの恋人さん、少し焦《あせ》っていらしたのかも。交流試合の結果を、今も気にしてらっしゃるのではないかしら」

「え？　なぜです？」

ラルジュの疑問に、ファラウラは少し困ったような顔をする。

「だって、遠目から見ても落ち込んでいらしたもの。副団長さんもご覧になっていたでしょ？」

「……その〝副団長さん〟って止めて下さいよ。まぁ、落ち込んでいるなとは思っていたけど、特になにも思わなかったな。僕は貴女の事で頭がいっぱいだったから」

ファラウラは二度ほど目を瞬《またた》かせたあと、頬に手を当ててそっぽを向いた。

◇

説明が終わった後、ファラウラは機装騎士団の敷地内を一人で散歩していた。

出発は明後日の早朝。その事前準備についての打ち合わせをするからと、ラルジュに三十分ほど待っているように言いつけられた。が、なんとなく退屈になってしまったのだ。

「聖騎士団の本部とは全然雰囲気が違うのね……」

聖騎士団《あちら》は煉瓦《れんが》作りの建物だったが、機装騎士団《こちら》は鋼鉄製の要塞のようになっている。真逆といっても良い造りだが、どちらも洗練された造形である事には変わりない。

ファラウラはただ敷地内をのんびりと歩いた。建物の角を曲がろうとしたところで、数人の話し声が聞こえた。思わず足を止め、顔だけ出してそっと様子を窺《うかが》う。

話をしているのは、五人の男に一人の女。それは、この度の任務に選ばれた面々だった。彼らは全員、真剣な顔で何やら話し合っている。

「なぁ、今回はやっぱり必要だよな」

「そうだね、長くなるかもしれないし……。オレも一応持って行くつもり」

――まず目に入ったのは、茶色と黒が混じったような特徴的な髪色の青年シガール・ブリュイと薄緑の髪に眼鏡をかけた儚《はかな》げな青年エフェメール・クラルテ。

「あんまりデカいと邪魔になるからなぁ、どれ持って行こうかなぁ。片手で使えるヤツから選ばないと」

「お前、何個持ってんの⁉　彼女に怒られねぇ？」

――先の二人の発言を受け、腕を組んで唸《うな》っているのは朱色の髪の青年ヴェルミリオン・フィル。

その両眼は、本物の猫のように縦長の虹彩になっている。猫目石《キャッツアイ》が義眼として入っているのだ。彼に驚きの眼差しを向けているのは、桃色の髪の小柄な青年ロズ・クロッシュ。

「……俺は我慢する」

「でた、愛妻家！　これは浮気にはならないと思うけど、なんかいいね、そういうの」

亜麻《あま》色の髪の大柄な男、ラン・ヴァーズの肩に体格では全く負けていないアレニエが肘を置いて笑っている。

（ヴァーズさんは、奥様がいらっしゃるのね）

全員、今回の任務で共に行動をする事になるのだ。出て行って挨拶の一つでもするべきだ。けれど今は、彼らの謎めいた会話の方が気にかかる。

「でも良いよなぁ、副団長には魔女様がいるし、お前にはフォルミがいるだろ？」

「まぁね。でも、フォルミはあんたらと違って繊細だからなぁ。あたしがリードすればなんとかなるかもだけど」

「そうか、魔女様がいらっしゃるのか。じゃあそこらで始めるわけにはいかないよね。かといって単独で遠くに行くのも危険だし……二人一組で行く？」

「やだよ。男の喘ぎ声なんて聞きたくねぇよ」

「……俺が見張りに行ってやるよ」

（何のお話をなさっているのかしら？）

しばらく聞いていても、何の事だかわからない。こうなったら、出て行って直接聞いてみるしかない。

「あの……んぅっ⁉」

声をかけようと一歩踏み出したファラウラの口が、背後から伸びて来た手に塞がれた。驚きに心臓が一瞬跳ねあがる。だが嗅ぎ慣れた香水の香りに、すぐに体の力を抜いた。

「声を出さないでください。わかりました？」

耳元で囁かれた言葉に、こくこくと頷く。やがて小さな溜息と共に、口元を塞いでいたラルジュの手が離れた。

「な、なぁに、びっくりするじゃない」

「待っていろと言ったでしょ？　本当に、貴女はちょっと目を離すとすぐこれだから」

「……敷地内をお散歩していただけだもの。それに、ご一緒する皆さんがいらしたからご挨拶をしようと思っただけよ？」

自分は子供ではないのだ。それに、迷惑をかけるような行動は取っていない。

ファラウラは憤慨しつつ、ふと思った。

ラルジュなら、今の会話について何か知っているのではないだろうか。

「ねぇラルジュ。皆さんがおっしゃっている――」

「貴女が知る必要はない」

にべもなく言われ、ファラウラは頬を膨らませた。

「意地悪！　教えてくれたって良いじゃない」

「意地悪じゃないし、教えない。ほら、家に帰りますよ」

当然のように差し出された手を、ファラウラはただ無言で見つめ返す。そんなファラウラを見て、ラルジュは大きく舌打ちをした。

「わかりました。わかりましたよ。教えれば良いんでしょ。アイツらが相談しているのは、セックストイを持って行くかどうかって事です。長期の任務がある場合、性欲処理にも苦労するんですよ。ウチは一途なヤツが多いんで、恋人や奥さんがいるのに娼館へ行くヤツはほとんどいない。だからそれ用の道具を持って行くんです。ランは愛妻家っていうか奥さん大好きな狂妻家ですから、ひたすら我慢するんだと思いますよ。はい、これで納得出来ました？」

――『顔から火が出る』とはこういう状況をさすのだろうか。

「はい……」

ファラウラはしょんぼりと項垂れ、ラルジュに向かって大人しく右手を差し出した。

◇

帰宅後。ラルジュの家で一人湯船に浸かるファラウラは、浴槽の中で両足を思い切り伸ばしていた。ラルジュは今、買って来た食材を使って夕食の準備をしている。

顎の下まで湯に浸かりながら。陶器製の浴槽の底に彫られている滑り止めの溝を足でなぞる。それをする内に、なんとなく炎陽で入った温泉を思い出していた。

——香りの良い木材で作られた浴槽に張られた、独特の匂いがするたっぷりのお湯。真っ白な可愛らしい小花が湯の中を舞い踊る姿は、目を奪われるものがあった。

大きさだけで言うなら、実家であるマルバ家の風呂も同じくらいに大きい。大理石で出来た浴槽には底面全体に滑り止めとして薔薇の花が彫られ、芸術的価値も高い。

けれど、炎陽の温泉は種類も豊富な上に何と言っても解放感が違う。風呂が外にある『露天風呂』には仰天したものだったが、慣れると心身が癒されていく感覚が手に取るようにわかった。

二ヶ月も滞在してしまったのは、温泉から離れがたかったことも大きかったのかもしれない。

「ラルジュと行ってみたいけど、お風呂には一緒に入れないし……」

アシエで少しの間、同居していた時も風呂には一緒に入った事はなかった。その時はむしろ当然と思っていたのだが、想いが通じ合った後もラルジュは入浴だけは別行動をとりたがった。

別に束縛したいわけではない。ただ、以前聞いた銀の仔猫の言葉が気になっていた。

『愛し合う二人にとってはどこも寝室のようなもの』

少々恥ずかしいけれど、今となってはその言葉の意味がわかる。だから聞いてみたのだ。

『あ、あの、お風呂、一緒じゃなくて良いの……?』

そこで聞かされた事実は、予想以上に大変なラルジュの入浴事情だった。

まず裸で浴室の床に座り、その場で手足の義肢装具を外す。

そして低い位置に引っかけてあるシャワーと柄の長いブラシを使い、左手を駆使して全身を洗うのだという。

『義肢装具は耐水防水加工が施してあるんですけどね、部品の内側の感覚を遮断する術がないので内部を水が伝う感触が尋常じゃなく気持ち悪いんですよ。気持ち悪さより面倒くささの方が勝つヤツは義肢装具をつけたまま入浴してるみたいですけど、僕は無理です』

ならば、とファラウラは手伝いを申し出た。だがラルジュは頑なに首を横に振った。

『お気持ちだけで結構です。僕にだって見栄ってものがあるんですよ。手足を外した姿を、貴女には見られたくない』

――その気持ちはわからないでもなかった。もちろん、愛する相手のすべてを知りたいとは思う。けれど、愛している相手だからこそ、知られたくない事や見られたくない事は誰にだってあるだろう、とも思った。

「私ったら、どんどん欲張りになっている気がするわ。彼の負担にならないように、気をつけなくちゃ」

ファラウラは両手で湯をすくい、水面に映る自らの顔を戒めるように見つめていた。

ラルジュが入浴に向かったあと、ファラウラはベッドで一人、横になっていた。

ラルジュは「僕が来るまで寝ないで下さい」と言い、ファラウラの頬に軽い口づけをして風呂場に消えて行った。

そんなラルジュの背を見送りながら、今夜も大人しく寝かせて貰えないだろうとぼんやり思う。けれど、抱かれるのがわかっているからといって裸で待つのも気が引ける。

そこで、ファラウラはラルジュのシャツを勝手に借りて着ていた。

寝転がり、なんとなくシーツを撫でていると黒い糸のようなものが目に入る。

いや、糸ではない。それは少し長めの黒髪だった。

「あ、ラルジュの髪……」

黒髪を突っつきながら、ふと思う。このベッドではラルジュに何度も抱かれている。

あの同居期間中は、自分の髪の毛もこのようにシーツにくっついていたに違いない。

では、それ以前は。

「……ラルジュはきっと、女の子にも人気だったわよね」

シーツの上にはきっと、いくつもの髪の毛が残っていた事だろう。様々な長さの、様々な髪色。自分の苺色の髪は、何番目についた髪の毛なのだろうか。

「もう、私ったら欲張り過ぎだって反省したばかりなのに……。過去の事なんて、気にしちゃだめだわ」

「そこは気にして下さいよ」

困ったような声が頭上から降って来る。見上げると、黒髪をタオルで拭いているラルジュが苦笑を浮かべて見下ろしていた。

「あ、私、別に――」

言いかけたファラウラは、即座に目を逸らした。ラルジュは全裸で立っている。下半身を隠そうともしていない。もちろん『その部分』はしっかりと首をもたげている。

「やっ、もう！　どうしてそのままで出て来るの⁉」

「別に良いでしょ、どうせ裸になるんだし。……まぁ、貴女のソレもかなり腰にくる光景ですけど」

「それ……？」

ファラウラは首を傾げ、己の姿を顧みた。体格の違うラルジュのシャツは肩で開《はだ》け、胸元がほぼ露出している。おまけに、寝転がっていたせいでシャツの裾は足の付け根近くまでずり上がっていた。

「や、やだ、ごめんなさい！」

「なんで謝るんです？　ま、それはともかく今日はそれ着たままでしましょうか」

そう言うと、ラルジュは髪を拭いていたタオルを放り投げベッドの上のファラウラに覆い被さった。困惑するファラウラの顎を掴み、ゆっくりと顔を近づけていく。近づいてくる黒と青。見惚れていると、近づく顔がピタリと止まった。

「ファラウラ、教えたでしょ。口を開けて、舌を出して」

「は、はい……」

ファラウラはおずおずと口を開ける。まだ堂々とした振る舞いは出来ないけれど、舌先をわずかに伸ばした所で今回は許してくれるらしい。噛みつくようにして唇を塞がれ、待ちかねたように舌が絡め取られていく。

「んん、んっ……」

口の中を蠢《うごめ》く舌に気を取られていると、胸元からこぼれ出た乳房を強く掴まれた。そのまま指先で先端を軽く擦られ、そのくすぐったさに腰を捩《よじ》らせる。

「あ、いや、くすぐったい……」

触れるか触れないかのギリギリで触られると、気持ち良さよりもくすぐったさが勝る。ファラウラは顔を振って舌から逃れ、胸のくすぐったさを訴えた。

「くすぐったい？　じゃあどういう風に触って欲しい？」

「ど、どういう風、に……？」

耳元で囁かれ、ファラウラは口籠った。して欲しい事なら、ある。けれど「どうして欲しいか」と改めて聞かれると、それはそれで口にするにはなかなか勇気を必要とする。

（ううん、だめだめ、素直にならなくちゃ）

　思っている事を口にしなかったから、自分達はすれ違ってしまったのだ。ここは『して欲しい事』をはっきりと伝えた方が良い。

「き……」

「き？　何？」

「き、気持ち良く、して……？」

　ラルジュの両目が見開かれた、と思った瞬間、ファラウラはうつぶせにひっくり返されていた。驚きの声をあげる暇もなく、腰を掴んで高く持ち上げられる。

「ラ、ラルジュ……⁉」

「……毎回思う事ですけど、貴女のそういう素直な所が本当に腹立つ！　仮に俺じゃない男とつき合ったとしても、貴女はその男をこんな風に誘惑して狂わせるんでしょ？　あー、考えただけで気が狂いそうになる」

　──まるで呪詛のような言葉を聞き、ファラウラは密かに困惑する。して欲しい事を言えと言うから正直に口にしたのに、ここで怒られる意味がわからない。

「ラル……ひあぁっ⁉　やっ、だめっ！」

　高く掲げられた下半身。口づけだけで潤みを帯びていた秘裂が、左右にグイッと広げられたのが分かった。敏感な内側の襞《ひだ》に、獣のような荒い息遣いが触れる。

「やだ、いやっ！　それ、恥ずかしいの……！」

「気持ち良くして欲しいんでしょ？　だったら期待してくれて良いですよ、気絶する余裕ないくらいに気持ち良くしてあげますから」

「待って、なに……ひっ、きゃあぁぁぁっ！」

剝き出しにされた割れ目に、硬く尖らせた舌が差し込まれていく。

フルフルと震える陰核の皮も容赦なく剝き上げられ、左手の餌食となっていた。

「んあぁぁっ！　あっ！　んっ！　あうぅっ！」

「ファラウラ、気持ちイイ？」

「ひぁっ、あっ！　そこで、喋らないで……！」

「飛空艇での仕返し。家に帰ったら覚えとけって、言いましたよね？」

舌を抜き差しする合間で器用に喋りながら、ラルジュはますます苛烈な責めを加えて来る。

「ここは今まで許してあげていましたけど。貴女はまだ俺の気持ちがどんなものかわかっていないみたいだから」

「やっ！　なに、なに⁉」

下半身が溶け出しそうなほどの激しい快楽に襲われながら、それでもファラウラの耳は今の不穏な言葉を拾い上げた。そしてある意味鋭敏になった感覚は、その言葉の意味を理解していく。

ファラウラの身体の中で、これまで〝許されていた〟、つまり、ラルジュの指や舌が触れていない所といったらあの部分しかない。

「だ、だめっ！　絶対にだめー！」

「可愛い真珠のお姫様、俺は貴女の望みを叶えたいだけなのに」

　声音はどこまでも甘いのに、それはファラウラを未知の怪物に引き渡す処刑宣言に等しかった。逃れられない、と悟ったファラウラは両の手で枕を強く摑み、口を開けてシーツを嚙んだ。そうでもしないと、何を口走ってしまうのかわからなかったからだ。

「大丈夫、痛くしないから。少しほぐすだけにしておくよ、今日は、ね」

　――ラルジュの鋼鉄の指が、そっと後孔に触れる。ファラウラはシーツを嚙み締めたまま、両の目を硬く閉じた。が、それは失敗だったとすぐに思い知る。目を閉じたせいで、指の動きがはっきりと分かってしまうのだ。

（こんなところまで触るなんて、信じられない……！　頭がどうにかなっちゃいそう……！）

　そんなファラウラの葛藤をよそに、鋼鉄の指は後孔の周囲をくるくるとなぞる。

　その指が怯《おび》える窄《すぼ》まりに差し込まれた瞬間、ファラウラは嚙んでいたシーツを離し甲高い悲鳴をあげた。

「いやーっ！　やっぱり、だめっ！」

「ほら、力を抜いて。指が嫌なら、舐めましょうか？」

「だめっ！　それは本当にだめ！」

「残念。でも、もう指一本入りましたよ？」

「え……」

信じがたい言葉が耳に入ると同時に、気づいてしまった。口にするのも憚《はばか》られる禁忌の場所に感じる異物感を。

「やだ、怖い、ラルジュ……！」

「怖くないって。あ、一応言っておきますけど、僕は別にアナルセックス愛好家でもなんでもありませんから。ただ、貴女の身体の中で僕が触れていない場所があるのが嫌なだけなので」

なんだかよくわからない理屈だが、少なくとも毎回コレをされるわけではないらしい。安堵をすると同時に、ファラウラの身体から強張りが抜けた。

「そうそう。そうやって楽にしてると、すぐに気持ち良くなるから」

濡れた秘裂に、熱い吐息を感じた。ラルジュが顔を近づけているらしい。そして再び、舌での責めが始まった。指と舌で秘部を入念に嬲られ、後孔には指が出入りをしている。

「んあぁぁっ！　あうっ！　そこ、だめっ！　感じ、過ぎちゃ……っ！」

室内に響く、粘着質な水音に激しい息づかい。それらの淫猥な音に加え、前と後ろを同時に刺激される未知の感覚にファラウラは我を忘れて喘ぎ続けた。

「はうぅっ！　あっ、あっ……！　もう無理、無理なの……っ！」

「……そうだな、俺も無理になって来た。ファラウラ、俺のを挿《い》れて欲しい？」

執拗な責めに耐え切れなくなったファラウラは、涙を溢《こぼ》して懇願をする。そこでようやく、指と舌が止まった。

「あ、ほ、欲しい……！　早、くっ！」

「ったく、俺の我慢も段々きかなくなって来たな……」

溜息混じりの声と共に、腰に両手が添えられる。ほんの少しの怯えと多大な期待に、ファラウラは無意識に腰を揺らした。

第二章　予期せぬ来訪者

出発当日の早朝。

ファラウラは早起きをして、今一度持っていく荷物の確認をしていた。ラルジュはまだ起きて来ない。

——昨日は丸一日、ファラウラは調査に出かける為の準備などをしながら一人でのんびりと過ごしていた。ラルジュは通常通りに出勤して行き、深夜になって帰宅した。聞くと、最終確認と打ち合わせなどをしていたらしい。

ラルジュはさすがに疲れたのか、シャワーを浴びたあとはすぐにベッドへ向かった。

ファラウラはその間に荷物の最終確認をするつもりだったのに、なぜか一緒に眠る羽目になってしまった。

『疲れているでしょう？　一人でゆっくり眠った方が良いのではないかしら。私はまだする事があるし、それが終わったら今夜はソファーで寝るわ』

『……僕から離れないように、と言ったでしょ。ほら、早くして下さいよ、眠いんだから』

眠さのあまり苛立っているのだろう。舌打ちまでされながら伸ばされた腕の中に、仕方なくおさまった。強い力で抱き込まれた次の瞬間、規則正しい寝息が聞こえて来る。

「一人の方が落ち着いて眠れると思うけど……」

そう文句を言いながら、それでも腕の中から抜け出そうとは思わない。

しばらくの間、ラルジュの心臓の鼓動をぼんやりと聞いていた。ラルジュが寝入ったところで抜け出そうと思っていたのに、心地の良い響きを聞いている内に瞼が重くなっていく。

（確認は、明日の朝で良いかしら……）

眠気はどんどん増していく。やがてファラウラも、ゆっくりと眠りの世界へと滑り落ちて行った。

◇

そしてファラウラは、午前五時前に目を覚ました。久しぶりの、自然な早朝の目覚め。灯台で暮らしていた時は大体六時前には起きていたのに、アシエに来てからは随分と寝坊助になった気がする。正確には、起床時間が遅くなったのはラルジュと一緒にいるようになってからだ。昨夜は身体を重ねなかった。体力を奪われなかったお陰で、こうして早起きが出来たのだ。

「ホウキは後で積んで貰うとして、着替えとかどうしたら良いのかしら。旅行ではないのだし、そうたくさん持って行くのもおかしいわよね」

命綱とも呼べる真珠はネックレスと腕輪を主装備にし、他に予備の指輪を持って行く事にした。そして魔法使いの象徴であるホウキ。ファラウラの羽根ボウキは柄の部分が猫型になっている。その猫の両目には、以前はホウキの材料になった樹木から自然に滲《にじ》み出た樹脂の塊がはめ込まれていた。その塊は外し、両目とも小さな真珠に変えておいた。

「やっぱり、あれもお守りで持ってくれば良かったかしら……」

今回アシエに戻るにあたり、ラルジュから贈られた一粒真珠は灯台の部屋に置いて来た。装飾品に加工する時間もなかったし、万が一失くしたら嫌だと思ったのだ。

けれど緊張感が高まるにつれ、不安な気持ちが込み上げて来る。

「もし何かあったら、真珠は棺に入れて下さいって遺言を書いておけば良かったわ」

「……縁起でもない事を言わないで下さいよ」

低い声が聞こえたと同時に、ファラウラの髪がくしゃくしゃとかき乱されていく。

振り返ると、ラルジュが上半身裸のまま憮然《ぶぜん》とした顔でファラウラを見下ろしていた。

「おはよう、ラルジュ。もう起きたの？　まだ寝ていれば良いのに……」

「おはようございます。あんまり寝過ぎるとだるくなりますから。そんな事より、今の発言はなんですか？」

「今の発言？」

「遺言がどうのってヤツですよ。出発の日にそういう事を言うのは止めて貰えますか」

ファラウラの髪に触れる手はどこまでも優しい。けれど、黒と青の両目は凍えたような冷たさを孕《はら》んでいる。

「あ、そ、そういうつもりではなかったの。ただ、ラルジュに贈って貰った真珠の事が気がかりで……。今回のお仕事は危険でしょう？　だからもし、私に何かあったら大切な真珠はどうなってしまうの、と思ったら急に心配になったの。でも、ごめんなさい、私ったら、気が滅入るような事を口にしてしまったわ」

「……俺が言いたいのはそういう事じゃない」

ラルジュは髪を撫でる手を止めると、そのまま指を顎に滑らせファラウラの顔を強引に上向かせた。

今、この雰囲気で口づけをされるとは考えにくい。という事は、さらなるお説教が降って来るはずだ。

「二度とこんな事は言わないわ」

「僕が貴女を絶対に守ると言ったでしょ？　それなのに遺言だのなんだのと。貴女は僕を信じていないんですか？」

——ラルジュの黒と青の双眸《そうぼう》には、もう冷たさは見られない。代わりに、まるで聞き分けのない子供を見るような不満が色濃く浮かんでいる。

「ご、ごめんなさい、ラルジュ……」

「それと、自分が棺に入る事を考える前にまずこの洋服類をトランクから出す事から始めて下さい。大体旅行じゃないんだから、着ているものとは別に上下一枚ずつあれば十分です。下着類も必要最低限にして下さい。川や雨水で洗えば十分ですから」

ファラウラは顔を引き攣《つ》らせた。もちろん、長期の任務だと毎日洗濯をしたり風呂に入ったりなど出来ないという事は覚悟していた。だが、実体験をこうして聞かされると少し怯んでしまう。

「……ラルジュは、大丈夫なの？」

「大丈夫もなにも。遠征した時はいつもそういう感じですから」

「そ、そうじゃなくて。私がお風呂に入れなくて、汚れていても大丈夫？　その、嫌いになったりしない？」

「はぁ⁉　なるわけないでしょ、その程度の事で」

心底呆《あき》れたようなラルジュの様子に、ファラウラはホッと肩の力を抜いた。

正直、ファラウラにとっては『その程度』の事ではない。けれど、ラルジュは「僕を信じて」と言った。その彼が「嫌いにならない」と言い切ってくれたのなら、少なくとも身体が汚れているという理由では嫌われる事は絶対にないと思う。

「良かった。それなら平気」

「ええ、平気です。普段だって別に、事前に必ずシャワーを浴びなくても良いと思ってるのに」

「そ、それは嫌！　だって恥ずかしいもの……！」

両手で己の身体を庇うように抱き締めるファラウラを、ラルジュは意地悪気な瞳で見つめている。

「な、何よ」

「もう忘れたんですか？　貴女と初めてセックスした時、僕は二日ほど風呂に入ってなかったんですよ？　川の水で身体を拭いていたとはいえ、そんな状態の俺のモノをいきなり剝き出しにして摑んで扱いて来るとか、散々やってくれたでしょ？　あの時、僕が恥ずかしくなかったとでも？」

「やめて！　わかったから、もうそれ以上言わないで……！」

――ファラウラは顔を真っ赤に染めながら両手で顔を覆った。

あの時の事を、時折ふと思い返す事がある。その度に、大胆だった自分の行動に身悶えするほどの恥ずかしさを感じているのだ。それを思うと、なす術もなく決して綺麗ではなかった部分を『襲われていた』ラルジュに対してはなにも言う事が出来ない。

「……俺が貴女を嫌う事はないし、もう二度と離すつもりもない。何があっても、これだけは信じてくれ。わかった？」

「え、ええ、わかった」

「じゃあ準備を続けて。僕は朝食の準備をしますから」

素直に頷くファラウラの唇に、触れるだけの口づけを落としラルジュはキッチンへと消えていく。ファラウラはその背を見送り、再び荷物の整理を始めた。

この二つの言葉を口にするのは簡単だ。だが、実行するのは案外と難しい。
――『信じて』と『信じる』
ラルジュとファラウラは、程なくしてそれを思い知る事になる。

＊＊＊＊＊＊

二人分の荷物とファラウラのホウキを魔導二輪に積み込み、機装騎士の本部に到着したのは午前十時を回った所だった。前庭には、今回調査に向かうメンバーの魔導二輪がすでに停車している。だが肝心の機装騎士達の姿がどこにも見当たらない。

「アイツらはどこに行った？　十時には前庭へ集合するように言ったのに。貴女はここで待っていて下さい。中を見て来るから」

ラルジュはそう言い、ファラウラを残したまま魔導二輪から降りた。そのまま歩いて詰め所に向かう。ファラウラは停車している魔導二輪に目を向けた。

六台の内、二台は建物の影が長く伸びた所に停まっていて、残り四台はその先の日が当たっている所に停めてある。

ゆらゆらと揺れる影を見た瞬間、ファラウラは声を上げてラルジュを制止した。

「待って、ラルジュ！」

ラルジュが振り返ると同時に、ファラウラは魔導二輪から飛び降りた。そして驚いたような顔のラルジュの元へ、真っ直ぐに駆け寄っていく。

「どうしました？」

「影が揺れているの！　建物の影が揺れるなんておかしいわ……！」

ファラウラはラルジュの横をすり抜け、右手を上げて真空の鷹を生み出した。

鷹は唸る風の刃を羽ばたかせ、弧を描くように建物の向こうに飛んで行く。

『きゃあ！』

「えっ……⁉」

鷹の姿が消えた瞬間、建物の陰から悲鳴が聞こえた。空気が軋むように響くその声は、明らかに人間のものではない。

「この声……まさか」

ファラウラは立ち止まったまま、前方を見据えた。その目の前で、声の主がゆっくりと姿を現した。

――熱く焼けた溶岩のような鱗《うろこ》に、燃え盛る炎の翼。詰め所の屋根と同じくらいの高さを持つ、巨大な火竜。

『いきなり攻撃をして来るなんてひどいのではなくて？　真珠の魔女、我が主の妹君でなければ、焼き殺しているところだわ』

「……なぜ、あなたがここに。もしかして――」

『ええ、我が主〝火竜の魔術師〟が魔導協会からの伝言を持って参りました。今は機装騎士団長にその旨を説明しているところです。わたくしは脆弱な小動物ではありませんので、中に入れませんでしょ？　ですから、こうやって外で待っていたのです。あぁ、攻撃を仕掛けて来た事ならお気になさらないで。貴女様は宝石魔女ですから、使い魔の存在というものに無頓着なのも無理ないですものね』

火竜の言葉に、ラルジュが大きな舌打ちをした。ファラウラはラルジュを宥めながら考える。魔導協会からの伝言とは何だろう。

そして、なぜそれを伝えに来るのがあの人でなければならなかったのだろうか。

そんなファラウラの不安を見すかしているかのように、実兄ライムーン・マルバの使い魔である火竜は、軋むような声をあげて笑っている。

「このムカつく使い魔は貴女のお兄さんのですか？」

「え、えぇ。でも、どうしてお兄様が……」

二人の会話を耳にした火竜は、口の端から火を噴きながら面白そうな顔を向けて来た。

『あら、貴方が例の？　良かったわね、真珠の魔女が宝石魔法使いで。そうでなければ、貴方ごときが薔薇竜の長女をその腕に抱《いだ》けるはずもなかったのよ？』

失礼極まりない火竜の言葉に、ファラウラは顔を強張らせた。だが当のラルジュは軍服のポケットに手を入れたままで火竜を見上げている。

「そうだな。良かったよ、ファラウラが宝石魔女で。おっしゃる通り、僕は彼女を手に入れられたしファラウラだって嫌味な使い魔のせいで名家の長子であるにもかかわらず、いまだに婚約者の一人もいない、なんて事にならずに済んだ」

『なっ……！　貴様、人間の分際で……！』

ファラウラは驚き、ラルジュの顔を見上げた。確かに兄には婚約者がいない。婚約がまとまりそうになっても、使い魔を紹介する段階で必ず破談になっている。だが、なぜそれをラルジュが知っているのだろう。

「ラ、ラルジュ、どうして？」

「言ったでしょ、僕の身元調査をされたって。だから逆に僕も調べたんですよ、薔薇竜の家の事を」

火竜は無言で炎の翼を広げた。鱗の隙間からは、シューシューと音を立てて蒸気が立ち昇っている。どうやら、相当怒っているらしい。

『我が主を愚弄した罪、その身で受けると良いわ』

炎を吹きながら、怒れる火竜はラルジュに向かって大顎を開けた。牙の間に、三重にもなった炎が渦を巻いている。ファラウラは溜息を一つ吐き、右手を空に振りかざした。

「ルゥルゥ先輩！　セールヴォラン副団長！」

『お止め下さい、火竜姫《かりゅうひめ》！』

その時、詰め所の中からダムアと銀の仔猫が飛び出して来た。火竜の放つ膨大な魔力に気づいたのだろう。ダムアは火竜が攻撃態勢に入っているのを目の当たりにし、両目を見開き驚いている。銀の仔猫は主の横をすり抜け、小さな体で火竜の前に飛び出した。

『火竜姫、そのお方は真珠の魔女が心から愛する男性です！　傷つけたりなどなさったら、あなたにどんなお咎めがあるか……！』

『黙れ、小動物が！』

火竜は太い足を持ち上げ、そのまま銀の仔猫の真上に容赦なく振り下ろした。風を切る音が聞こえた事から、その勢いの強さがわかる。

「やめてー！」

ダムアは、悲鳴を上げて己の使い魔の元へ駆け寄った。使い魔としての格は元より、そもそもの大きさが全く違う。

あの巨大な足で踏み潰されてしまっては、仔猫などひとたまりもないだろう。ダムアは震えながら仔猫の姿を捜す。

「いやだ、やだ、死なないで……！」

『落ち着いて、主。勝手にわたしを殺さないでください』

銀の仔猫は腹ばいになったまま竜の足の下から這い出て来た。その小さな身体には、傷一つ見当たらない。

「大丈夫なの⁉」

『はい』

「よ、よか、良かったぁ……！　でも、どうして……？」

ダムアは素早く仔猫を抱き上げ、振り下ろされた竜の足に目を向けた。

「あ、これ……！」

——竜の足と地面の間に魔法障壁が張られている。その特徴的な紋様には、見覚えがあった。

「セールヴォラン副団長！」

「……ったく、よりにもよって機装《うち》の敷地内で団長夫人の使い魔に暴行を加えようとするなんて、ご主人サマからどういう教育を受けてるんだよ」

吐き捨てるように言いながら、ラルジュは鋼鉄の右手を振った。魔法障壁は光の欠片を飛ばしながら、粉々に砕け散る。

『ありがとうございます、副団長』

仔猫はラルジュに向かって頭を下げた。その頭上から、火竜の嘲笑が降って来る。

『なかなか強力な魔法を使うじゃないの、欠陥品の分際で——』

火竜の言葉はそこで止まった。自ら発言を止めたわけではない。竜は炎の息を漏らしながら、ただパクパクと口を動かしている。

——鱗に包まれたその胸は、巨大な氷の槍《やり》で貫かれていた。

『し、真珠の、魔女……』

「……お前、今なんと言ったの？」

火竜を見つめるファラウラの瞳は、いつもの新緑色ではなくなっていた。燃え上がる業火の色が、その両目に宿っている。

「欠陥品、ですって？　職務を全うし、それで傷ついた私の大切な人を、お前は欠陥品と言うの……？」

ファラウラは右手を持ち上げ、手の平を火竜に向けた。

そしてそのまま、ゆっくりと指を握り込んでいく。

同時に氷の槍はビキビキと音を立て、ますます深く火竜の身体に突き刺さっていく。

『お、お許しを、真珠の魔女……！』

「謝るのは私にではないわ。ラルジュに謝って。それから、ダムアと仔猫にも」

『どうかお許しを！　機装騎士様、仔猫の魔女……！　フィッダ！　わたくしは別に本気で踏み潰そうとしたわけではないのよ！』

『わかっていますよ、ショーラ。あなたは高慢ではありますが、決して残酷ではない。しかし、真珠の魔女があれほどお怒りになっていらっしゃるのを見るのは初めてでして』

言いながら、仔猫は己の主を見上げた。いつもは朗らかな笑みを浮かべている主の顔は涙に濡れ、怒りに満ちた眼差しを火竜に向けている。ならば、と今度はラルジュ・セールヴォランの方を向いた。ラルジュはだるそうに黒髪をかき上げている。怒れる己の恋人を、止める素振りは微塵《みじん》もない。

『これは困りましたね……』

使い魔に〝死〟は存在しない。記憶も経験もなにもかも失う代わりに、〝再生〟をする事が出来る。だがそれは使い魔達にとって、いっそ完全なる死を与えて欲しい、と願わずにはいられないほどの恥なのだ。

「止めろ、ルゥルゥ！」

――その時、よく通る声が響いた。詰め所の入り口に、いつの間にか現れた若い男が立っている。

少し長めの檸檬《れもん》色の髪に、切れ長の目を持つ青年。その瞳の色は、新緑色をしていた。

「……お兄様」

「わざわざ言いたくはないがオレの魔力はお前には及ばない。ルゥルゥ、今ここでお前に使い魔を消滅させられたら、オレもそれなりにダメージを喰らう。お前は兄を痛めつけたいのか？」

「……いいえ、お兄様」

ファラウラは握り込んでいた右手をゆっくりと下ろした。

同時に、火竜の胸に突き刺さっていた氷槍も砕けて散っていく。火竜は血を噴き出す胸に手を当て、呻きながら血煙を吐いた。だが檸檬色の青年はその様子を一瞥《いちべつ》する事もなく、煩わし気に片手を振る。

「地に伏せろ。オレが命令するまで動くな。そして一言も発するな。わかったか？」

『か、かしこまりました……』

火竜はよろめきながら、緩慢な動きで地に伏せていく。

ファラウラは溜息を一つ吐き、火竜の元へと向かった。

そして胸元の傷に治癒術をかけ始める。

『真珠の、魔女……』

「謝ってくれたからもう良いわ。でも、二度と言わないで」

火竜が弱々しく頷くのを確認した後、ファラウラは緊張した眼差しを兄に向けた。兄の顔を見るのは、実に三年ぶりになる。

「お兄様、魔導協会からの伝言とはなんですか？　それに、どうしてお兄様が？　お兄様は今、リウニオーネへ留学中の王太子殿下の護衛についていらっしゃるのでは？」

「それは順を追って説明する。まずは喜べ、ルゥルゥ。昨日づけでお前達宝石魔法使いも、魔導協会への入会が認められたぞ」

「え⁉」

予想外の内容に、ファラウラは言葉を失った。

「アシエ王国機装騎士団副団長ラルジュ・セールヴォラン。その名前で魔導協会に意見書が届いた。意見書の内容については、理事と副理事に加え各国の王族から選出される代表委員会の面々で協議する。賛成と反対はちょうど半々だったが、我がモジャウハラートの王太子殿下が強硬に賛成を主張なさった。それで、可決採用となった」

ファラウラは驚きの顔をラルジュに向けた。その事は聞いていたが、まさかこんなにも早く通るとは思ってもみなかったのだ。だが、意見書を出した当の本人は喜ぶどころかどこか険しい顔をしていた。

「オレは魔導協会の所属証明印を持って来てやったんだよ。これを持っていれば、わざわざ届け出を出さずとも見せるだけで入国手続きが完了する。お前達は国境付近で仕事をするのだろう？　ならば必要だろうと思ってな」

「ありがとう、ございます……」

――兄の手の中にあるのは、光る金色の指輪だった。平たい上部に太陽が彫り込まれ、その中心には出身国の国旗が刻まれている。それは間違いなく、魔導協会のものだ。

「指輪の上部にインクをつけて書類や手紙に押せば、最優先で処理をしてくれる。有効に使え」

「はい、わかりました」

「……ルゥルゥ」

指輪を受け取りながら、ファラウラは気づいた。兄はファラウラに向かって呼びかけながら、その鋭い視線はラルジュを真っ直ぐにとらえている。

「お、お兄様、彼は――」

「知っている。お前の恋人だろう。まったく、父上も母上もひどく衝撃を受けていらしたぞ？　まさか薔薇竜の家の娘が、婚前交渉をするなど前代未聞だ」

「お兄様、私は……！」

「あぁ、それ以上言わなくても良い。そんな事より、お前に朗報だぞ、ルゥルゥ」

兄ライムーンは興味を失った、と言わんばかりにラルジュから素っ気なく視線を外した。ますます、ファラウラの胸に不安が広がっていく。

「お前は王太子殿下の婚約者候補筆頭だったが、宝石魔女だったせいで候補から外された。だが殿下はお前を婚約者にするおつもりだったんだ。当時もずいぶん陛下に逆らわれたと聞いている。それが今回、宝石魔法使いの立場が形だけでも対等になっただろう？　だから殿下は、再びお前を婚約者に迎えたいとおっしゃっている」

「わ、私を⁉　嫌です、私にはもうラルジュが……！」

兄は出来の悪い子供を見る目でファラウラを見ている。その眼差しに、ファラウラは震えた。あの時と同じ、ファラウラが宝石魔法使いだとわかった時の、失望と困惑が混じったあの眼差し。

「殿下はお前が一度他の男のものになった事は目を瞑るとおっしゃっている。気持ちが落ち着くまでは、世継ぎを急かしたりもしないそうだ」

ファラウラはゆっくりと首を横に振った。冗談ではない。ほんの子供の頃、たった数回会っただけの王太子になぜ嫁がなければならない？　大体、入学式の翌日にはもう婚約者候補から外れていたのだ。候補者を集めたお茶会にも参加していないし、王太子は魔法使いではないから学校だって別だった。王太子の容姿すら、うろ覚えだ。

なぜ、そんな『赤の他人』としか思えない人物の為に、自分がラルジュから離れなくてはならないのだ。

「そんなの、私は、絶対に」

言いたい事があまりにも多すぎて、上手く言葉が出て来ない。ファラウラは耐えられず、縋《すが》るようにラルジュの顔を見た。お願い、こっちに来て。側にいて。それから、馬鹿な事を言うなって、お兄様に言って。

——ラルジュは腕を組んだまま、微かに眉をひそめてファラウラを見つめ返している。

胸の中に、冷たい氷が滑り落ちていく感覚がした。

ファラウラは瞬時に、宝石を通してラルジュの感情を探った。

まず感じ取った感情は〝寂寥《せきりょう》〟だった。次いで、〝怒りと諦め〟が蒼玉《サファイア》の義眼から流れ込んで来る。

ラルジュ、どうして寂しいなんて思っているの。私は貴方を裏切ったりなんかしない。だって、貴方を愛しているんだもの。お願いだから、私を諦めたりしないで。

先ほど、兄の使い魔を貫いた氷の槍。その凍てつく槍が、今度は己の胸に深々と突き刺さっている。

そんな思いが、ファラウラの胸中にぐるぐると渦巻いていた。

＊＊＊＊＊＊

機装騎士団長夫人ミルハ・マルトーは、姉のように慕う先輩魔女が旅立つ背中を見送っていた。隣には夫である団長ノワゼットが共に立ち、部下の出立を見守っている。

やがて調査に向かう面々の姿が完全に視界から消えた後、ミルハは一呼吸置き勢いよく背後を振り返った。

「ちょっと火竜先輩！　何なの⁉　用事だけ済ませてさっさと帰ってくれれば良かったのに、何で殿下との婚約話なんて言うの⁉」

妹の後輩にいきなり怒鳴られ、ライムーンはたじろいだように一歩下がった。

「オレはただ、殿下に頼まれた伝言をしただけだ！　王太子の妻という事は、未来の王妃になるという事だぞ？」

「ルゥルゥ先輩が王妃になりたいっていつ言ったんですか⁉　……あの二人は色々あって、やっと上手くいったんです。今さら引っ掻《か》き回して来るとか最悪なんですけど！」

ミルハは尊敬してやまない『真珠の魔女』には幸せになって欲しいと思っている。

使い魔も言っていたように、あの優しい人があんなに怒った姿は初めて見た。

――それだけ深く想っているのだ。ラルジュ・セールヴォランの事を。

「ルゥルゥ先輩と副団長を引き離そうたって無理な話ですから！　二人の雰囲気を見たでしょう？　火竜先輩がそう殿下に伝えて下されば良いんじゃないの？」

「いや、それは……」

「それは、じゃないです！　もしかして言えないんですか？　薔薇竜の次期当主なのに？」

どこか歯切れの悪い姿に苛立ちを覚えながら、ミルハはライムーンに厳しく詰め寄る。

『主、お待ちください。火竜の魔術師にも今のお立場というものが』

「わかってるわよ。だからその立場でお話ししてくださいって、言ってるの」

銀の仔猫は伏せたままの火竜の側でちょこんと座り、首を左右に振った。

『お立場、というか立ち位置、と申し上げるべきでしょうか。薔薇竜の家系は特殊です。どうにか血縁者で固めようとする。ですが我々使い魔からしますと、昨今の薔薇竜の一族は血が濃くなりすぎています。火竜姫は色々な意味で己の主《あるじ》を守る為に、わざと破談になるよう振舞っていたのですよ』

「え、そうだったの⁉」

ミルハは火竜の顔を見た。火竜は命令に従いなにも言葉を発しない。だが目を伏せたその仕草が、すべてを物語っていた。

『しかし傍《はた》から見れば火竜の魔術師は使い魔も碌に御せず婚約者も決まらない男、としか見えないのでしょう。おそらく御一族の中では発言権が弱くなっていると思われます。口添えを頼んだところでどうにもならないかと』

仔猫の言葉に、ライムーンが顔色を変えて反論をする。

「そんな事はない！　オレは薔薇竜直系の後継ぎだぞ？」

「じゃあ言って下さるんですね？　王太子殿下と、ルゥルゥ先輩を結婚させようとしても無駄だって」

「そ、それとこれとは話が別だ！　なにも知らない者が勝手な事を言うな！」

怒鳴る口調こそ強いが、気まずい気持ちはあるのだろう。火竜の魔術師ライムーンは、捨て台詞を吐いた後、そそくさと己の使い魔に飛び乗り去って行った。

＊＊＊＊＊＊

機装騎士団の本部を出発してから約八時間。休憩も入れつつ、ようやくピエスドールに到着した。『金貨の雨』の時とは違い、街にはゆったりとした空気が流れている。

街の人々は、再び訪れた機装騎士達を見て少し不思議そうな顔をしていた。

ファラウラは魔導二輪の上から、そっと周囲の様子を窺った。減速して走る魔導二輪はファラウラと仔猫が泊まっていた宿を通り過ぎ、街の奥へと向かっていく。

奥へ行くほどひと気はなくなり、道も細くなっている。やがて黒光りする大きな建物が見えて来た。前回はここまで奥には来てはおらず、その存在に気づかなかった。

「ここは軍の訓練施設です。今日はここで宿泊します。まともな施設で寝泊まり出来るのは、これが最後だと思っていて下さい」

「はい」

ファラウラは大人しく頷きながらも、あまり喜色を表に出さないように注意していた。けれど、今夜から野宿だと思っていたから正直とても嬉しかった。

「出発は明日の朝。エテを通過し、その先のグリヴという町でまず情報を集めます。エテには前回かなり迷惑をかけましたからね、それに軍部がフォリーに尋問したところ、グリヴで人と会ったと言っていたらしいので聞き込みが必要です」

「グリヴね、わかった」

再び頷くファラウラの頬に、ラルジュが軽く口づける。ファラウラは上目で、恋人をそっと見上げた。

「ん？　唇《こっち》が良かった？」

「うん……」

ファラウラは素直に頷いた。頭では、そんな我儘《わがまま》を言っている場合ではないとわかっている。けれど、胸の中に埋まっている〝不安の種〟の存在に耐えられそうになかった。

「……ここには僕達以外にも軍人連中がいる。なので、二人で同じ部屋に寝泊まりするわけにはいかないんです。今キスしたら歯止めが利かなくなりそうなので、我慢して下さい。それと、貴女にはアレニエと同室になって貰います」

――ラルジュの言う通り、ここは大人しく「はい」と言うべきだ。何と言っても自分達は仕事に来ているのだから。けれど、ファラウラの口から出たのはまったく別の言葉だった。

「どうしても、一緒にいられないの……？」

そう口にした瞬間、ひどく後悔をした。自分はこんなに愚かな事を平気で口にする女だっただろうか。怒りすら覚えるほどの自己嫌悪に襲われながら、ファラウラは精一杯の笑みを浮かべてみせた。

「……嘘。ごめんなさい、ちょっと困らせてみたかっただけ」

ラルジュは片眉を微かに動かしただけで、特になにも言う事はなかった。どうやら上手く冗談だと思って貰えたらしい。

「今、アレニエを呼ぶんで乗せて貰って下さい。僕は手続きやら色々あるから、次に顔を合わせるのは夕食の時かな。その後も忙しいけど、寝る前にちゃんと顔を見に行きます」

「うん、わかった。ありがとう」

微笑むファラウラの頬を指で優しく撫でたあと、ラルジュは一度魔導二輪から降りた。そしてファラウラを抱き上げ、魔導二輪から降ろしてくれた。

「アレニエ！」

「はーい！」

返事と共に、アレニエの魔導二輪が近づいて来る音が聞こえる。そちらに向かって足を進めた時、背後からラルジュの静かな声が聞こえた。

「……ファラウラ」

「え、なぁに？」

「……あの時、俺の感情を読んだ？」

予想外の言葉に、ファラウラは声を詰まらせた。ここはどう答えるべきだろう。「読んでいない」と言おうか。そうすれば、あの時読んだ複雑な感情をうやむやに出来るかもしれない。

ファラウラは考えた末に、言うべき答えを決めた。

「ええ、読んだわ」

やっぱりラルジュに嘘はつけない。そんなファラウラの前で、ラルジュは顎に手を当て小さく頷いていた。

「……そうか。で？　俺の気持ちはわかってくれた？」

ラルジュの気持ち。あの時感じたのは、寂しさと怒りと、そして諦め。

──わかりやすいのは寂しさだ。ファラウラとしては必要があったとは思えないが、おそらく王太子の婚約者候補だった事を黙っていた事なのだと思う。怒りは何だろう。あの場ではっきりと拒否を示さなかった事だろうか。それを見て、ファラウラに諦めを感じた。そんなところではないのか。

「わかっ……」

『わかった』と言うつもりだった。だが、ファラウラはギリギリで口を噤んだ。どうしてなのかはわからない。次の瞬間、口をついて出たのはまったく逆の言葉だった。

「……わからないわ」

「わからない？　俺の感情を読んだのに？」

「だって、わからないんだもの」

この答えに、ラルジュは何と言うだろう。ファラウラは微かに身構えた。何かを察したらしいアレニエが、少し離れたところで待機している姿が視界の端に入る。

「……なるほど。わかりました。あぁほら、アレニエが待ってるんで早く行って下さい」

「あ、はい……」

わからないと言ったのに、ラルジュはなにがわかったというのだろう。

言われるがままアレニエの元に向かいながら、ファラウラは不安の種がゆっくりと芽吹いている事に、まだ気づいていなかった。

シャワー室で熱い湯を頭から浴びながら、ファラウラはぼんやりと考えていた。

夕食の時、ラルジュは機装騎士《こちら》とは異なるテーブルに着いていた。調査任務の事を話しているのだろうか。時折、同席している軍人達が頷いている姿が見てとれた。

途中で何度か目は合ったものの、結局夕食時間中に話をする事は出来なかった。

「……今は余計な事を考えちゃ駄目。お仕事の事だけを考えるべきだわ」

身体を清めたあと、ゆったりとしたワンピースに着替えてベッドに倒れ込んだ。

そのまましばらく静かに天井を眺める。アレニエは先ほど、魔装具整備士であり夫でもあるフォルミ・セーヴと共に大浴場へと向かった。今、部屋にはファラウラ一人しかいない。

「少しだけ、夜空を飛んで来ようかしら」

仕事が終わってから、と決めたものの、何だか気持ちが落ち着かない。ファラウラは起き上がり、ベッド横に立てかけておいたホウキを手に取った。

——魔女になってからというもの、悩んだ時にはこうして空を飛んで気を紛らわせるようになっていた。それは他の魔法使いも同じようなものらしく、星空の下を飛行していると二、三人の魔法使いと遭遇する事など珍しくはなかった。

「ラルジュは食後も何か打ち合わせをしていたみたいだし、ちょっとだけなら大丈夫よね。アレニエさんには一応、一言だけでもメモを残しておこうかしら」

アレニエが入浴に夫を同伴したのは、明日に備えて両足の整備も兼ねているのだと思う。二人はファラウラ達とは異なり『機装騎士と魔導装具の整備士』という元々行動を共にしていてもおかしくない関係にあるのだ。

『整備以外の行動』をとったところで周囲から不審がられる事はまずないと見て良い。けれど、万が一早く戻って来た時に心配をかけるわけにはいかない。

「うん、これで良いわ」

テーブルの上にメモを置いた後、ファラウラは窓を開け放った。

「はぁ、気持ち良い……。よく考えたら、こんなに空を飛んでいないのは初めてじゃないかしら……」

最後に飛んだのは空港から灯台へ帰った時。実に五日ぶりになる。何となく楽しくなり、高所へ移動する前に訓練施設の敷地上をぐるりと一周してみる事にした。

ざっと飛んでみたが、敷地はかなり広い。けれど警備の人数はそう多くないように見える。魔力波も特に感じない事から、防御結界の類は使用していないのだろう。

「アシエですもの、最新の防衛装置でもあるのかもしれないわ。ええと、そろそろ上に——」

「ファラウラ！」

上昇する寸前、地上から名を呼ぶ声が聞こえた。ファラウラは驚き慌てて下を向く。

「あ、ラ、ラルジュ⁉」

——遠目から見ても、ラルジュの鋭い目が怒気を孕んでいるのはわかった。その眼差しに射抜かれた瞬間、ファラウラは急いで降下を開始した。軍との打ち合わせはもっと時間がかかると思っていたのに、意外と早く終わったらしい。

「……何をやっているんですか？　夜は顔を見に行くと言ったでしょ？　勝手に空を飛んでどこに行くつもりだったんですか？」

「ご、ごめんなさい。アレニエさんもお風呂に行ってしまったし、ちょっと夜空を飛んで少し落ち着こうと思ったの。でも、そんなに遅くまでふらふらするつもりはなかったから……」

ラルジュは無言のまま手を伸ばし、宙に浮いたままのホウキを掴んだ。

そしてそのまま、まるで風船でも持っているかのようにスタスタと歩き始める。

ファラウラはホウキから降りる事も出来ず、黙って連れて行かれる事しか出来ない。

「あ、あの、止まってくれないかしら。ちゃんと降りるから」

「時間がないのでこのまま移動して下さい。部屋についたら降りれば良いでしょ」

「時間がないって、何の?」

「軍が荷馬車を一台貸してくれるというんで、お願いする事にしました。そこまで打ち合わせしたところで僕は途中退席をして、貴女を迎えに行ったんです。急げば彼らが会議室から出て来る前に部屋に連れ込めるから」

なるほど、とどこか他人事のように聞いていたファラウラは、言葉の意味を理解した途端、顔を真っ赤に染めた。

部屋に入るなり、ベッドに連れて行かれ互いの舌を絡め合う激しい口づけを交わす。空中散歩に出かける前にお湯を浴びていて良かった、とファラウラはどこか冷静に考えていた。

「あっ……!　んんっ!」

散々唇を貪ったあと、ラルジュの手がするすると胸元に回りやわやわと胸を揉《も》み込んでいく。じんわりと広がる緩やかな心地よさに、ファラウラは甘い溜息を洩《も》らした。

だが、いつもならすぐに胸の先端を弄ってくる指がなかなか動こうとしない。ただひたすら、柔らかな力加減で胸の全体をほぐすように揉み込んでいる。その感触は、眠気すら誘うほど気持ち良い。

「ラ、ラルジュ……ねぇ……」

「ファラウラ。俺に何か言いたい事はない？」

唐突な問いかけに、我に返ったファラウラは目をパチパチと瞬かせた。

「い、言いたい事……？」

「そう。ずっと何かを我慢しているでしょ？　お兄さんと、会った後から」

ファラウラは思わず息を飲んだ。黒と青の双眸は、そんなファラウラをただ静かに見つめている。

「貴女は本当に困った人だな。他人の事ではすぐに怒りを表す事が出来るのに、自分の事となると途端に臆病になる。まぁ、俺はそういうところが可愛いと思っているけど」

「わ、私は……」

――言いたい事ならある。けれど、それを上手く言葉にする事が出来ない。実兄を前にしたあの時と同じだ。自分の弱さがあまりにも情けなく、思わず涙が浮かんで来る。

「あぁもう、泣く事ないでしょ。言えないなら俺が言おうか？　といっても、貴女の気持ちは貴女にしかわからないから、俺は俺の気持ちを言うだけだけど」

ファラウラは頷きかけ、そして慌てて首を振った。こうやって先に言わせてしまっては、自分は今後もそれに甘えてしまう。そうしてどんどん、狡《ずる》くて信用のならない女になっていくのだ。

「ま、待って！　言うから、少し待って」

「いいよ、わかった」

言いたい事や聞きたい事は山のようにある。だがまずは一番大事な事を伝え、そして聞いておかなければならない。ファラウラはラルジュを見上げながら、気持ちをゆっくり整えていく。

「……ラルジュ。私、お兄様に言われるまで自分が王太子殿下の婚約者候補だった事なんて忘れていたの。子供の頃に会ったきりだから、正直殿下のお顔も思い出せない。だから殿下が何とおっしゃっても、私は婚約のお話を受けるつもりはないわ」

言いながら、ラルジュの手の上から己の手をそっと重ねた。骨ばった手と、硬い金属の感触。不思議と、心が落ち着いて来るのがわかった。

「お願い、私を信じて。私は絶対に貴方から離れたりしないから、だから――」

――だから、私をずっと側にいさせてくれる？

ファラウラは縋るような目で、目の前の愛する男を見つめた。ラルジュの指先が、ファラウラの頰をそっと触れる。その頰が、突然左右に強く引っ張られた。

「んや……っ⁉」

いきなりの暴挙に、ファラウラは目を白黒させる。ラルジュは頰を引っ張ったまま、大きく溜息を吐いた。

「全く、お兄さんの使い魔に僕が言った事を覚えていないんですか？」

「使い魔に言った事……？」

「〝薔薇竜の家の事を調べた〟。僕はそう言ったでしょ？　薔薇竜の家、にはもちろん貴女も含まれます。ですから僕は、貴女が王太子の婚約者候補だった事なんてとっくに知っていましたよ」

「え……？」

ラルジュはファラウラの頬を引っ張っていた指を離した。そして軽く口づけを落とした後、ファラウラの身体に両手を滑らせながら尚も言葉を続けていく。

「ですがまさか、僕の意見書が王太子に行動を起こさせるきっかけになるとは想像もしていなかった。それにはちょっと焦りましたが、僕は貴女を手放すつもりは一切ない」

「で、でも、私が読んだ感情は寂しさと怒り、それから諦めだった！　だから私……！」

婚約者候補だった事を知っていたというのなら、そして自分を放すつもりがないというのなら、なぜそんな感情を胸に抱いたのだろう。

「……交流試合の時から思っていたんですけど、貴女のその宝石から感情を読む能力。それはおそらく心に一瞬浮かんだ言わば表層の感情を読み取っているに過ぎない。だから貴女は僕の感情を〝わからない〟と言った。逆に僕は貴女が僕の本心をわかっていない事がわかった」

「じゃあ、どうして……」

「腹も立つし、寂しくもなりますよ。信じて欲しいと何度言っても、貴女は僕を信じてくれない。あの時も、まるで捨てられる事を怯える小鳥のような目で僕を見ていた。まぁ、急に変わるのは無理か、と諦めたわけなんですが」

ファラウラは両手で口元を押さえた。確かにいつも、感情を読んだ瞬間すぐに能力を遮断していた。それは、他人の感情を読むという行為があまり良いものとは思えなかったからだ。

「王太子は僕なんかより断然有利な立場にありながら、今までまったく行動を起こさなかった。それなのに貴女たち宝石魔法使いが魔導協会に認められたとたん、また婚約者にしようとする。そんな男に、何よりも大切な貴女を渡すはずがないでしょ？」

ラルジュの真っ直ぐな言葉が、猜疑によって凍りついた胸をじんわりと溶かしていく。

「ご、ごめんなさい、ラルジュ……。私ったら、また……」

「本当は任務の後でゆっくり話をするつもりだったんですけどね、貴女の様子を見ている内に段々と不安になりました。また逃げられるんじゃないかって」

ファラウラは胸を締めつけられるような後悔に襲われた。隊の責任者であるラルジュはずっと忙しく動き回っている。その彼を支えるどころか、持て余した恋情をぶつけた挙句に余計な事で悩ませてしまった。

これには『最低』という以外の言葉が見当たらない。

「ラルジュ。私、今回のお仕事が終わったら国に帰ってお父様にきちんとお話をする。もし反対をされても、私は貴方から絶対に離れない。魔女の魂をかけて誓うわ」

「……一つだけ言っておくけど、俺がされて一番嫌な事は貴女が俺の元からいなくなる事ですからね？」

「わかっているわ。私も同じだもの」

ファラウラの言葉を聞いたラルジュは、ふっと目元を緩ませた。そして互いの熱を帯びた視線を絡ませた後、再び唇を重ね合わせる。

身体を撫で回していた手はいつの間にか服の中へと入り込み、張りのある胸を揉みあげる。先ほどとは異なる強い刺激に思わず喉を反らせると、熱い唇が晒《さら》された首筋を吸い上げた。ファラウラは衣服を剝がそうとする手の動きに合わせるように、左右へと軽く身を捩った。

「ラルジュ……好き……」

「俺はそんなんじゃ済まされないくらい、愛しているけど？」

「わ、私だって……。もう、意地悪……」

――じゃれ合いながら、高まる気持ちのままに夢中で互いを求めていく。

室内は荒い息遣いに満ち、汗が雫になって飛び散った。

ラルジュはベッドが軋む音をあげる合間に、幾つもの甘い睦言を紡いでいく。

何度も達し、そしてまた激しく貪り合う二人には、もはや互いの事しか見えていない。

そうして室内の熱がようやく下がる頃には、外は夜明けの兆しを見せ始めていた。

翌朝。

ファラウラは気だるい身体を必死に動かしながら、のろのろとパンを千切っていた。テーブルの向かい側では、ラルジュが目玉焼きの黄身にスプーンを突っ込んでいる。

——明け方近くまで睦み合った後、二人で慌ただしくシャワーを浴びた。ラルジュは普段のように義肢装具を外して湯を浴びる時間はない、とそのままシャワーを浴びていたが、よほど気持ちが悪いのか時折呻き声をあげていた。

『だ、大丈夫?』

『大丈夫に見えます? クソッ、よくこんな感覚に耐えられるな、アレニエは。今ほどアイツの無神経さが羨ましいと思った事はない!』

悪態をつくラルジュの背中を軽く撫で、ファラウラはシャワー室の扉へと向かった。荷物もあるし、着替えもしなければならない。急いで部屋に戻る必要があった。

だが、出る直前に伸びて来た手に強く腕を引かれた。そしてその勢いのまま、浴室の壁に押しつけられたかと思うと、背後から熱く硬いもので一気に貫かれた。

『ひぁっ! あっ、な、なに……!』

『すみません、気持ち悪さに耐えられない。せめてここくらいは気持ち良くしてください』

『やっ、あぁっ! んんっ、だめ、もう、今日は、お仕事が……んあぅっ!』

『俺の事は気にしないで良いから、移動中に寝ればどうですか? そんな事より俺の両手は塞がっているので、壁に手をついて立っていてください』

——ラルジュは不快を訴えつつ、しっかり髪まで洗っている。そのラルジュに言われる

がまま、ずいぶんと恥ずかしい事をさせられた。恋人から与えられる気持ち良さを知り尽くした身体は、蕩けた体内を抉られるたびに何度も達し、足元から崩れ落ちそうになる。

ファラウラは羞恥に耐えながら、それでも必死になって左右にふるふると腰を揺らした。

結局、行為の快楽が気持ち悪さを上回ったらしいラルジュに強く抱き締められながら、それから更に二度ほど激しい絶頂に追いやられた。

そこからの記憶はない。意識を取り戻した時には、着替えが済んだ状態でベッドに寝かされていた。

そして食堂から朝食を持って来てくれたラルジュと共にテーブルに着いているのだが、食欲などほとんどない。けれどきちんと食事をとっておかなければ、と細かく千切ったパンをなんとかミルクで流し込み、果物を少しだけ齧った。

「……ごめん。俺が悪かった」

向かい側の席で、ラルジュがぼそりと呟いた。大半を残したまま、食事の手を止めたファラウラを見て彼なりに反省をしたらしい。

「貴女を前にすると理性が利かなくなる。でも、ここまで弱らせるつもりはなかった」

「……うん」

そこまで自分を欲しいと思われて、嬉しくないと言ったら嘘になる。けれどここで甘い顔をしたら後々、もっと恥ずかしくて大変な事をさせられそうな気がした。

きっとこの予感は間違ってはいない。ファラウラは、ただ静かに頷くだけにとどめておいた。

◇

「あ、魔女様！」

出発準備を終え、集合場所に向かったファラウラの元にアレニエが駆け寄って来た。そこでようやく、メモを残したきりで結局部屋には戻らなかった事を思い出した。

「おはようございます、アレニエさん！　あの、昨夜は──」

「魔女様おはようございます！　昨夜はすいませんでした！　フォルミに足を整備して貰ってる時に、何かその、ちょっと盛り上がって来ちゃったって言うか……。あたし、そのままフォルミの部屋で寝ちゃったんです。朝になって、魔女様を慣れない場所に一人ぼっちにしちゃったじゃん、って思って……！」

「あ、いえ、あの、私も……」

大柄な身体を折りたたんで頭を下げるアレニエの様子に、他の機装騎士達が揶揄うような声をかけていく。

「アレニエ、副団長にも謝っといたら？　魔女様になにかあったらお前、ボコボコにされるだけじゃ済まなかったと思うよ？」

「わかってるって！　副団長、魔女様を一人にしてしまい、本当に申しわけありませんでした！」

アレニエは再び、風を切る音を立てながら深々と頭を下げている。ファラウラは狼狽《うろた》えた。ファラウラは一人ではなかったのだから、謝られる筋合いはないのだ。

けれど、皆が見ているこの場でラルジュと二人きりだった、とは口に出しにくい。

「あ、あの……」

「……アレニエ、他の連中《おとこ》に彼女を預けるわけにはいかないし、お前に頼るしかないんだからな？　次、ファラウラを一人にしなければならない場面になった時は僕に一声かけてくれ」

「はい！　わかりました！　気をつけます！」

ファラウラは啞然《あぜん》とした顔で恋人を見上げた。ラルジュは澄ました顔で、自分の魔導二輪に向かって走って行くアレニエの背中を見つめている。

「アレニエが上手く誤解をしてくれて良かったじゃないですか。それとも、僕の部屋でアンアン鳴いてたのがバレた方が良かった？」

ラルジュは特に声を潜めるでもなく、普通に喋っている。ファラウラは慌てて周囲を見渡した。幸い、こちらの会話に気づいた者はいない。

「そ、そういう事を言わないでったら……！」

「はいはい。ほら、もう出発しますよ。さすがにそろそろ眠くなって来たでしょ？」

そう言うと、ラルジュはファラウラをひょいと抱き上げいつものように魔導二輪の前部に乗せた。確かに、今の状態では走り出してすぐに眠ってしまいそうな気がする。だが、このまま大人しくしているのも何だか悔しい。

「ねぇ副団長さん。私、荷馬車の方に移っても良い？　副団長さんのせいで、すごく疲れたから横になって眠りたいの」

もちろん本気ではなかった。それに、どうせ適当にあしらって来るだろうと思っていたのに。

「……俺から離れるなって、何度言えばわかるんだろうな、貴女は」

——聞こえたのは、押し殺したような低い声。驚き顔を上げたファラウラの目に入ったのは、感情の籠っていない黒と青だった。怒りの色は一切見えない。ただ、暗い何かが瞳の奥にまるで澱《おり》のように沈んでいるのがわかった。

「や、やだ、冗談に、決まっているじゃない……」

「そうですか。なら良いですけど」

ラルジュは時々、背筋が凍りつきそうなほど鋭く冷たい雰囲気を出して来る事がある。

昨夜、空を飛んでいるところを見つかった時もそうだった。

(もう、自分は揶揄って来るくせに……)

今一つ納得がいかないが、いっそ怒鳴られた方がマシ、と思ってしまうようなあの表情はそう頻繁に見たいものではない。

ここはひとまず機嫌を取っておいた方が良いだろう、とファラウラはラルジュの胸元をそっと引っ張った。

「眠る前に、キスして」

返事を待つ事なく、そっと両の目を閉じる。

やがてゆっくりと、熱が近づいて来る気配がした。

＊＊＊＊＊＊＊

冷たい石壁の部屋で、薄汚れた白衣をまとった人影が、机に肘をつきながら気だるげに溜息を吐いていた。

首回りをゆったりとした紫色のストールで包み、それを真っ赤なアネモネのブローチで留めている。白衣に合わせるには、少々特異な格好だった。

机の上には球体だったり多面体だったり、様々な形をした透明の宝石らしきものがいくつも転がっている。そのすべてに、濁ったような曇りが見受けられた。

「……せっかくここまで数を増やしたのに」

呟く声は、男のもの。押し潰されたような独特の声を持つ人物は、だらしない姿勢のまま目線を横に走らせた。そこには、一つの封筒が無造作に放り出してあった。

「あの聖騎士も捕まったみたいだし、魔導協会から調査の依頼も出されたというし、もう終わりかな。魔獣核の改造も、やり始めると結構楽しかったんだが」

——男は机の上に置いてある魔獣の核を、指先でころころと転がした。

魔獣核の改造を始めたきっかけは一人の友人だった。友人は最初、勤務先である魔導協会の同僚でしかなかった。だが男はある時、事件に遭遇した。そしてその事がきっかけで、同僚は友人になった。

友人は魔法使いではないが優秀な文書士だった。

自身が宝石魔法使いであるという事を気にしていない、というアピールのためにわざわざ魔導協会に就職をし、結果周囲から距離を置かれていた自分に〝ずっと話してみたいと思っていた〟と言ってくれた。

そんな友人と過ごすようになってから二年経った誕生日の夜。友人は真っ赤なアネモネをモチーフにしたブローチをプレゼントしてくれた。

『顔中そばかすだらけの根暗な男に花のブローチはどうかと思う』

『そうかな？　キミのそばかすはとても魅力的だし、似合うと思うよ』

友人に言われ渋々つけたものの、その美しく華やかなブローチは事件以来塞ぎこんでいた男の気分を明るくしてくれた。

帰り道、楽しく過ごせた礼を言う男に、友人がポツリと呟いた。

『……ずっと天涯孤独だと思っていたのに、実は祖母がいた事を知らされたんだ。またその人がお金持ちでさ、結構な額の遺産を残してくれてたってわけ。そうしたらまぁ、祖母の叔父だの従姉妹だのが出て来てもう大変。一ヶ月後には親族会議に引きずり出される』

心配する男に、友人は微笑みながらこう言った。

『遺産なんかどうでも良い。キミとこうやってお酒を飲んで、お喋りするだけで十分幸せなんだよ』

——男は事件がきっかけで周囲とより一層距離を置いていた。そんな男に、友人はただ一人寄り添ってくれた。そんな心優しい友人が正当に受け継ぐべき遺産《もの》を、なぜ無関係の連中に渡さなければならないのか。

だから、行動を起こした。

魔獣を眠らせて捕まえ、腹を切り開いて現れた魔獣核を少々弄った。そして切った腹を元通りに縫い直し、一ヶ月後の『その日』までひっそりと飼い続けた。それだけの事をしても、家と職場の往復しかしていない男が周囲から怪しまれる事はなかった。

そして一ヶ月後。

さりげなく友人から聞き出した親族会議の場に、男はこっそり狂った魔獣を解き放った。魔獣は爪をふるい牙を突き立て、欲に塗れた醜い人間達を次々と屠っていく。男は阿鼻叫喚の有様《ありさま》をのんびりと眺めていた。仮に魔獣がこちらに向かってきても、自分なら魔法で簡単に倒せる。

友人の安否も心配してはいなかった。友人には予防策を施しておいたからだ。〝友情〟を表すラピスラズリのブローチ。それを『会った事もない親族に囲まれても不安にならないように』と、友人に必ずつけておくように伝えた。魔獣の核を改造した時〝ラピスラズリの気配〟には近寄らないように設定しておいた。

それなのに。

男は茫然《ぼうぜん》と座り込んでいた。血塗れの友人を前に、なにも出来ないでいた。魔獣の爪に切り裂かれた友人の胸には、渡したはずのブローチはつけられていなかった。

『どうして、あのブローチをつけてくれなかったんだ⁉』

『……つけたく、なかったからだよ。友情の、ブローチなんて……』

血で染まった細い指が、男の胸元のアネモネにそっと伸ばされた。花の露に見立てた宝石をなぞる指を見て、初めて男は気づいた。

――赤いアネモネに籠められた、彼女の想いに。

男の感情は濁流のように荒れ狂った。怒りは友人を手にかけた魔獣に向かい、友人を困らせた欲深い連中へ向かい、そしてブローチをつけてくれなかった友人へと向かった。

けれど、その怒りをぶつける相手はすべて命を落としている。

男の心は、次第にある方向へと向けられ始めた。

あの時、自分があんな目に遭わなければただの同僚だった彼女が友人になる事はなかった。

そうしたら自分は彼女の話を聞く事もなかったし、改造した魔獣をけしかけようなどと思う事はなかった。

いや違う。奴らが真摯に対応してくれていれば、そもそも自分は落ち込んだりなんかしなかった。

そうだ、奴らが悪い。高い魔力を持つ自分達を尊敬するどころか軽んじ、存在を認めようとしない奴らが、全部。

そこから先の記憶は今でも曖昧なままだ。気がついた時には、遠く離れた異国で改造魔獣の〝製造〟に没頭していた。魔獣を捕らえ、核を改造し、また捕らえるだけの日々。

雑な管理体制に何体かが逃げ出し、その内、独自に繁殖までするようになっていた。

そしてどこからともなく、それを嗅ぎつけた連中に乞われるがまま、より凶暴に改造した魔獣を売って金を稼ぐようになった。

「……まぁ、最後にひと暴れするのも良いかもしれない」

そう呟き、男は背を反らせ大きく伸びをした。ストールがずれ、真っ白な喉元がさらされる。そこには、切り裂かれたような大きな傷痕があった。

＊＊＊＊＊＊

ピエスドールを出発してから約六時間。

グリヴに到着した時には、すでに昼を大きく回っていた。

ラルジュにばれないように小さく溜息を吐きながら、ファラウラはようやく肩の力を抜いた。ここに来るまでの大半をラルジュの腕の中で眠って過ごしていたとはいえ、ずっと座った体勢のままだと疲れはとれない。

機装騎士と荷馬車はそのまま町のはずれに向かう。グリヴの人々は、小さな町に突如として現れた機装騎士の集団に目を丸くしていた。

ファラウラは興味深げに周囲を眺める。向かう先には、いくつもの水車小屋が並んでいるのが見えた。

「水車があんなに並んでいるのを初めて見たわ……」

「ピエスドールが〝流星の街〟ならグリヴは〝水の町〟なんです。この町は湧き水が豊富ですから」

ラルジュの解説を聞いている間に、魔導二輪は水車小屋の前の開けた場所に到着した。

全員が魔導二輪から降り、指揮官《ラルジュ》の指示を待つ。

「ヴェルミリオン。お前は教会に行ってそこで偵察をしてくれ。この町では教会が一番高い建物だったからな。次、ロズとフォルミは集合場所で荷馬車と待機。残り全員で情報収集にあたる。各自、何かあればロズの集音範囲に入った上で報告。ロズ、緊急事態の時は煙弾を撃て」

「わかりました」

ラルジュの指示を受け、小柄なロズが魔導二輪の座席を跳ね上げ、金属で出来た翼のようにも見える謎の部品を取り出した。それを己の両耳付近にはめ込んでいく。

黙って見ていたファラウラは目を丸くした。ふわふわとした桃色の髪に隠れていたせいで気づかなかったが、ロズ・クロッシュは耳が義装具だったのだ。

「ロズは幻獣訓練士見習いでした。ですが、爆発事故に巻き込まれて両耳と肺の一部をやられたんです。専用装具はあの集音装置。半径五百メートルの範囲内の音を聞き取る事が出来るんで、こういった任務には欠かせない存在なんですよ」

「そう、なの……」

——幻獣の声は魔力を帯びている。肉体を欠損し、魔力回路を絶たれたら訓練士にはなれない。

その斜め後ろでは、ヴェルミリオン・フィルが鼻から上を完全に覆うような、金属製の仮面にも見えるゴーグルを装着している。視界を調整しているのか、両目の辺りから細長い筒のようなものが伸びたり縮んだりしていた。

「ヴェルミリオンは元王宮警護官です。けど、目の病気で両眼を摘出する事になった。それでも警護官を続けられるよう上司が掛け合ってくれたらしいですが、微弱な魔力波すら感知できなくなった自分が王宮の警護をやるべきではないと、自ら退職したんですよ」

——それでも、こうやって機装騎士として新たな道を歩んでいる。これまでとは違う形で、国を守っていこうと決めたのだろう。

「……皆さんは、強い方達なのね」

思い描いていた夢や、変わらず続くと思っていた日常が唐突に壊された時。すべての人間が歯を食い縛って立ち上がり、前を向いて歩いて行けるわけではない。

「……そうでもないですよ。いや、そうでもないって事はないですけど、むしろ立ち止まるとそこから動けなくなってしまうんで必死に歩みを止めないだけです。後はまぁ、支えてくれる存在が側にいるってのもあるんでしょうけど」

「あ、それって……」

「えぇ。幸いというかなんというか、ウチの連中は全員奥さんか恋人がいます。……まぁ、これまでは僕だけ独り身だったんですが」

　ラルジュはおどけたように肩を竦めている。それに対してどう返せば良いのかわからず、ファラウラは困ったような顔で恋人の顔を見つめた。

「……ここは笑うところなんだけどな」

「え⁉　あ、ご、ごめんなさい！」

　慌てるファラウラの鼻先が、鋼鉄の指先でコツンと突《つっ》かれる。むぅ、と頬を膨らませながら、ラルジュが下した先ほどの命令について一つ提案をしてみた。

「ねぇ副団長さん、高い所から偵察をする必要があるのでしたら、私がフィルさんをホウキに乗せて飛ぶのはどうでしょう。町の中央付近の上空だと、効率よく偵察が出来るのではないかしら」

「…………ったく、そこには気づかなくていいのに」

　ファラウラは首を傾げながらラルジュの顔を見上げた。低い声で呟かれたせいで、何を言ったのかよく聞こえない。小さく舌打ちが聞こえた気がするが、それは多分気のせいだと思う。

「あの、よく聞こえなかったわ。今なんて言ったの？」

「いえ、別に。えーっと、ありがたいお申し出ですがその必要はありません。あまり高い所に行かれるとロズの集音範囲から出てしまいますから」

それはわかっている。ファラウラとて、そこはきちんと考えていた。

「クロッシュさんの集音範囲は半径五百メートルでしょ？　そこは超えないように気をつけるわ。教会の尖塔の高さくらいにしておけばうっかり上がり過ぎる、という事もないと思うの」

「ヴェルミリオンの偵察用望遠レンズは性能が良いんで教会で十分です」

「でも、教会は町の東側に位置していたわ。だったら中央からの方が……」

「……はいはい、わかりました。そんなに僕が信用出来ないなら、本人に聞いてみましょうか？」

信用出来ない、とは一言も言っていない。自分はただ、役に立ちたいだけなのに。

「ヴェルミリオン！　お前が魔女さんのホウキに乗って、空から偵察をした方が良いと思うか？」

「えぇ⁉　い、いいえ、思いません！」

「だよな」

ほら見ろ、という顔で見つめられ、ファラウラは項垂れた。機装騎士には機装騎士のやり方があるのだ。素人が安易に口を出すべきではなかった。

「差し出がましい真似をしてしまってごめんなさい……」

「いいえ、お気持ちだけ受け取っておきます」

ラルジュは澄ました顔で片手を上げ、号令を出した。指示を受けた機装騎士達が、別々の方向に散っていく。

と、アレニエの魔導二輪がこちらに向かって来た。

「……魔女様、ウチの副団長が本当にすみません」

すれ違いざまに、アレニエがこっそりと囁きかけて来たが、その意味はよくわからなかった。

◇

数分後。

ラルジュの魔導二輪は、一軒の小さな酒場の前に停まっていた。

「あの、ここは？」

「フォリーが人と会った、と証言していた酒場です。その会っていた、という人物が魔獣核の改造に関わっている事はほぼ間違いないですし、二年前の事件と今回の事件、両方でその人物に会っていたとしたら店主や客の記憶にも残っているのではないかと。それに、グリヴまでは天馬で来たはずですし」

確かに、アシエで天馬に乗っているのは聖騎士だけだ。身元が一目でわかる職種の人間は、人々の記憶にも残りやすいだろう。

ファラウラは頷きながら、店の入り口に目線をやった。木製のドアは艶が出るまでしっかりと磨き上げられている。見つめる中、ふいに店のドアが開いた。客が出て来るのだろうか。となんとなく見つめていると、身体を持ち上げられた。

「ほら、ボーッとしてないで。降ろしますよ」

ラルジュはファラウラを魔導二輪から降ろした後、左手をかざして魔導二輪を魔力網で覆う。ファラウラは目を見張った。魔力網とは、文字通り魔力で編まれた網の事だ。防御魔法の一種だが、ここまで細かい編み目を持つ魔力網はなかなか目にする事はない。

「アシエでは飲食店の中にホウキは持ち込めませんから。こうしておけば安心でしょ」

「え、えぇ、ありがとう……」

――今さらながら思う。ラルジュが聖騎士のままだったなら、きっと歴史に名を残す存在になっただろう、と。そうなっていたら、自分がこの場にいる未来などなかった。

「これから中に入りますけど、僕から絶対に離れないで下さいね？　客のほとんどは地元住民でしょうから安全だとは思いますが、念のためです」

「わ、わかりました」

今は余計な事を考えている場合ではない。ファラウラは今一度気を引き締め、ラルジュの後に続いた。

◇

店内に足を踏み入れると同時に、客の視線が一斉にこちらを向いた。まだ時間が早いからか、数人の客しかいない。ファラウラは視線から逃れるように店内をそっと見渡した。

「いらっしゃい……お、機装騎士じゃねぇか。これは珍しい事もあるもんだな」

大柄な壮年の店主が、人好きのする笑顔で出迎えてくれた。

「空いてる席ならどこに座っても良いですよ」

従業員らしき若い男の言葉に、ラルジュは首を横に振る。

「いや、僕達は客じゃない。聞きたい事があって来ただけだ」

「聞きたい事って？」

「二年と少し前。それから四カ月くらい前。店に聖騎士が来なかったか？」

「あぁ、その兄ちゃんなら来たよ。細身で茄子《なす》色の髪をした男だろ？」

店主は考える事もなくすぐに頷いた。その場に居合わせていたのだろうか、常連らしき二、三人もうんうんと首を縦に振っている。ファラウラとラルジュは、思わず顔を見合わせた。

「空を見上げたら、たまに警邏中の聖騎士を見かける事はある。でも地上に来る事なんて滅多にないからさ、降りて来た時には驚いたよ。近所の子供達も大はしゃぎだったからよく覚えてる。人当たりの良い兄ちゃんだったな、聖騎士ってもっと高慢ちきだと思ってたから意外だった」

「……その認識はまぁ、間違ってはいないな。で、その聖騎士はここで人と会っていたと思うんだが、その人物の顔を見たか？」

「人と会ってた？　いや、待ち合わせをしてる感じじゃなかったと思うぜ？　降りて来たのだってパトロール中に喉が渇いたからって言ってたし、飲酒騎乗は禁止だって葡萄ジュースを一杯だけ飲んで、店内にいた連中と少し喋ったらすぐ出てったからな。この前もそんな感じだったよ」

ラルジュは難しい顔で押し黙っている。ファラウラはさりげなく客を確認した。

（男性が四人、女性が一人……）

その内、奥の方で琥珀《こはく》色の酒を飲んでいる男女と、先ほど声をかけてくれた従業員から微かな宝石の気配がした。

ファラウラはこっそり、意識を集中させる。

ほどなくして捉えた感情は『好奇』と『憧憬』。そして『困惑』に『嫉妬』。

従業員は機装騎士に興味を示し、だが質問内容に意味を見出せず困惑している。

女性の視線は、ラルジュに釘づけになっているし、連れの男はラルジュに嫉妬を感じている。

どれも今の状況に沿った感情で、なにも不自然な事はない。

「どんな話をしたか、覚えてるか？」

「どんなって、ただの世間話だったと思うけど。なぁ、お前らなんか話した？」

店主に聞かれ、奥の男女と反対側の隅にいる男が首を傾げている。

「ウチは常連ばっかりだからな。聖騎士の兄ちゃんが来た時、店内にいたのは俺と、そこのファリーヌとガトー、後はあっちにいるヴィアンドとさっき帰ったカティーア。俺はいつも通りここにいた。皆もいつもの場所……要は今と同じ席で、カティーアはそこのカウンターの端。聖騎士の兄ちゃんはその一つ横に座ってた。特別誰かと話し込んでた感じでもなかったけど」

店主の言葉を肯定するように、客達も一様に頷いている。

「……副団長さん、皆さんの中に不自然な感情を持っている人はいなかったわ」

「そうですか……」

ラルジュは溜息を吐いている。

その横顔を見つめながら、ファラウラは今、耳に聞こえたある言葉に胸がざわめくのを感じていた。

酒場を出た後、ラルジュは大きく溜息を吐いた。

「フォリーがこの酒場に来たのは確かでしたが、人と会った、というのは嘘でしたね。とりあえず全員の情報をすり合わせてから、本部に報告をします。フォリーは密会相手の人相まではは吐いていないようなんで、必要に応じて尋問をする事になると思いますが」

そう呟くラルジュの顔は暗い。その胸中を思い、ファラウラは胸を痛めた。正確な情報を吐き出すまで、フォリー・ヴィペールは『身体的な尋問』を受け続ける事になる。

モジャウハラートとは違い、アシエでは肉体を欠損するような過度な行為は許されていない。とはいえ、それがかつての友人となると色々と思う所があるのだろう。

「あの、副団長さん。さっき私、少し気になる事が――」

その時、空気を裂く音と共に遠くから煙弾が二発上がった。

方角的に、待機中のロズ・クロッシュが撃った煙弾に間違いない。たなびく煙を目にしたラルジュの顔色が、一瞬にして変わった。

「ロズ、フォルミ……！」

ラルジュが声を絞り出すようにして呻いた。だが、その場から動く事なく蒼白《そうはく》な顔で、ただ両の手を強く握りしめている。

「どうしたの⁉　合図が来たのでしょ、早く戻らないと！」

「いや、戻らない。代わりに教会に向かう。〝集合〟の煙弾を撃って残りの全員を集めたあと、改めて態勢を立て直す」

「どうして⁉」

「今の煙弾は〝退却〟の合図だ。今、あの場所に近寄るのは危険って事なんだよ」

「そんな、だって、お二人がまだ……！」

「ロズがそう判断したんだよ！」

左手で髪をぐしゃりと摑み、声を荒げるラルジュをファラウラは静かに見つめ返した。

そして思った。このままにしておいてはいけない、と。

「……私が様子を見に行くわ」

「はぁ？　駄目に決まってるでしょ⁉」

ファラウラは身を翻し、停車中の魔導二輪に駆け寄った。そして躊躇《ためら》う事なく結界網に片手を突っ込む。防御魔法が反応し、バチバチと火花が飛び散らせた。それをものともせず、魔力の網を破ってホウキを摑み出す。

「ファラウラ！　ちょっと待て！」

「いいえ待たない！　貴方は今、自分がどんな顔をしていると思う⁉　ヴィペールさんをいまだに心配しているような貴方が、仲間の皆さんに何かあって平気な顔をしていられるはずがない！　私は貴方に、悲しい思いをして欲しくないの！」

ファラウラは制止を振り切りホウキに飛び乗った。即座に、ラルジュの手が届かないギリギリの高さまで上昇をする。

「ファラウラ！」

「大丈夫、心配しないで。貴方の大切な仲間は、私が必ず助けるから」

——空と地上で交差する視線。先に視線を逸らしたのは、ラルジュの方だった。

「……先に行ってください。俺もすぐに行きます」

「ええ、わかった」

すでにラルジュは魔導二輪のエンジンをかけている。他の騎士達もすぐに駆けつけるだろう。

ファラウラは羽根ホウキを上昇させ、薄れゆく煙が微かに漂う方向に向かって猛スピードで飛んだ。

第三章　愛と友情の獣

シャラシャラという、針鱗揚羽《しんりんあげは》の翅《はね》の音。ロズ・クロッシュは荷馬車の幌《ほろ》の上に立ち、両手の剣を駆使してひらひらと飛ぶ魔蝶を叩き切っていた。

荷馬車を引いていた二頭の鬼馬《きば》は、針鱗揚羽の大群が飛来する音を聞きつけた瞬間、馬具を外して遠くに逃がしてある。

人に懐くという点で使役されている鬼馬だが、元は魔獣の一種なのだ。離れていれば、魔蝶に襲われる事はないだろう。

「ロ、ロズ君！　大丈夫⁉」

「馬車から出るなよ、フォルミ！　それから布で鼻と口を覆ってろ！　絶対に鱗粉を吸うんじゃねーぞ⁉」

喋る度に、ロズの口元から霧状の血煙が散る。蝶を切る時、どうしても針状になった鱗粉を吸い込んでしまう。それでも立っていられるのは、気管と肺の一部が機械になっているからだ。

「あー、義肺で良かった。にしても、喉がクソ痛ぇ……！」

れていた。

「ロズ！　無理するなよ！」
少し離れた場所では、エフェメールが両手の火炎放射器で襲い来る魔蝶の群れを焼き払っている。エフェメールはたまたま、ロズとフォルミのために軽食を差し入れに来てくれていた。

鱗粉の影響を気にせず針鱗揚羽を倒せるエフェメールと、ある程度は鱗粉に耐えられる自分がこの場所にいた。それは非常に幸運な事だったが、それもさっきまでの事だ。

「アレはなんなんだよ、気味悪ぃな……」
――森の入り口を塞ぐように佇む、一匹の魔獣。空を黒く染めるほどの魔蝶の大群がもたらす羽音に気を取られ、その存在に気づいたのはほんのつい先ほどだった。

ひょろひょろとした体軀に細長い手足。まるで生き物のようにうねる頭部の毛。枯れ枝のような手足には平たい鎌状の爪が生え、先端からポタポタと青黒い液体が垂れている。

初めて目にする、異質な魔獣。

決して大きな体軀ではないのに、目にした途端、背筋に寒気が走った。この魔獣は何かが違う。その予感に従い、反射的に退却の煙弾を撃った。

『未知の敵』というのは情報がないから未知なのだ。

やみくもに全員で立ち向かうより、一人か二人の犠牲を出してその亡骸から魔獣の痕跡を調べて貰った方が良い。それは元幻獣訓練士見習いとしての判断だったが、果たしてそれが正しいのかどうかはわからなかった。

「こっちが力尽きるのを待ってるのか、それとも他に目的があるのか？」

謎の魔獣を視界の端に入れたまま、ロズは剣を振るう。ふと、エフェメールの火炎放射が止まっている事に気づいた。

「エフェメール！」

エフェメールは膝を折り、両手を地面につけて苦しげに肩を上下させていた。専用装具が肉体に及ぼす負荷が限界を迎えたのだ。

針鱗揚羽が一斉に、エフェメールに向かって飛んで行く。弱点である炎を生み出す人間を、先に仕留めようとしているかのような行動。ロズは急いで荷馬車から飛び降りる。同時に、今まで微動だにしなかった魔獣が一歩足を踏み出した。

「なっ……！　コイツ、急に……！」

——細長い指が、空中でゆらゆらと蠢いている。ピアノを弾いているようにも見えるその動きが段々と激しくなっていくにつれ、鎌状の爪が触れ合い耳障りな音を立てた。

魔獣の大きな目が、ぎょろりと動いた。血の気が引く音を聞くよりも早く、魔獣が地を蹴り前方に飛んだ。振りかざされた鎌状の爪。それが仲間《エフェメール》に振り下ろされていく様を、ロズは茫然と見つめていた。

「動くなロズ！」

突如として集音装置に飛び込んで来た声。ロズは反射的に足を止めた。次の瞬間、どこからともなく放たれた炎弾に撃ち抜かれ魔獣が後方に吹っ飛んでいく。魔獣はそのまま巨木に叩きつけられ、背中からズルズルと滑り落ちていった。

魔獣が動かなくなると同時に、針鱗揚羽の群れが散っていく。それは指揮官を失い、右往左往する部隊の様にも見えた。

「ランの遠戦火砲《キャノン》！　助かった……」

「皆さん、ご無事ですか⁉」

ホッとする間もなく、今度は真上から声が降って来た。ロズは驚き空を見上げる。真っ青な空に、苺色の髪をなびかせた魔女が羽根ボウキに乗って飛んでいた。ホウキの後方には、不自然に背を反らせたヴェルミリオンが同乗している。

「魔女様⁉　え、なんでヴェルミリオンが魔女様のホウキに乗ってんの？　副団長は？」

ロズの問いに、柔らかな声が答えた。

「もうじきいらっしゃると思います。こちらに向かう前に教会へ寄ってフィルさんを乗せて、町の中央から全体を見渡して頂きました。そうしたら、見た事も無い魔獣がいるとおっしゃったので、長距離攻撃が可能だというヴァーズさんを見つけて」

「そうだったんですね。ありがとうございました」

苺色の魔女は微笑みながら、ゆっくりと下降して来る。待ちきれなかったのか、ヴェルミリオンがホウキから先に飛び降りて来た。

「大丈夫か？　皆も、すぐそこまで来てるからな」

「ボクは良いから、エフェメールを見てやってくれよ。フォルミは息使いも鼓動も正常だから怪我はない。アレニエが来るまで放っておいても大丈夫」

「わかった」

駆けていく仲間の背をぼんやりと見つめながら、ロズはふと目線を上げた。苺色の魔女は、中空に浮いたまま地上に降りて来ようとしない。つい今しがた浮かべていた柔和な笑みは身を潜め、微かに眉根を寄せた顔で一点を見つめている。

「魔女様……？」

魔女の視線の先には、巨木にもたれかかりぐったりとした魔獣がいる。魔女と魔獣の間で視線を往復させながら、ロズはまだ事態が収まっていない事を悟った。

◇

ファラウラは項垂れたまま動かない魔獣を見つめていた。この魔獣はなんだろう。古代の魔獣や霊獣、幻獣が記録されている図鑑にも載っていない未知の生物。よくよく見ると、わずかに胸が上下している。まだ、死んではいない。

気になるのはそこだけではなかった。この魔獣からは、宝石の気配がする。清々しく鮮烈な、ラピスラズリの気配。

（……感情を、読んでみようかしら）

魔獣に繊細な感情があるのかどうかは不明だが、少なくとも害意があるかどうかはわかるかもしれない。意識を集中させたその時、複数の魔導二輪による排気音が聞こえた。

「あ、皆が来た」

ロズ・クロッシュの呟きと同時に四台の魔導二輪が姿を現した。先頭にいるのは副団長ラルジュ・セールヴォラン。顔の刺青と同じクワガタが刻まれた魔導二輪が、真っ直ぐファラウラの方に向かって来る。

「ファラウラ！」

ラルジュの顔には、安堵と焦燥《しょうそう》、そしてわずかな恐怖が浮かんでいた。

「ラルジュ？」

「後ろに下がって」

宙に浮いたままのファラウラを押しのけ、ラルジュが一人前に出た。右腕には、専用装具である雷撃加速砲《レールガン》が装着されている。

「待って。まだ魔獣には息があるわ」

「わかってます。それよりもこいつは多分、俺の手足を吹っ飛ばしてくれた魔獣《ヤツ》だと思う」

「え⁉」

思わぬ言葉に、ファラウラは驚き両目を見開いた。

確かに、少し気になってはいたのだ。ラルジュは高レベルの防御魔法を操り、戦闘にも長けている。そんな彼が、奇襲を受けたとはいえ手足をあっさりと奪われたりするものなのだろうか、と。

「あの時は大群の針鱗揚羽で周囲がよく見えていなかったとはいえ、一瞬で手足を持って行かれた。現場は大混乱だったから、誰も俺を襲った魔獣を見ていなかった。けどこの前の腐爪熊《ふそうぐま》や刃翼蟻喰《じんよくありくい》、溶毛猿《ようもうざる》にはそこまでの攻撃力はない」

「じゃ、じゃあ、新種の魔獣……？」

ラルジュは首を横に振り、腕にはめていたレールガンを外した。

「いや、改造魔獣だと思う。元の魔獣がなんなのかよくわからないが、まぁ魔獣核を調べればわかるでしょう。さっさと止めを刺して核を取り出さないと」

——その時、ファラウラは気づいた。右腕をつけ替えているラルジュの手が細かく震えている。物言いは飄々としているが、当時の記憶が蘇って来たのかもしれない。

ファラウラはさりげなく、他の機装騎士とラルジュの間に移動し視線を遮った。彼の事だ。きっと、部下達には今の姿を見られたくないだろう。もちろん、ファラウラも気づかないフリをした。

「抵抗できないように、身体を拘束しておくわ」

頷くラルジュを確認し、ファラウラは氷の大蛇を生み出し放った。凍れる蛇は、未知の魔獣を瞬く間に締め上げていく。

その様子を見ながら、ファラウラはラルジュにどう報告をしたものかと悩んでいた。

先ほど、魔獣の感情を探った。

直後にラルジュ達が来たため、すぐに意識を遮断したがしっかり感情は拾っていた。

ただ、その感情がどうにも理解出来ないものだったのだ。

なぜ魔獣が、しかも改造を施された魔獣が、『愛情』と『友情』を胸に抱いているのだろうか。

「副団長！　そいつの止《とど》めは、アタシにやらせて貰えませんか⁉」

ファラウラはラルジュに説明すべき事を整理していた。その後ろから、大斧を担いだアレニエが足音荒く近づいて来る。

「……俺がやる」

「なんでですか⁉　フォルミが、アタシの旦那が死ぬかもしれなかったんですよ⁉　妻として仕返ししないわけにはいかないじゃん！　って言うか、副団長はアタシに譲るべきなんじゃないかなぁ！」

その言葉に対し、ファラウラの脳内に疑問符が浮かぶ。他の機装騎士達も皆、同じような表情を浮かべていた。だが、途中から敬語を忘れ始めたアレニエの剣幕に、誰もなにも言おうとしない。

「譲るべき、ってなんだよ」

ラルジュはイラついた顔をアレニエに向けた。だが、アレニエには怯む素振りはない。

「最初に魔女様が言ってたように、ヴェルを魔女様のホウキに乗せて中央から偵察させれば良かったんですよ！　そうしたらあのヤバそうな魔獣にもっと早く気がついただろうし、フォルミが危ない目にあう事もなかった！　魔女様がヴェルとランを上手く使ってくれたから、今こうやっていられるんですよ⁉」

「……ボクとエフェメールも危ない目に遇ったけどね」

ロズがこっそりと呟き、負荷ダメージから回復してきたらしいエフェメールも肩を竦めている。

「こんな魔獣を作るくらいだからそれなりにヤバい組織だと思うし、万全の偵察態勢を敷くべきだったと思いますけど⁉　それを、魔女様を男と二人っきりにしたくないとか、そんな理由で……！」

アレニエの言葉に、ファラウラは仰天した。あれは、場数をくぐって来た機装騎士としての判断ではなかったのか。

「ま、待って、どういう事？」

「魔女様のホウキって結構大きいから二人で乗れなくもないけど、相当密着しないとですよね。だから嫌がったんですよ、副団長が」

ファラウラは驚きの眼差しをラルジュに向けた。当の本人は気まずそうに顔を逸らしながら、ぶっきらぼうにアレニエを呼ぶ。

「……来い、アレニエ。止めは俺が刺すけど、核を取り出すところはやらせてやるよ。それで良いだろ」

「いや、でも！」

どうしても自らの手を下したいのだろう。アレニエが抵抗を見せる。そんなアレニエの背後から、おっとりとした声がかかった。

「アレニエさん、ロズ君が守ってくれたから、僕は怪我もないし大丈夫です。ここは副団長の指示に従いましょう。ね？」

アレニエは唇を嚙み押し黙っている。夫であるフォルミは柔らかな笑みを浮かべたまま、妻アレニエの背を優しくさすっている。数秒後、アレニエがようやくゆっくりと頷いた。

「……わかった。フォルミ、アンタがそう言うならそうする」

「ふふ、さすが僕のアレニエさんです」

儚げな青年フォルミはおっとりと微笑んでいる。その穏やかさに怒りの毒が抜けたのか、アレニエも照れたような笑みを浮かべていた。

「よし、じゃあ副団長、行きましょう」

「あぁ」

機嫌を治したアレニエと、どこかホッとした様子のラルジュが魔獣の元に向かう。その背をぼんやりと見つめるファラウラの胸に、怒りとも悲しみともつかない感情が過った。

ラルジュは信じろという割には、ファラウの事を何一つ信じてくれていない。

ヴェルミリオン・フィルと空で二人きりになったからといって、それがなんだというのだろう。確かに、恋人でもない男性と密着するのは気がひける。

けれど、同じ事を出会ったばかりのラルジュに何度も強いられて来た。それを今更、よりにもよってこんな局面で否定して来るなんて。

ラルジュを愛する気持ちは変わらない。けれど、これはあまりにも一方的過ぎる。

ファラウラは胸に手を当て、深呼吸をした。今は個人的な感情に囚われている場合ではない。それでも今はなんとなくラルジュを見たくなくて、代わりに氷蛇に巻きつかれた魔獣に目を向けた。

ラン・ヴァーズの遠戦火砲に撃ちぬかれた腹の傷からは、赤い血液が流れている。青黒い血液を持つ魔獣が多い中、これも珍しい、と思った。傷は大きい。だが、核は基本的に胸元にある。傷ついてはいないだろう。けれど心なしか、先ほどよりもずいぶんと弱ってきているように見える。鎌状の爪もまったく動く気配を見せていない。

「ファラウラ。拘束を解いてくれ」

腰から引き抜いた大型のナイフを構えながら、ラルジュが言う。ファラウラは魔獣から目を離さないまま、軽く片手を振った。氷の蛇が、瞬く間に砕けて空気中に散っていく。

拘束が解けると同時に、ラルジュがナイフを首元に叩き込んだ。だが、魔獣の首はなかなか落ちない。ナイフを引き抜いたラルジュは、一瞬で刃こぼれしたナイフを見て舌打ちをしていた。どうやらナイフでは、首の骨が切れないらしい。

「……クソッ！　仕方がないな。アレニエ、首を落とせ」

「はーい！」

ラルジュが後ろに下がり、アレニエが魔獣に向かって大斧を大きく振りかぶる。その瞬間、ファラウラは魔獣の口が微かに動いているのを見た。その妙に人がましい行動に、なぜか胸がひどく騒いだ。

（……何か言っているの？　いえ、そんなはずは――）

ファラウラはホウキをそっと進ませ、二人の背後に近寄った。そして半信半疑ながら、一定の動きを見せる魔獣の口元に注視する。

『ナ・マ・シュ』

――気のせいではなかった。魔獣は確かに、声なき言葉を発していた。言葉の意味を理解した途端、ファラウラの脳裏に酒場で感じた違和感が思い出された。そうだ。自分はあの時に聞いた言葉をラルジュに伝えなくてはならなかった。

この魔獣はその重要な手がかりの一つなのだ。裏づけを取らないまま、死なせるわけにはいかない。

「待って！」

ファラウラは大声で制止した。だが時すでに遅く、アレニエの強靭な肉体に相応しい腕力で振り下ろされた斧は、未知の魔獣の頭部を綺麗に切断していた。

「魔女様？　どうしました？」

怪訝そうなロズの声に答える事無く、ファラウラは急上昇を開始した。

「少し気になる事があったので、私はさっきの酒場に戻ります！　確認が取れたらすぐに合流しますから！」

ファラウラは上空で叫び、そのまま猛スピードで酒場に向かった。きっと、ロズが集音装置で今の言葉を拾ってくれているだろう。もしかしたらラルジュが怒り狂っているかもしれないが、気にしていたらこの先なにも出来やしない。

「私の聞き間違えであって欲しい……でも……」

ホウキのスピードを限界まであげながら、ファラウラは自らが抱いている疑念について必死に考えていた。

◇

ラルジュ・セールヴォランは内心の動揺を押し隠しながら、ファラウラの伝言を唯一聞き取れたであろう部下に身体を向けた。

「ロズ、彼女はなんと言っていたんだ？」

「あ、いや、気になる事があるから酒場に戻るって……。副団長達が聞き込みにいった酒場ですよね？」

ラルジュは軽く頷き、そして大きな溜息を吐いた。

――ロズが放った煙弾を見た時、自らが公私混同をしてしまった後悔が押し寄せて来た。ファラウラはそんな自分の動揺にいち早く気づき、心も、そして部下達も救ってくれた。それなのに性懲りもなく、今こうやってファラウラがロズにしか聞き取れない伝言を残した状況に不快な気持ちになっている。

「ロズ、お前は先に行け。彼女はお前が聞いていると信じて色々な事を呟くかもしれない。すべて聞き取っておいてくれ」

「はい、了解です」

急ぎその場を去って行く部下の背を見送ったあと、ラルジュは両の目を閉じ左手で髪を掻きむしった。ファラウラへの想いを自覚したあとも、仕事中は完全に頭の中からその存在を消していた。けれど、彼女の存在を次第に切り離せなくなって来ている。

「どうしようもないな、俺は」

自分がこんな男だったとは思わなかった。彼女に対して日増しに膨れ上がっていくこの想いを、胸を張って『清く正しい愛情』と言える自信が、今はない。

「……副団長」

アレニエがおずおずと声をかけて来る。ラルジュは素知らぬ顔で振り返った。

「あぁ、悪い。ヴェルミリオンとラン、シガールは俺と一緒に来い。アレニエとエフェメールは魔獣核を取り出したあとで亡骸を焼却処分しろ。ただし灰を集めておいてくれ」

指示を受けた機装騎士達は一斉に頷く。だが、なぜか誰も動こうとしない。アレニエは、どこか気まずそうな顔でこちらを見ている。

「皆どうした？　早く動けよ」

「……あの、副団長。すみませんでした。アタシ、ちょっと頭に血が上っちゃって」

「は？　なんの話だよ」

「魔女様に、その……」

もじもじとするアレニエの後ろから、呆れたような声が次々とかかる。

「副団長の気持ちもわかります。いくら仕事だって言っても、オレだって彼女が他の男と密着してる姿なんて見たくないですよ」

「俺も！　ランは奥さんが友達と出かけるって聞くと、有休とって一日中尾行してるよな」

「……友人と楽しそうにしている妻が可愛いから、ずっと見ていたいだけだ」

「ロズが機装の近くに彼女を引っ越しさせたって言うからさ、俺もそうしたんだ」

——エフェメールは身震いをし、シガールはそれに大きく頷いていた。ランは妻へのつきまとい行為を堂々と口にし、ヴェルミリオンと今ここにいないロズは特殊装具の範囲内に恋人を住まわせている。

「副団長がヤキモチ妬いた事を告げ口しちゃって、すみませんでした。そういえばアタシも、訓練所で女性兵士がフォルミに話しかけてたのを見た時、背骨をへし折ろうかと思った事を思い出して……」

ラルジュは苦笑を浮かべた。ファラウラには『支えてくれる存在』と言ったが、実際は自分も含めここにいる全員、もっと重くて澱《よど》んだものを相手に押しつけてしまっている。

「いや、それでロズとフォルミを失ったら何の意味もない。今回は俺の失態だった。次からは気をつける。ほら、もう行くぞ。魔女さんはもう、とっくに酒場に到着しているだろうから」

「副団長……」

アレニエの肩をポンと叩き、ラルジュは魔導二輪の元に駆け寄る。急ぎエンジンをかけながら、ふと空を見上げた。

「はぁ、俺は色々と不利だな……」

部下達の恋人や配偶者は、雑貨屋の店員だったり役所の窓口だったりと、要は一般人なのだ。尾行や専用装具で自身の行動をチェックされているなど、思ってもいないだろう。

そしてどこまでも最低な考えだとわかっているが、仮に心変わりをされても力で抑え込む事が出来る。

けれど、ファラウラは違う。手の届かない空にあっという間に逃げてしまえるし、本気で抵抗をして来たら自分では手も足も出ない。

「あぁクソ、またこうなる……！」

今は、一刻も早く気持ちを切り替えなければならない。ファラウラとは折を見てしっかり話し合えば良い。まずは、彼女の後を追って『気になる事』を確かめるのが先決だ。

ラルジュは目を閉じ深呼吸をし、そして右手を強く握りしめた。

◇

ファラウラは酒場に到着したと同時に、ホウキから飛び降りた。そしてホウキを外の壁に立てかけ、急いで店内に飛び込む。

「あれ、さっきのお嬢さん。どうしたんだ？　一緒にいた機装騎士は？」

「何度も申しわけございません、あの、ちょっとお聞きしたい事があるのですが」

「え？　なんだ？」

店内は先ほどよりも客の数が増えている。だが、フォリー・ヴィペールが店に来た時にいた、という面子はまだ全員残っていた。

「ええと、聖騎士様がいらした時にお店にいらしたお客様なのですが、確かファリーヌさんとそのお連れの方、それから奥にいらした方とカウンターにいらした方ですよね？」

「おぉ、よく覚えてるな。そうそう、ファリーヌにガトー、ヴィアンドにカティーア。繰り返すが、カティーアはアンタらが来る直前に帰ったよ」

「……そのお帰りになった方なのですが、どちらにお住まいかわかりますか？」

店主は首を顎に手をあてながら、首を傾げた。

「え、カティーアの家？　ウチの店に通い始めたのは数年前からだけど、割と頻繁に来るから近所なんじゃないの？　おーい！　誰かカティーアの家を知ってるヤツはいるか？」

店内の客は互いに顔を見合わせながら、一様に困惑した顔をしている。どうやら、誰も知らないらしい。

「ご近所にお住まいなのに、どなたもご存じないのですか？」

「いや、そう言われればそうだけど、ウチは互いの事を根掘り葉掘り聞かないってのが暗黙のルールなんだよ。ほら、近所だからって皆が皆、仲良いわけじゃないだろ？　まぁ、ちょっと変わってるけど穏やかで良いヤツだよ」

「変わってる、とおっしゃいますと？」

「そうだな、昔大きな怪我をしたらしくて、喉元に大きな傷があるんだよ。それを隠したいのか、一年中ずっと首にストールを巻いてる。で、なんかでっかい花のブローチをつけてるな。あれは……そう、確かアネモネだ」

「アネモネ……」

そこでファラウラはホッと胸を撫で下ろした。ストールに花のブローチ。件《くだん》の人物は、ファラウラが想像していた人物像とかけ離れている。調査自体は振り出しに戻ってしまうが、また一から調べ直せば良い。

「なぁ、カティーアが何かやったのか？」

「いえ、どうやら私の勘違いだったみたいです。ありがとうございました。それではこれで失礼しま――」

「ちょっと待って！」

酒場を出ようとしたその時、女性の声に呼び止められた。声の方を向くと、常連の一人、ファリーヌが片手を上げている。

「あのね、カティーアの家を知りたいなら郵便局へ行って聞いてみたらどう？　カティーア、酒場《ここ》に来る時いつも大きな鞄《かばん》を持ってるの。その中に消印が押された手紙の束が入ってるのを偶然見た事があるんだ。配達人は家を知ってるわけだし、機装騎士様に尋問して貰えばすぐに教えてくれるはずよ」
「なるほど、郵便局ですか……」

「うん。あ、郵便局はここを出てすぐ左に曲がって、道なりに進めば辿り着くから」

「ありがとうございます！」

ファラウラは兄から渡された魔導協会の紋章を、胸ポケットから取り出した。紋章《これ》があれば、外国人の自分でも難なく住所を聞き出せるはずだ。

「手紙の束か。まぁアシエは遠いから、国の家族から手紙が頻繁に届くんだろうな」

「家族かぁ？　アイツ不愛想だけど顔は悪くないし、彼女からかもしれないぜ？」

「え……？」

今の言葉。ファラウラは再び足を止めた。『まさか』という言葉が、頭の中をグルグルと回っている。

「あの！　あの、カティーアさんはひょっとして男性なのですか⁉」

「あれ、言わなかったっけ？」

「も、もしかして、お顔にそばかすがあります……？」

「そうそう！　え、どうして知ってるの？」

――ファラウラの中で、先ほど消えたはずの疑惑が確信に変わりつつあった。お礼もそここに店外へ飛び出し、立てかけていたホウキに再び飛び乗った。そのまま、郵便局があると言われた方向に向かう。

「クロッシュさん、今度は郵便局へ行きます！　さっき酒場でヴィペールさんが立ち寄った時にお店にいらした常連さんのお名前を聞きました。その中に〝カティーア〟という方がいらしたのですが、それはモジャウハラート語で〝罪〟という意味なんです。偶然モジャウハラート語に聞こえただけかもしれないと思っていたけど、あの魔獣、息絶える前に〝ナマシュ〟と呟いていました。ナマシュは〝そばかす〟と言う意味で、そのカティーアという人にもそばかすがあって……！」

ロズ・クロッシュが聞いてくれていると信じながら、ファラウラは虚空に向かって報告をしていく。

やがて五分もしない内に、郵便局の紋章『手紙を咥えた緑の梟《フクロウ》』が視界に飛び込んで来た。

「あったわ！」

郵便局の目の前まで行き、ホウキから飛び降りる。そのままホウキを担いで中に飛び込むと、笑顔を浮かべた局員が近づいて来た。

「おや、これは魔女様ですか。何かお荷物のご用命ですか？」

「あ、いえ、そうではないのですが、ちょっとある人の住所を知りたくて……」

ファラウラは魔導協会の紋章印を取り出そうと、胸元に手を入れた。だがそれよりも早く、局員が得心したように頷いた。

「もしかしてカティーアさんの住所ですか？」

「え⁉　え、えぇ、そうです。あの、なぜその方だと思われたのですか？」

「いえ、だって大きなホウキを持ってらっしゃるから。カティーアさんは普通のホウキですけど、貴女様は羽根ボウキになっているんですね」

ファラウラは絶句した。なんとなくそんな気はしていたが、『カティーア』と呼ばれていた人物はやはり魔法使いだったのだ。そして皆が普通に名前を口に出せている事から、当然それは本名ではない。

――だが、なぜ『罪』などという通称を名乗っているのだろう。通称は基本的に〝その人〟を表すものをつける事が多い。おそらくだが『ナマシュ《そばかす》』と呼ばれていた方が正しい通称であるはずなのに。

「では、住所を教えて頂けますか？　その、魔導協会からの伝言をお伝えしたいのですが、正確な住所がわからなくて」

「あぁ、わかりました。では少々お待ちください」

咄嗟についたファラウラの嘘に、一切の不審を抱く事なく郵便局員は奥の部屋に消えていく。

そしてさほど待たない内に戻って来た局員の手には、小さな箱が握られていた。

「大変申しわけございませんが、この小箱をついでにお持ち頂いてもよろしいですか？

明日の便に入っていたのですが、魔導協会の紋章がついていますし一日でも早くお届け出来るならと思いまして。宛名と住所は、この裏側の所に」

「わかりました」

ファラウラは頷き、表に大きく魔導協会の紋章が描かれた小箱を受け取った。

そして住所を確認するために小箱をひっくり返した。住所を確認した所で土地勘のない自分にわかるはずはないのだが、そろそろラルジュ達が合流して来るだろう。

その時に確認をして貰えば良い。

「え……」

小箱の裏側を見た、ファラウラの両目が大きく見開かれた。そこに書いてある宛名は、予想外の人物のものだった。

「こ、これって……」

――金剛石《ダイヤモンド》の魔術師様。

「あ、あの金剛石の魔術師……？　いえ、でも……」

宝石を媒介して魔法を使う宝石魔法使いは、一般的な魔法使いより圧倒的に数が少ない。とはいえ、使用する宝石が被る事などザラにある。特に多いのが半貴石系。ファラウラの真珠は珍しく、少なくとも近しい存在で同じ真珠を使う魔法使いはいない。

より少ないのは『金剛石』・『紅玉《ルビー》』・『翠玉《エメラルド》』・『蒼玉《サファイア》』・『金緑石《アレキサンドライト》』だが、その中でも金剛石を使う宝石魔法使いはほとんどいない。石そのものが強力な魔力を帯びているせいで、並みの魔力ではこの宝石を媒介にする事は出来ない。そしてファラウラが聞いたことがある金剛石の魔法使いは、たった一人しかいない。

――所持していたダイヤを暴漢に奪われ、魔法を使う事が出来ずに大怪我を負わされたという、金剛石の魔術師。

「そばかすが、あったかどうかまではわからないわ。でも、喉元の大きな傷が事件によるものだったら……」

ファラウラは手にした小箱を見つめた。この大きさは、今ファラウラが兄から渡され所持している紋章印の指輪がちょうど入る大きさになっている。時期的にも、魔導協会が金剛石の魔術師に紋章印を送って来たのだと推察される。

高い魔力を有する金剛石の魔術師であれば、魔獣核の改造などわけないだろう。ただ、本当にそうならばこれは慎重に動かないと大変な事になる。彼はモジャウハラート人だ。その彼が改造した魔獣のせいでアシエ人が、誇りある聖騎士が何人も傷つき、命を落としているのだ。

（ラルジュ……。彼も、私の国の魔術師のせいであんな目にあったのだとしたら……？）

もし、そうだとしたら今後、自分はどんな顔でラルジュに会えば良いのだろう。

「魔女様？　どうかなさいました？」

「……いいえ、なんでもありません。えぇと、こちらに書いてある住所はどの辺りになりますか？」

「あぁはい、こちらはですね――」

道順を頭の中に入れながら、郵便局員の言葉がどこか遠くから聞こえて来るような気がしていた。

◇

十数分後。

ファラウラは大きくもないが小さくもない、一軒の家の前に立っていた。町外れではあるけれど、まったく隣家がないわけではない。本当にこのような場所で魔獣核の改造がなされていたのだろうか。

「ここが、金剛石の魔術師の自宅？　研究施設に出来るほどの広さではなさそうだけど……」

ファラウラは迷った末、単独で自宅を訪ねる事にした。知ってしまった事実を一刻も早くラルジュに伝えなさい、という声が頭の片隅に聞こえる。けれど、それをラルジュに伝えるのが怖かった。

だから「まだ確証が取れてはいない」と言いわけをしながら、その声を無視した。

「……ごめんください」

コンコン、と扉を叩いてみても、中から返事が返って来る様子はない。ファラウラは手を伸ばし、扉をそっと押す。扉は何の抵抗もなく開いた。

「金剛石の魔術師、いらっしゃいますか？　私は真珠の魔女と申しますが……」

中は薄暗い。もう一度声をかけても、一向に返事が返って来ない。酒場から出て行ったのは確かなのに、まだ自宅には帰っていないのだろうか。

ファラウラは家の中に一歩足を踏み入れた。人の気配はない。留守なのかもしれない。

やや気持ちが大きくなり、中まで足を進めて行く。そして左側にある部屋の扉が開いている事に気づき、そっと中を覗《のぞ》き込んだ。中央に置いてある大きなテーブルの上には、手紙とおぼしき紙束が散乱している。

部屋中を見渡してみても、それ以外のものはなにもなかった。

「もしかして……」

この家には、いわゆる生活感というものがまるでない。食器類も調度品も、なにも見当たらないのだ。これではまるで『郵便物を受け取るためだけの家』のように見える。

「核の改造は、ここで行っていた？」

「ちょっと違うかな」

いきなり背後からかけられた声に、ファラウラは驚き振り返った。

「ようこそ、薔薇竜の姫君」

立っていたのは、白衣にストールを巻き、アネモネのブローチをつけた優男だった。

ファラウラよりもずいぶんと年上のはずだが、そばかすの散ったその顔はまるで少年のように若々しい。

「金剛石の、魔術師……」

「姫君、一緒にいた騎士殿はどうしたの？」

優男はゆったりとした笑みを浮かべている。ファラウラは気圧され、ほんの少し後ずさった。優男の口調は穏やかだが、その目は一切笑っていない。

ファラウラは、背筋に冷たい汗が滑り落ちていくのを感じていた。

◇

魔術師は室内に足を踏み入れながら後ろ手に扉を閉めた。狭い部屋ではないが、密室にされると一気に不安が込み上げて来る。

「魔獣の改造は貴方がやったの？」

不安を打ち消すように、あえて敬語を使わずに話した。

「うん、僕一人でね。ここはお祭しの通り偽装の家。核を改造してる研究室は別。まぁ、たまに寝泊まりはしてるけど。もしかして人目を忍んでこそこそ暮らしてると思った？〝孤高の犯罪者〟ってね、実はなかなか不便なんだよ。僕はご近所づき合いが出来る犯罪者だから、町の人達ともきちんと交流をしてる。必要最低限ではあるけど」

「その、研究室はどこ？」

そばかすの魔術師は、アネモネのブローチを弄りながら何が可笑しいのかクスクスと笑っている。

「研究室は森の奥深く。使われなくなった国境警備用の砦を拝借した。古すぎて地図にも載っていないし、聖騎士の天馬は入って来られないくらい蔦や樹木が生い茂ってる。強力な隠蔽魔法で覆ってるから並みの魔力の魔法使いには見つけられない。機装騎士に至っては一生見つけられない場所。……と安心してたら、まさか薔薇竜のお姫様が派遣されて来るなんてね。やっぱりあの聖騎士はやり過ぎたんだよなぁ。二年前の一件で終わらせておけば良かったのに」

ファラウラはさらに一歩下がった。単独行動を取ってしまった以上、ぐずぐずしている暇はない。今ここで彼を拘束し、後は森の中を探す。研究室を見つけ次第、そこを破壊する。それでなにもかも終わりだ。

「金剛石の魔術師。貴方をここで拘束させて貰うわ」

彼の魔力は高い。けれど、自分には及ばないはずだ。

そう判断をしたファラウラは、ゆっくりと右手を上げる。

「……最初はね、ルースターへ魔獣を送り込むつもりだったんだよ」

いきなり呟かれた声に、思わず動きを止めた。ルースターとは、魔導協会の本部があり代々女王が治める歴史ある古い国だ。

「ダイヤモンドは僕の石。いくらでも自由に出来る。宝石の中に改造した魔獣を封印して、それをルースターに持ち込み解き放つつもりだった。魔力の高い人間を優先的に狙うようにしてね。それに使うダイヤの購入資金のために、色んな依頼を受けていたんだ」

「そ、そんな計画、上手くいくはずがないわ」

「だろうね」

魔術師はあっさりと肯定した。

「どうして、そんな事を考えたの？」

「貴女に話しても仕方がない事だよ」

そんな理由では納得がいかない。ファラウラの咎めるような眼差しに気づいたのか、そばかすの青年は小さく溜息を吐いた。

「お嬢様の相手は面倒だなぁ。うーん、同僚の結婚式に出席する為にダイヤがついたネクタイピンと、文字盤にダイヤを使った腕時計をしていたら間抜けにも強盗に襲われた。その事がまぁ、色々と。はい、これで良い？」

「……その事件なら、私も知っています」

それは以前、ラルジュに「使用宝石を通称にするなんて」というような事を言われた時、真っ先に思い浮かんだ事件だった。

「そうか。でも、そのあとは知らないだろ？　父の形見の時計もそのあと亡くなった母が贈ってくれたネクタイピンもすべて奪われた。結構な大怪我だったから退院までに半年近くかかったよ。でも、なんの保障も下りなかった。魔導協会に医療費補助の申請書を出したけど、協会からなんて返信が来たと思う？　〝事件や災害に対しての補助は魔導協会に所属している者に限る〟だよ？　おかしくない？　宝石魔法使いの方が魔力は高いのに」

ファラウラは目を伏せた。気持ちはわからないでもない。

「……それでも貴方のした事が、正しいとは思わないわ」

「まぁ、薔薇竜の姫ならそう言うだろうね。貴女は苦労した事なんかないだろうから」

――そんな事はない。そう言いかけ、寸前で口を閉じた。ファラウラとて辛い思いも悲しい思いもたくさんして来た。だがもし、金剛石の魔術師の身に起こったような悲劇がこの身に降りかかったとしても、薔薇竜の娘であるファラウラが彼と同じ無念さを味わう事は、おそらくない。

それがどれほどファラウラを孤独に追いやっているか。だが、それこそ目の前の青年に話しても仕方がない事だ。

「手紙が来たでしょう？　宝石魔法使いも魔導協会の会員になった。もちろん、すぐには周囲の意識も評価も変わらないとは思う。でも、これからは引け目を感じる事なんてないの。だから貴方も罪を償って――」

「ねぇ、お説教の前に話を最後まで聞いたら？」

そばかすの魔術師は、皮肉めいた笑みを浮かべている。嫌な予感が、急速に膨れあがっていく。

「魔導協会への復讐はもうどうでもいい。貴女達が来たって事は、魔導協会も警戒を強めているだろうから。でも貴女達は、僕の友人を手にかけた。だったらそちらも何かを失って貰わないと割に合わないと思うんだ」

「友人って、あの魔獣の事？」

「……もう貴女に話す事はなにもないよ。だから好き勝手に推理して貰って構わない。僕はもう、行くから」

どこに、と聞こうとしたその時、そばかすの魔術師はアネモネのブローチに手をかけ握り潰した。薄い花弁が砕け散ると同時に、爆裂魔法の術式が空中に漏れ出していく。

「な、何を……！」

「このブローチには、花の露に見立てたダイヤがあしらってある。アネモネが砕け散ったその時に、魔法が発動するように仕込んだ。ところで、早くお仲間と合流した方が良いよ。友人が命を落としたら、例のダイヤをばらまくように針鱗揚羽に命令してある。だから今頃、街は大変な状況になっているんじゃないかな？」

ファラウラは息を呑んだ。そういえばロズ・クロッシュ達の元へ駆けつけた時、上空から魔蝶が散っていくのが見えた。あれは逃げたのではなかったのだ。

「う、嘘だわ。そんな事をしたら、酒場にいるご友人も巻き込んでしまうじゃない！」

魔術師は一瞬、遠くを見つめるような眼差しをした。

「……そうだね。彼らに関しては〝最低限のつき合い〟の範囲から逸脱していた自覚はある。でも、それだけだよ」

ファラウラの目の前で、爆裂魔法が光の帯に変わり魔術師の身体を螺旋状に包んでいく。ファラウラはようやく気づいた。彼がどこに行こうとしているのかを。

「待って……！」

——彼の全身を氷で包んだらどうだろう。魔法が作動する前に、氷漬けにしてしまえば。いや、無理だ。あの規模の魔法を凍らせたら、彼の心臓まで凍りついてしまう。

「驚いた、まさか僕を助けようとでも？　それはとっても迷惑だなぁ」

「……あの魔獣は貴方にとってなんだったの⁉」

ファラウラは悲鳴混じりに問いかけた。

「あの魔獣の身体に埋め込まれていた宝石から感情を読んだの！　魔獣は、〝愛情と友情〟を胸に抱いていた！」

「彼女は——」

——魔術師の口元が何かの言葉を紡いでいる。その動きを読もうと目を凝らしたその時、いきなり扉が蹴り破られた。

「ファラウラ！」

「ラルジュ⁉　どうしてここに⁉」

木片を踏みにじりながら室内に入って来たのは、ラルジュ・セールヴォランだった。

軍服はあちこち破れ、顔の半分は血に染まっている。右腕はレールガンにつけ変わっていた。

魔術師は無表情のまま、目線だけを素早く動かし侵入者を確認していた。ラルジュはそんな魔術師に一瞥をくれる事もなく、横をすり抜けファラウラの元へ駆け寄って来る。

「ったく、予想通りだったのが腹立つな。貴女はどうしてこう、俺の言う事にことごとく逆らうんですか！」

「ご、ごめんなさ……ラルジュ⁉　貴方、怪我をしているの⁉」

「そうですよ！　ともかくほら、早くこっちへ！」

ファラウラはそばかすの魔術師を見つめた。青年は泣き笑いのような、形容しがたい表情を浮かべたままでファラウラをじっと見つめている。

「待って、ラルジュ。あの人を助けないと……！」

「もう間に合わない！」

ラルジュは左腕だけでファラウラを抱え上げた。そしてそのまま、表に向かって駆けだしていく。

「金剛石の魔術師……！」

肩の上で荷物のように抱えられたまま、声を振り絞って魔術師の名を呼ぶ。金剛石の魔術師はそばかすの浮いた童顔に、柔らかな笑みを浮かべた。

――それは魔術師と出会ってから初めて見た、晴れ晴れとした表情だった。

◇

機装騎士と魔女を見送ったあと、そばかすの青年魔術師は砕けたアネモネの花弁を無言で見つめていた。魔女から聞いた事実が、楔のように胸に深く突き刺さっている。

『魔獣は愛情と友情を胸に抱いていた』

まさか彼女が、愛と友情をいまだその身に宿してくれていたなんて。

生まれ変わった彼女の凶暴性を目の当たりにした時、あまりに異なるその姿にも振り下ろされる爪の鋭さにも、自分は恐怖しか感じなかったというのに。

彼女の変化は、自分に対する怒りだと思った。それが怖くて、感情を探る行為は一切行わなかった。

「……ごめん。キミはずっと、僕を守ってくれていたんだね。僕はその想いに、気づこうともしなかった」

一人ぼっちで首を刎ねられ、二度目の、いや真なる死を迎えた彼女。自分に勇気があったなら、二人で共にその時を迎える事が出来たはずだ。それなのに、自分はまた間違えてしまった。

すべては捻くれていた自分のせいだった。

彼女の気持ちを素直に受け取らず、自らの心から目を逸らしその弱さを他者のせいにした。

自分以外を憎んだところで、何にもなりはしなかったというのに。

「僕は、本当に、だめな男だね……」

――アネモネを見つめる両目から涙がこぼれ落ちた瞬間。

金剛石の魔術師、カマル・タズキラの怒りと後悔に満ちた生涯は、爆音と共に終わりを告げた。

＊＊＊＊＊＊

ラルジュは魔術師の家を飛び出してすぐ、ファラウラを地面に下ろした。そしてその身を庇いながら、後ろ手に魔法障壁を展開させた。

直後に激しい爆発音が響き、周囲が閃光に包まれる。

十数秒の後、少しずつ光は薄れ音は小さくなっていく。やがて周囲が静寂を取り戻したところで、ようやく障壁を消した。魔術師の屋敷だった場所は爆裂魔法により瓦礫と化している。その光景を見たファラウラが腕の中で両目を見開いていた。さすがにこの状況で、あの魔術師が生きているとは思えない。

「あの、ラルジュ、どうして……？」

ファラウラがおずおずと問いかけて来る。

「その質問には二つの受け取り方が出来ますね。とりあえず両方答えます。まず一つ。〝どうしてあの男を助けなかったのか〟。どう見ても手遅れだったたし、あの男は仲間でもなんでもない。考える時間すら惜しかったからです」

　もちろん、彼女の『どうして』がもう一つの方である事はわかっていた。けれど彼女は必ず、後々この時の事を思い出して後悔するだろう。だからあえて本題を後回しにした。

「……でも、もう少し時間があれば彼を助ける方法を考えていたと思います。僕は一応、騎士ですから」

　ファラウラは腕の中でコクリと頷き、安堵したように頬をすり寄せて来た。

「それからもう一つ、〝どうしてここにいるのか〟。それは僕が貴女の行動パターンをまぁ読めるようになって来たからです。ロズに酒場へ行くと伝言しながら、現場に着いたら貴女はいない。だから貴女と何を話したのか聞き出して、その道筋を追いました。教会で合流するつもりかと思わないでもなかったですが、貴女の事だからどうせ勝手に単独行動をしてるんだろうと」

「ご、ごめんなさい……」

「あの魔獣の核と灰をシガールとランに託して先に帰らせようとしてたんですけどね、町にいきなり魔獣の群れが現れたんで来るのが遅れてしまいました。すみません」

「あ、謝るのは私の方なの……」

　ラルジュは溜息を一つ吐き、うつむいたまま涙をこぼすファラウラの顎を左手で掬《すく》い上げた。涙に濡れた目をしばらく見つめたあと、少々強引に唇を重ねた。

ファラウラは後悔していた。

やはり、ラルジュ達と合流すべきだった。そうしていたらラルジュが怪我を負う事はなかっただろうし、金剛石の魔術師がアネモネを砕く前にどうにか出来たかもしれない。

「私が、自分の事しか考えなかったから……！」

後悔に苛まれながら、地上を見た。ラルジュの魔導二輪が少し後ろを走っている。ファラウラは今、ホウキで空を飛んでいた。

金剛石の魔術師がグリヴの町に解き放った魔獣の数は、ざっと見た所で数十体はいたと言う。

狭い町の中、住民を守りながらの戦闘は困難を極めただろう。

そんな中、部下達の強いすすめを受けラルジュが一時戦線離脱し、こうして迎えに来てくれたのだ。

ラルジュは「空から魔獣を制圧する」というファラウラの進言に、迷う事なく頷いてくれた。

初めて「僕から離れるな」と言われなかった。それはきっと、ラルジュが心からファラウラの事を信じてくれているからだ。

それなのに、一連の事件を起こしたのがモジャウハラート人だとわかった時、つい怯んでしまった。

「もう一度きちんと、ラルジュと皆さんに謝らなくちゃ」

目線の先、少し向こうに土煙が昇っているのが見える。戦いは、まだ続いているのだ。

ファラウラはより一層、ホウキの速度を上げた。

＊＊＊＊＊＊＊

「シガール！　もっと気合い入れて切り刻めよ！」

「やってるよ！」

――シガール・ブリュイは左の二の腕辺りから長く伸びた刃を振るいながら、周囲の仲間を確認する。

火炎放射機のエフェメールと遠戦火砲のランは武器核の負担が限界を越えたのか、膝をついたまま動けなくなっていた。ロズとヴェルミリオンは町の住民の安否を確認し、それを守るのに手一杯な状態だ。

今まともに戦えるのは、左腕が超振動刃《ソニックブレード》になっている自分と、大斧を使うアレニエだけだ。とはいえ、自分もそう長くはもたない。

空から、急に魔獣が降って来た時には驚いた。ロズの耳で魔蝶が町の中心に集団で向かっている事はわかっていたし、ヴェルミリオンの目で蝶達が何か宝石のようなものを持っている事もわかっていた。

けれどまさか、その宝石の中に魔獣が封じ込めてあったなんて誰が想像出来ただろう。

だがそこで、宝石魔女を恋人に持つ副団長ラルジュがいち早く魔蝶に込められた『思惑』に気づいた。右腕に素早くレールガンを付け替え、空中に向けて青白い光線を全力で放った。おかげで具現化した魔獣の大半はそこで薙《な》ぎ払われた。それでも、攻撃を逃れた魔獣が多数いたのだ。

「あとは熊と猿だけなのに……！」

魔蝶はいまだ飛び交っているが、数はずいぶん減っている。この蝶は、集団にさえならなければさほど脅威ではない。そして現れた中で最も強敵の蟻喰はレールガンの初撃でほぼ全滅した。残っているのは腐爪熊と溶毛猿だが、巨体の熊はともかく俊敏性の高い猿が厄介極まりない。

「ロズ！向こうのご婦人が毒にやられてる！　猿の毛に触れたんだ！　解毒薬を使ってくれよ、こっちはそんな暇ない！」

——体毛一本一本に神経毒を含む猿。長く触れると身体が痺《しび》れ意識を失い、場合によっては命を落とす。

「僕が行きます！」

密集して停めた魔導二輪の陰に隠れていた、整備士フォルミが立ち上がった。ガタガタと震えるその手には、解毒薬の小瓶が握られている。

「フォルミ⁉　待って！」

妻であるアレニエの制止も聞かず、華奢な青年は魔導二輪の陰から飛び出した。

シガールは舌打ちをする。ここでフォルミを失うわけにはいかないのに、頼みのアレニエは滅多に起こさないパニック状態に陥っている。彼女との連携はもはや期待出来ない。

ここは自分が行かなければ、とシガールは一歩踏み出した。

「……ん？」

だが、フォルミに向かって殺到すると思っていた毒猿が動かない。それどころか、その顔はどこか怯えているように見える。

「シガール、アレニエ、フォルミ！　全員、今いる場所から動くな……！」

ランの叫び声をかき消すように、辺りに激しい咆哮が響き渡った。直後に、地を揺るがすような重い足音が聞こえる。

「な、何だ⁉」

――三つ首を持つ、巨大な氷狼。それがシガールとアレニエの横を駆け抜けて行く。

中央の首は炎を吐き、左の首は雷を帯びている。右の首は大きく口を開け、氷柱のような凍てつく牙を剝き出しにしていた。狼を取り巻く空気は凍り、まるで星屑《ほしくず》をまとったようにキラキラと煌《きら》めいている。それは恐ろしいながらも、どこか幻想的な光景だった。

氷狼は魔獣の前で急停止した。三つの首があげる凄まじい咆哮に、魔獣達は逃げる事すら忘れ、ただ動きを止めて硬直している。

「こ、これって魔女様が⁉　嘘だろ⁉」

「ごめんなさい、皆さん……！」

　苺色の髪を巻き上げながら、空から魔女が降りてくる。

「ま、魔女様、これって……」

「腐爪熊は炎熱に弱く、溶毛猿は氷凍に弱いですから。蟻喰はいないようですね、では少しお待ち下さい」

　魔女は中空に浮いたまま、両手を前に伸ばした。その新緑色の瞳が、みるみる内に発光する橙色《だいだい》に変わっていく。

　身の危険を感じたのか、そこでようやく魔獣達が一目散に逃げ出した。

「私のラルジュに、怪我を負わせてくれたのは誰なの？」

　怒りの声と共に、三つ首の氷狼が魔獣に襲いかかっていく。まず左の首が遠吠えをあげ、広範囲に雷撃を放った。魔獣達は痺れて動けなくなっている。続いて中央の首が炎を吐いた。腐爪熊は一瞬にして灰になり崩れ落ちていく。最後に右の首が牙を剝いた。溶毛猿は一瞬にして凍りつき、次の瞬間粉々に砕けて雪煙のように空中に霧散していく。

　そのあまりにも一方的な攻撃に、機装騎士達は元より逃げ遅れた町の住民達も言葉を失っていた。

「全員無事か？」

「あ、ふ、副団長！」

背後から聞こえた声の主に、シガールは振り向くと同時に縋りついた。

「な、なんだよ。危ないから腕をこっちに向けるなよ」

「お帰りなさい、副団長！　全員無事です！　っていうか無事じゃなくなりそうなところを魔女様に助けて頂いたんですけど、なんか、魔女様が怖くて――」

――そこでシガールは言葉を止めた。副団長ラルジュ・セールヴォランは先で繰り広げられている阿鼻叫喚の地獄絵図を気に留める事なく、ただ己の恋人だけを愛おしそうに見つめている。

「……すごいなぁ」

この状況下で、愛を確かめ合えるのがすごい。

シガールはある種の感動を覚えながら、今一度剣を握り直した。


魔獣をすべて片づけたあと、ファラウラ達は手分けをして負傷者の救護にあたった。

だが、ラン・ヴァーズとシガール・ブリュイは当初の予定通り、義肢装具の整備と休憩が終わったら、謎の魔獣の核と灰を持ち一足先に王都へと戻る事になっている。

落ち着いた所で、全員教会へと移動した。

整備士フォルミは流れるような手さばきで、次々と義肢装具を修理していく。

ファラウラはそっとラルジュの顔を見た。出血はひどかったものの、傷はそこまで大きくない。治癒魔法で出血を止め、分厚いガーゼで顔の左半分を覆うだけで済んだ。

「ラルジュ、勝手な事をしてごめんなさい。私、怖気づいてしまったの」

「どうして？」

「モジャウハラート人は誇り高く、魔法使いは清廉で高潔だと世界から思われている。それなのに、こんな前代未聞の犯罪が同国人の仕業だったなんて……」

「もしかして、僕が失望すると思った？」

「……えぇ、そう。少し考えたら、そんなわけないってわかるのに」

ラルジュは眉をひそめながら、気を鎮めるかのように髪をガリガリとかいている。

「信じる、というのはなかなか難しいですね」

「……そうね」

「勘違いしないで下さい。貴女を責めているわけじゃないんです。僕だって、貴女を傷つけてしまった」

「え……？」

「ヴェルミリオンを同乗させての偵察の件ですよ」

その事か、とファラウラは頷く。確かに、あの時は自分を信じてくれないと傷ついていた。でも結局、自分も同じような事をしてしまった。

「考えたんですが、それでも僕はやっぱり貴女を出来るだけ他の男に近づけたくない。貴女を信じる、信じないの話ではないんです。僕が嫌だってだけの話」

「……私も、嫌。ラルジュの魔導二輪に私以外の女の人が乗るって考えたら」

「嫉妬心を剝き出しにする事で嫌われたくない、と思う気持ちも確かにあるんですが、僕はここでカッコつけて後で後悔するよりは良いかな、と開き直る事にしました。あと、これだけは覚えておいてください」

ラルジュは黒鋼の右手を、ファラウラの頰に沿わせた。何を言われるのだろう、とファラウラは少し身構える。

「僕に嫌われたければ僕の記憶を書き換えるしかないし、僕と別れたければ僕を殺すしかありません」

――青の光が、静かにファラウラを射抜いた。熱を孕んでいるわけでもなく冷たく凍えているわけでもない、初めて見る強い意志の光。黒い指先は、ファラウラの唇を何度もなぞっている。

触れる指はどこまでも優しい。けれど『口にすべき言葉』を待ち構えているような執拗さが感じられた。

「……覚えて、おきます」

「そうして下さい」

ラルジュは褒めるように唇を二度ほど突っつき、澄ました顔で立ち上がった。

「では、貴女が知った事実を教えて頂けますか？」

『恋人』から『副団長』の顔になった男の顔を見つめながら、ファラウラはゆっくりと頷いた。

◇

「あの、説明をさせて頂く前に、皆さんにお詫びを言わせて下さい。勝手な事をして、本当に申しわけございませんでした」

ファラウラは深々と頭を下げた。機装騎士達の間に戸惑ったような空気が流れる。

「そんな魔女様、謝らないでください。あたしらも命令違反なんてしょっちゅうだし」

アレニエの言葉に、全員が大きく頷く。

「いいえ。今回はそれだけではないんです」

ファラウラは小さく頭を振った。

「……魔獣の改造をしていたのは、〝金剛石の魔術師〟でした。彼はモジャウハラート人です。昔、強盗に遭遇した彼はダイヤモンドをすべて奪われたせいで魔法を使えず、大怪我をしました。その時の魔導協会の対応が彼をずっと傷つけていたようです」

――誰もなにも言わないが、全員の顔が『それだけで？』という表情で占められている。

「彼は魔導協会に復讐をしようとしていたようでした。今回のようにダイヤモンドの中に魔獣を封じ込めて、ルースターに持ち込みそこでばら撒くつもりだったようです。彼はそのダイヤモンドの購入資金のために、改造した魔獣を売っていたのだと言っていました。

セールヴォラン副団長や他の聖騎士様が犠牲になった事件も、この前の事件も、彼が魔獣を暴走させる依頼を請け負った結果です」

　機装騎士達の顔が、嫌悪の色を浮かべ始めた。ファラウラは胸の痛みを堪えながら、説明を続けていく。

「私は少しだけ彼と話をしました。庇うわけではありませんが、最初から魔導協会に復讐を企てていたようには思えませんでした。彼がなぜそのような行動に走ったのか、正確な理由はわかりません。そしてあの謎の魔獣の事ですが、おそらく、彼が最初に改造したのだと、思います」

　――その正体については、薄々察しがついている。けれど、本当の所は核と灰を分析するまではわからない。確証のない状態でその正体に言及し、最終的に首を落としたアレニエが傷つく可能性を避けたかった。ただ、あとでラルジュには話すつもりでいる。

「彼の研究施設は森の奥深くにあると言っていました。彼は亡くなりましたが、かけていた隠蔽魔法がいまだ継続しているかもしれません。なるべく早い内に、調査に行くべきかと思います」

　ファラウラはラルジュの顔を見た。ラルジュは軽く頷き、部下達に向き直る。

「お前達、もう回復してるだろ。調査は明日の朝から向かう。行くのは僕とファラウラ、それからエフェメール。ランとシガールは王都へ帰還。リュシオルに核と灰を預けてくれ。ロズとヴェルミリオンは森の入り口、アレニエとフォルミは教会でそれぞれ待機。以上」

号令を受け、機装騎士達は皆きびきびと準備に取りかかっている。その姿をぼんやりと見つめながら、ファラウラは哀しい目をしたそばかすの魔術師の事を考えていた。

（……教えてあげれば、良かった）

『ナマシュ』

あの魔獣が最後に口にしたのが、愛情をもって口にしていたであろう彼の通称だったという事を。

全員の手当てと義肢装具の修理、そして休息を終えた後、シガールとランは王都に帰還していった。見送る全員の顔に、薄紅色の夕日が射している。

「じゃあ副団長、俺達も森で野営するのでもう行きますね。荷馬車を置きっぱなしだし、鬼馬も近くに戻って来てるみたいなので。では魔女様、俺達はここで失礼します」

「教会はボク達の耳と目の範囲内に入っていますから、連絡がある時は適当に叫んで下さい。こっちからも何かあったら煙弾で知らせます」

そう言い置き、ヴェルミリオンとロズ、エフェメールの三人も教会を出て森に向かって行く。エフェメールは森に入るメンバーではあるが、ロズ達と共に同行する事になった。

残っているのはファラウラとラルジュ、そしてアレニエ夫妻だけだ。

「副団長、さっき司祭様が奥のシャワー室からお湯が出るようにしてくれたみたいです。魔女様と先に浴びて来て下さい。その間、あたし達で夕食の準備をしておきますから。といっても、荷馬車から持ち出せたのがパンと塩漬け肉だけなんですけど」

アレニエは肉が入っていると思しき紙包みを持ち、隣に立っている整備士フォルミはアシエを代表するもう一つのパン、硬くて細長いパンを二本抱えている。

「あぁ、そうさせて貰おうか。魔女さん、行きますよ」

ファラウラは少し戸惑う。ラルジュはこれから、シャワーを浴びるのでは。

「あの、私も残って夕食準備のお手伝いをするわ。だって、お湯を浴びるのでしょ？」

「だから僕と一緒に行くんですよ。バラバラに入ってる時間ないんで、手伝って下さい」

「は、はい、わかりました」

歩き出したラルジュの背を追いながら、ファラウラは消え入るような声で返事をした。

『手伝う』という事は、具体的には例の気持ち悪さを誤魔化すための性行為だろう。湯を浴びつつ、ついでにファラウラを抱くつもりなのだ。それは構わないけど、わざわざ人前で言わなくても良いのに、と少し不満に思う。

それにきっと、一回で終わらせてくれない。この前だって、立て続けに二回も――。

「ほら、早く歩いて下さい。シャワー室は少し離れた所にありますから」

ファラウラは迷いつつ、思っている事を口にした。

「ラ、ラルジュ、お湯を浴びるのなら一人の方が良いのではなくて？」

「どうしてですか？」

「だって、その、気持ち悪いのをどうにかしたくても、アレニエさん達もいらっしゃるし、ここは教会だもの。普段通りに義肢装具を外して浴びた方が良いのではないかしら。もちろん私は、貴方が私でどうにか出来るのなら嬉しいわ。だからこの前みたいにされるのは嫌ではないの。でも……きゃっ⁉」

　ラルジュが突然立ち止まり、ファラウラはその背中に鼻をぶつけてしまった。

「ど、どうしたの？」

「……僕を性欲魔神みたいに言わないで下さい。言われなくても今日は普通に手足を外して洗いますよ。だから手伝って下さい、と言ったでしょ」

「え⁉　あ、そ、そうだったの、やだ、私ったら……！」

『手伝う』が正に言葉通りの意味だったとは。ファラウラは羞恥で顔を真っ赤に染めた。なんてはしたないのだろう。これではまるで、期待をしていたみたいではないか。

「ご、ごめんなさい……」

「まぁ、僕だけ貴女の身体を隅々まで知っているっていうのは不公平ですからね。貴女にも僕を知って貰おうかと。見られたくないと思う気持ちは変わらずありますけど、貴女は絶対に僕を嫌わないでしょ？」

「あ、当たり前じゃない！　嫌いになんてなるわけがないわ」

　とんでもない、といわんばかりに、ファラウラはラルジュの言葉を否定する。ラルジュは無言のまま軽く肩を竦め、再びシャワー室に向かって歩き始めた。

◇

教会のシャワー室は浴槽こそないものの、思っていたよりもずっと広かった。

大人二人で入っても、十分過ぎるほどに余裕がある。

「えぇと、私はどうすれば良いの？」

ファラウラは床で膝立ちになり、ラルジュはシャワー室に置いてあった木の椅子に座っていた。もちろん二人とも一糸まとわぬ姿になり、ラルジュのガーゼは剝がしてある。

「まず足を外すんで、その端に置いておいて貰っても良いですか」

ラルジュは慣れた手つきで右足、右腕と義肢装具を外していく。受け取ったそれはずっしりと重い。

「……すごく重いわ」

「装着していると左腕と同じくらいの重量感覚なんですけどね、付け根の魔獣核から離すとただの金属の塊ですから。あぁ、そこの端に置いておいてください」

――義肢装具を外した後の付け根の部分は平たい金属で覆われ、中央に一つ周囲に五つ、鍵穴のような窪みがついている。そして中央の窪みの奥が、淡く発光していた。装具には逆に鍵のような出っ張りがついていて、同じく中央の鍵に発光する魔獣核が埋め込まれている。

「すごい……」

細かい仕組みはよくわからないが、かなり高度な技術だという事はわかる。さすが『鋼鉄の国アシエ』だと、ファラウラは感心をしていた。

「ねぇ、ここ触っても良い？」

「ここってどこですか？」

「この、付け根のところ……」

「そんなところ触ってどうするんですか？　周りは良いですけど、魔獣核が埋まっている中央は触らないで下さい。くすぐったいんで」

そう言われると触れたくなる。だが嫌がる事はしたくない。葛藤の末に付け根の金属に指で触れるのではなく、そっと口づけてみた。途端にラルジュの身体がびくりと跳ねる。

「ど、どうしたの？　真ん中には触っていないけど、くすぐったかった？」

ファラウラは慌てて顔を覗き込んだ。ラルジュは左手で口元を押さえている。くすぐったそうな素振りは見えないが、端正な顔が首元まで真っ赤に染まっていた。

「ラルジュ？」

「僕もまだまだだな。貴女の行動はかなり読めるようになったと思っていたけど」

「あ、ごめんなさい、嫌だった？」

ラルジュは大きく溜息を吐いている。不快な思いをさせたか、とファラウラは身を竦ませた。

「違います。嫌なわけないでしょ。貴女がこうやって無邪気に男を煽る性質だってのを忘れていたんで、少し動揺しただけです」

「よ、よくわからないけど、嫌でないのなら良かったわ。じゃあ洗っても良い？」

「……はい」

――ファラウラは教会側が用意してくれていた石鹸《せっけん》を泡立て、ふわふわとした泡をラルジュの全身に塗っていく。そして同じく用意されていた柔らかな布を手に取り、身体をゆっくりと擦り始めた。

「痛くない？」

「……はい」

「この石鹸、とっても良い香りね。身体はこのミルク入りの石鹸で、髪はこっちの蜂蜜とバター入りですって。これ、教会で売っていないのかしら」

楽しそうに身体を洗うファラウラと異なり、ラルジュはなにも言葉を発しない。時折顔をしかめる事はあるが、不快なわけではなさそうだ。

「ラルジュ？　どうかし――」

背中と首、左腕を擦り終わり前側に回り込んだファラウラの言葉と視線が止まった。ラルジュの足の間にある男性器が、腹にくっつきそうなほど反り返っている。先端からは泡に混じって透明な液体がトロトロと溢《あふ》れ、脈打つ血管まではっきりと確認出来た。

「あ、えっと、その……」

「僕は悪くない。貴女にはなにもかも見せてしまおうと思ったから手伝いを頼んだけど、どう思うか不安ではありました。嫌われるというよりも、怖がられたらどうしようかと。それなのに貴女はごく普通にキスしてきた。これで勃《た》つなって言う方が無理でしょ」

布を握ったままファラウラは考えた。ここは、このまま続けた方が良いのだろうか。それとも昂りを解消させる事を優先すべきなのだろうか。

「あの、ラルジュ、どうしたら良い？　このまま続ける……？」

「そうだな、髪を洗って貰っても良いですか？　臍にピアスもあるし、前は自分でやるんで」

「わ、わかったわ」

ファラウラは布を手渡し、今度は甘い香りのする石鹸を泡立てた。それを黒髪に絡め、一生懸命洗っていく。ラルジュは左手で身体の前面を擦っていた。

「もう流しても良い？」

「はい。頭からかけてくれて良いですよ」

銀色のシャワーを手に取り、持ち手についている歯車を回す。

温かい湯が噴き出して来たところで、頭から湯をかけ泡を綺麗に洗い流した。

「うん、これで良いかしら。じゃあタオルを持って来るから、待っていて」

シャワーを元に戻し、タオルを取りに一度洗い場から出る。そして急いでシャワー室内に戻り、乾いたタオルで水滴を滴らせている黒髪を拭いた。

「髪はもう良いんで、先に右足を持って来て貰っても良いですか」

「右足？　わかった、ちょっと待っていて」

ファラウラは義肢装具を置いてある壁際を見た。けれど、すぐにラルジュへと目線を戻す。義肢装具を装着しても、あの部分があんな状態のままではシャワー室から出られないだろう。ならば、自分がする事は一つしかない。

「……ラルジュ」

「ん？　何？」

「あの、私のせい、なのよね？　だから、元に戻してあげる」

「……何を？」

その問いかけには答えず、ファラウラは右側からラルジュの前に回り込んだ。そして、いまだ硬く勃ち上がったままの陰茎の前に跪き、根本を両手でしっかりと握った。

「なっ⁉　い、いいですって、そんな事しなくても……！」

「でも、困るでしょ？　大丈夫、なんだか今日はすごく上手に出来そうな気がするの」

「……その根拠は⁉　ここでやる気を出さなくて良いから、早く右足を持って来てくださいよ！」

ラルジュの制止も聞かず、ファラウラは両手をゆっくりと上下に動かした。そうやって扱く度に、手の中でビクビクと震える肉の棒がなんだか可愛く思えて来る。

「だ、だから止めろ……うあぁっ！　あっ、は、話を聞けって……！」

――陰茎はますます硬くなっていく。生身の身体であるはずなのに、一部分だけが黒鋼の義肢装具並みに硬くなっている。人の身体はなんて不思議なのかしら、と思いながら、透明の液を吐き出す先端をぱくりと口の中に含み入れた。

「はっ……あっ、うぅ……あぁっ」

硬いそれを限界まで口内に迎え入れながら、先端に舌を這わせる。制止の声は止み、代わりに低い呻き声が聞こえ始めた。

「む、無駄に上手く、なりやがって……！」

やっと褒められた、とファラウラは喜ぶ。あの生臭く苦いだけの精液も頑張って飲み込んだというのに、飛空艇の中では結局褒めて貰えなかったのだ。

「はぁ、あっ、うぁっ、あっ……！」

ラルジュの腰がガクガクと前後に動き始めた。同時に、左手で髪を掴まれた。その手は小刻みに震えている。痛くはないはずだけど、と思いつつ、ファラウラは口いっぱいに陰茎を頬張ったまま、上目遣いで見上げた。

――上気した顔に、熱を孕んだ黒と青。右目は蒼玉の義眼であるはずなのに、まるで濡れているかのように潤んで見える。気持ち良いのだろうか、口の端からは唾液が糸を引いて垂れていた。

珍しく乱れている恋人の姿。それを見つめる内に、ファラウラの下腹部が切なく疼き始

める。それを誤魔化すように舌を躍らせ、扱く手の動きをよりいっそう早めていく。

「はぁっ、あっ！　あ、も、イキそ……！　ファラウラ、出すから、もう離せ……！」

今日は口の中には出さないらしい。前回、飲み込むのにかなり時間がかかったファラウラとしては正直ありがたい申し出だ。けれど口淫を初めて教わった時、「飲み込むところまで出来ないと駄目」とラルジュに言われた。

ここは最後まで成し遂げなければ。

ファラウラは恋人の制止と懇願を、聞こえなかったフリをする事に決めた。


「はっ……あっ、うっ、うぁ……っ！」

ラルジュはギリギリと歯を食い縛った。下半身が燃えるように熱い。

眩暈《めまい》がしそうなほどの気持ち良さに襲われ、まともに目を開けていられない。今すぐにでも射精したいが、肝心のモノはいまだに恋人の口の中にある。

飛空艇の中では吐き出した精液をそのまま飲ませたが、彼女は飲み込むのにひどく時間をかけていた。吐き出させてやれば良かったのだが、自分を拒まれているようで意固地になってしまったのだ。

それは彼女の愛情を信じ切れなかった不安の裏返しだったと、今ならわかる。けれど、今はもう彼女からの確かな愛情を感じている。だからこそ無理に嫌がる事や困る事をさせたくはない。

「ファ、ファラウラ、もういいから……！」

なんとか片目を開け、左手で苺の髪をくしゃりと摑んだ。恋人は苺色の髪を乱し、右腕と右足が付け根からない男の身体に臆する事なく一生懸命に奉仕してくれている。それだけでも刺激的なのに、教え込んだ口淫の技術向上により狂おしいほどの快楽を脳に送り込んで来る。

「あっ、ぐ、うっ……！」

気持ち良すぎて左手に力が入らず、恋人を引きはがす事が出来ない。両足で踏ん張れないせいで快楽を上手く受け流す事が出来ず、堪えようとしても腰が勝手にカクカクと動いてしまう。

「くっ……！　もう、出る……！」

限界を迎えた射精感に負け、無様に腰を振りながら小さな口の中に白濁を吐き出していく。驚いた事に、ファラウラは口内に溜める事なく喉を上下させて懸命に飲み込んでいた。けれど戦闘を行ったり金剛石の魔術師の自爆に巻き込まれかけたり、と命の危機に瀕していたせいか、精液量が増えていたらしい。

飲み込みきれなかった白い液体が、形の良い唇の端からポタポタと垂れていく。

「ごめんなさい……こぼしちゃった……」

最後の白濁を飲み込んだ後、ファラウラは申しわけなさそうに身体を竦めていた。だが、その顔はどことなく不満げな表情を浮かべている。

「上手に出来たと思ったのに……」

ファラウラは床にぺたりと座り込んだまま、少女のように頬を膨らませている。その頬は上気し、汗ばんだ顔に苺の髪がへばりついていた。豊かな胸元には白濁が点々とこぼれ、あどけない表情と相反するその姿は途轍もなく淫らで美しい。ラルジュの胸の内に、どう表現すればいいのかわからない感情が段々と渦巻いて行く。

「……完全に間違えたな」

「え、なぁに？」

「……なんでもないです。今度こそ足と腕を持って来て貰えますか」

ラルジュは溜息を吐きながら、壁際を指差した。ファラウラは素直に頷き、手足を取りに壁際へ向かう。

「僕は先に出るんで、貴女はゆっくりお湯を浴びて良いですよ」

手足を装着し稼働確認を行った後、ラルジュは椅子から立ち上がった。

「えぇ、わかった。アレニエさん達もお湯を使いたいでしょうから、出来るだけ急ぐわ」

そう言うと、ファラウラはラルジュに背を向け石鹸を泡立て始めた。浴室中に、湯気と共にミルクの香りが広がっていく。その甘い香りに誘われるように、ラルジュは背後からファラウラを強く抱き締め、耳元に唇を寄せた。

「……夕食が終わったら嫌ってくらい気持ち良くしてあげますから、ちゃんと我慢してください。貴女の中に入って良いのは僕の指と舌、それから貴女がさっき散々しゃぶってくれたアレだけですからね？」

　意地悪気にそう囁くと、ファラウラの首筋が一気に紅色へと染まっていく。

「な、なに、なにを言って……！」

「んー？　いや、物足りなさそうな顔してたから。勝手に一人でシないように釘を刺しておこうかと」

「し、しな、そんな事、私……！」

　――もちろん彼女がそんな事をするとは思っていない。ファラウラには色々な性技や体位を教え込んだが、自慰のやり方だけはまだ教えていないからだ。けれど涙目で狼狽えるファラウラを見て、翻弄された仕返しが出来た、と密かにほくそ笑んでいた。

◇

　湯を使い終わった後、ファラウラは言われた通りに食堂へ向かった。ちょうど教会も夕食時間だったらしく、パンの焼ける良い香りが廊下まで漂っている。

　食堂内を見渡すと、ラルジュとアレニエ夫妻はテーブルの片隅にいた。

　ラルジュの左顔面の傷は、元通りガーゼで覆われている。ファラウラは食卓で祈りを捧げる司祭やシスター達の間を縫って、ラルジュ達の元へと向かった。

「魔女様、疲れは取れましたか？」

「はい、ありがとうございます。ごめんなさい、お先に行かせて頂いて」

「いえ、お気になさらず。魔女様と副団長が南側のシャワー室に向かわれてすぐ、僕達も北側にあるシスター用のシャワー室を使わせていただいたんです」

おっとりと微笑む整備士フォルミの服装は、確かにゆったりとしたものに変わっている。妻のアレニエも同じような服装に変わっていた。

「良かった。皆さんの方が大変でしたのに、と気になっていたんです」

「お気遣いありがとうございます、魔女様。では、どうぞおかけ下さい。ご好意で豆のスープをいただいたので、その中に持って来た塩漬け肉を入れて少し煮込んでみました」

テーブルの上には、肉の入った豆のスープと斜めにスライスしたパンが盛られた籠が置いてある。スープは湯気が立ち、ゴロゴロと放り込まれた肉がとても美味しそうだった。

ファラウラはラルジュの隣、アレニエ夫妻の向かい側に座る。食前の祈りを捧げスプーンを手に取った時、横から向けられる視線に気がついた。

「ラルジュ？　どうしたの？」

「この肉、少なくとも三十分は煮込んでるな、と。おそらく、アレニエ達は汗と汚れを流したらすぐに食堂へ戻って来たんでしょう。司祭とシスターは鶏肉以外の肉を食べませんから、牛の塩漬け肉を調理させたら悪いと思ったんだろうな」

「そ、そうなの……」

なんとなく、ラルジュの言いたい事がわかって来た。ファラウラは気まずげにスープをすくいながら、その先を言わないで、と胸の内で願っていた。

「僕もすぐに戻って手伝おうと思ったんですけどね、貴女が僕を咥えて離さないから」

――やっぱり言った。どうしてこの人はこう、自分を困らせる事ばかり言うのだろう。

そう思いながらも、その事自体は嘘ではない。けれど、良かれと思っていたのに。

「……だってラルジュが、おっきくしちゃうんだもの」

食堂の長テーブルは、かなり大きくて広い。向かい側のアレニエ夫妻ともそれなりに距離はあるが、一応ごく小さい声で抗議をした。

「だからどうにかしないと、って思って頑張ったのよ？　最後はちょっぴりこぼしちゃったけど、次はちゃんと全部――」

ファラウラはそこで言葉を止めた。いや、止めさせられていた。ラルジュが横から手を伸ばし、ファラウラの口の中に千切ったパンを突っ込んで来たからだ。

「……⁉」

いきなりパンを突っ込まれたファラウラも驚いたが、それを目撃したアレニエ夫妻はもっと驚いていた。

「え、副団長……？」

「あの、副団長、魔女様がびっくりしていらっしゃいますが……」

二人はファラウラとラルジュを見比べながら、戸惑いを隠しきれないでいる。

「こっちの事は気にするな。ほら魔女さん、余計なお喋りはいいですからさっさと食べて下さい」

ラルジュはそう冷たく言い放った後、引き裂いたパンを自分のスープの中に放り込んだ。その間、こちらの方を見向きもしない。なんとなくだが、横顔が怒っているように見える。先に『余計なお喋り』をして来たのはラルジュの方なのに、なぜ自分が叱られているのだろう。ファラウラは理不尽な思いに駆られながらも、とりあえず口内のパンをもぐもぐと咀嚼《そしゃく》する。

「初心《うぶ》なところは変わらないのに、なんでこう……。はぁ、一体どこで間違えたんだろうな」

――ファラウラは硬いパンを噛むのに集中していたせいで、ラルジュの疲れたような呟きにはまったく気づきもしなかった。

◇

夕食を終え、それぞれ屋根裏部屋と礼拝堂横の小部屋に移動を始める。

ラルジュとファラウラが屋根裏部屋で、アレニエとフォルミが小部屋を使う。最初、アレニエは自分達が狭い屋根裏ではなく小部屋を使う事に躊躇《ちゅうちょ》を示していた。

『副団長、あたし達がこっちで良いんですか？　魔女様の事を考えたら少しでも広い部屋の方が……』

『いや、僕達がこっちで良い。明日は朝七時に教会前。……アレニエ、フォルミを酷使するなよ』

『わかりました。副団長こそ、魔女様の体力を残しておいてあげて下さいよ』

二人の会話の後半部分は意味が良くわからなかったが、ラルジュが屋根裏部屋を選択した理由ならわかった。

「わぁ、綺麗……！」

屋根裏部屋には天窓がついていた。そこから、夜空に煌めく満天の星々が見える。

「星が綺麗に見える町の教会には大抵天窓つきの屋根裏部屋がありますから。屋根裏っていっても来客用の宿泊部屋に使われる事がほとんどなんで、部屋も綺麗だしベッドも大きいんですよ」

ラルジュの言う通り、部屋自体は手狭だが天窓の真下にベッドが設置されていて、寝ながら星が楽しめるような作りになっている。

ファラウラは早速ベッドに寝転がってみた。視界いっぱいに美しい星空が広がる。今は部屋の中にいるはずなのに、まるで外で星を眺めているような気分になる。

「ラルジュ、ねぇ、見て！」

「はいはい、後で見ますよ」

素っ気ない返事と共に、ベッドがギシリと軋む。次の瞬間、ファラウラと星空の間にラルジュが割り入って来た。

「な、なに？」

「なに、じゃないでしょ。嫌ってほど気持ち良くしてあげるって言ったのを忘れたんですか？」

「あ、忘れては、いない、けど……」

「……完全に忘れてたでしょ。まったく、貴女は本当にひどい女だな。僕の頭の中をドロドロした汚いものでいっぱいにしておいて、自分だけ綺麗な場所に平気な顔して立っているんだから」

「そ、そんな事はないわ」

ファラウラは必死になって否定した。ファラウラにとって、ラルジュと共にいるというだけで心満たされるひと時になる。だから、その言葉に頓着していなかっただけだ。

「貴方が側にいるだけで、私は幸せなの」

そう微笑むファラウラに対し、ラルジュはなぜか苦い顔をしている。

「……ほら、貴女は結局そんな風に綺麗なんだよ。僕だって初めはそう思ってた。でも今はそうじゃない」

ファラウラはそっと両手を伸ばし、ラルジュの頬を挟んだ。そしてクワガタの刺青の上、どこかでこぼことした感触の、引き攣れた傷痕を指でそっと撫でた。

「もう一度言うわ。私は貴方と共にいるだけで幸せ。例えそれが、どんな貴方だとしても」

ラルジュは驚いたように目を見開いた。だがなにも言葉を発する事はなく、また動こうともしない。

やがて無言のまま、己の頬に触れているファラウラの両手首をぎゅっと掴んだ。

「……ファラウラ」

「なぁに？」

「愛してるよ。僕には、貴女しかいない」

「私だってそうだわ。貴方以外は、なにもいらない」

――ガーゼの端から微かに覗く黒目と蒼玉の義眼に、水の膜が張り始めた。ファラウラは一度だけ目を合わせ、そしてゆっくりと目を閉じた。

「僕を、愛してくれてありがとう」

聞こえた小さな声。程なくして、顔中に二つの雨が降って来た。

唇からもたらされる口づけの雨と、ラルジュには降らせる事が出来なくなっていたはずの、雨が。

◇

甘く、そしてほんの少しだけ切ない雨が止んだ。ファラウラはそっと目を開け、雨上がりの黒と青を見つめる。瞳の奥にしまい込まれていた寂しさが消えた代わりに、どこか怯えのようなものが垣間見えた。

「……怖いな」

「なにが？」

「……僕の事が。自分自身が、すごく怖い」

「どういう意味？」

ファラウラはこれまで、ラルジュの事を怖いと思った事は一度もない。

「僕は貴女を失わない為なら、どんな事だって出来る。そして貴女は、僕がどんな人間でも愛してくれると言う。そんなの、怖いに決まってるでしょ」

「えっと、よくわからないわ」

ラルジュは微かに笑い、両手をファラウラの全身に滑らせていく。

「んっ……ラルジュ、どういう事か、教えて……」

「ほら、両手を上にあげて」

ファラウラの問いかけには答えず、両手をあげろと促して来る。言われるがまま、大人しく腕をあげると着ていたワンピースを頭からするりと脱がされた。

「ね、ねぇってば……あぅっ……！」

ワンピースを横に放り投げたその手が、下腹部を掠めごく自然に下着の中に忍び込んで来る。くちゅ、という水音が聞こえた瞬間ファラウラは全身を赤く染めた。

「まだキスしかしてないのに？」

　耳元に聞こえる揶揄いの声。羞恥に震えるファラウラを翻弄するように、侵入した黒鋼の指が潤った割れ目をくすぐるように往復していく。

「あっ、んんっ！　んっ、はぁっ、あっ……！」

「せっかくシャワー浴びたのに、こんなにドロドロにしてたら意味ないでしょ？　綺麗にしてあげるから、もっと足を開いて」

　霞《かす》みのかかったような頭に、ラルジュの言葉がぼんやりと響く。自らの意志なのかなんなのか、ファラウラはゆっくりと両足を開いて行く。

「ひぅっ⁉　やっ！　あ、だめ……！」

　強い刺激に、霞んでいた意識が一瞬にして引き戻される。慌てて上体を起こすと、大きく割り開かれた己の足の間で、黒髪が妖しく揺れていた。

「あぁぅっ！　やぁ、あっ！　あっ、だめ、そのまま、なんて……！　はうぅっ！」

　陰核を強く吸われ、反射的に背筋がのけ反った。ラルジュは下着を脱がせる事なく、股布の部分を横にずらして舌を這わせている。完全に脱がされるよりも恥ずかしいその格好に、ファラウラは身を捩って抵抗をした。

「あんっ！　あぁっ！　やっ、それいやっ……！」

「……帰ったら、ここだけ布がないヤツ買ってあげますよ」

「いっ、いら、いらない……！」

戒律云々以前に、そんな破廉恥な下着が存在するなんて信じられないし信じたくもない。けれど、実際に買って来られたらなんだかんだと身に着けてしまいそうな気がする。

これまでも、外での行為や後背位での行為、口淫や不浄の穴を弄られる事までラルジュが望む事はほとんど言う通りにして来た。今さらながら、自分は一体どれほどの戒律違反を犯しているのだろう。考えるだけで恐ろしいが、それをラルジュへの愛情だけで乗り越えてしまっている自分がもっと恐ろしい。

「わ、私も怖い……ラルジュの事、好き過ぎるから……」

身を竦ませると、足の間からこぼり、と蜜が溢れていく。そんな痴態を晒している事よりも、今しがた発した言葉の方がよほど恥ずかしい事に気づいた。ファラウラは思わず両手で顔を覆う。

足の間から小さな溜息が聞こえ、両膝を抱えて引っ張られた。そして再び、先ほどよりも強く下着が横にずらされた。

また舌での責めが始まる。そう身構えた次の瞬間、身体の中心を舌とは比べ物にならないほど熱く硬く太いもので貫かれた。

「ひあ゛ぁあっ！」

あまりの衝撃に、顔を覆っていた手が離れた。いつも挿入直後は快感よりも内部を押し広げられる感覚が勝ってしまう。何回抱かれても、この瞬間だけはなかなか慣れない。

「あっ！　んんっ！　あっ！　ラル、ラルジュ、やあぁっ！」

下着を身に着けたまま、激しく揺さぶられていく。いつもと違う感覚に溺れ、ファラウラは遠慮なく嬌声をあげた。ここが教会の中だという事は、頭の中から消し飛んでいた。

「あぁっ！　あうっ！　はあぁ、んんっ！」

しばらく抜き差しを繰り返されたかと思うと、いきなり引き抜かれ勢いのままうつ伏せにひっくり返された。今度は下着を膝の辺りまで下ろされ、そして寝そべった姿勢のまま身体全体を使い押し潰されるような形で突き上げられた。

「ひっ……あぁぁっ！　んあぁぅっ！　あっ、奥、奥にあたっちゃう……！」

体格の大きく異なるラルジュの下に完全に隠れた体勢のまま、ファラウラは涙と涎《よだれ》を溢しながら泣き喘いだ。まるで磔《はりつけ》にされた状態で抱かれているようなものだ。両手は背後から、というよりも真上から指を絡ませて押さえつけられ、逃げ出す事は元より身体を捩らせる事も出来ない。

「これ、すごく深く感じる、でしょ？　貴女には、まだ早いかと、思ったんだけどな……」

「だめ、奥、そんなに擦っちゃ……！　ひあぁっ！　あっ！　ずっと、気持ちいいのだめぇっ！」

荒い息を吐きながら、耳元で途切れ途切れに囁かれる。時折かぷりと耳朶を食まれ、ぬるりと舌を這わせられるとそれだけで何度も軽く達してしまう。

「だめ？　こんなに俺を締めつけて来るのに？　もっと、の間違いでしょ？」

「あっだめ！　もう、本当にだめなの……！　あっ、あっ、出ちゃう……！」

激しく突かれる度に、下腹部が温かくなっていく。サラサラとした液体が漏れていく感覚に、恥ずかしくて仕方がないのにどうする事も出来ない。逃がしようのない快楽を受け止めきれず、半開きの口からただ掠れた喘ぎと涎を垂れ流していく。

「ひっ⁉　あっ！　ひあぁぁっ！」

全身が雷撃に打たれたような感覚が走り、両足がつま先までピンと伸びた。狂おしい快楽が数秒に渡って体中を駆け巡る。

「はぁ、俺も、もうイキそう……」

ラルジュも限界が来たらしい。性器を抜き差しするスピードが、段々と早くなっていく。ラルジュが達してくれれば、この快楽の地獄とも呼べる状況はひとまず終わる。けれど、なぜだろう。それが妙に寂しくて、ファラウラは思わず下腹部に力を入れた。

「うぁっ……！」

絞り出すような声と共に、真上から全身を強く抱き締められた。ラルジュは二度三度と腰を振り、ファラウラの体内に吐精していく。

「はぁ、急に締めつけて来ないで下さいよ……」

ラルジュは不満そうな声を出しながら、ずるりと性器を引き抜いた。ファラウラは大きく息を乱しながら、背中越しに恋人を見つめる。

「あ、もしかしてこれで終わりだと思ってます？」

「……え」

一瞬言われた意味がわからず、呆《ほう》けた返事をしてしまった。が、すぐに気がつき慌てて起き上がろうと試みる。だが身体に力が入らない。おまけに膝の所に下着が絡まっているせいで、膝をついて起き上がる事が出来なくなっている。

「や、まって、ラルジュ……」

「良いですよ、じゃあ待ってあげる間に体力を回復しておきましょうか」

「体力を、回復……」

――その言葉が持つ危険性は、考えるまでもない。

そんなファラウラの絶望を余所に、ラルジュはひどく楽しそうな顔をしていた。

「も、もういい……。いっぱい気持ちいいの、まだ少し辛くて……」

「あぁ、本当に嫌って言うほど気持ち良くなったでしょ？　突く度にイってたから、こっちも大変でしたよ。それとは別に、そういえば単独行動をしたお仕置きをしていなかったな、と思って」

「あ、あれは……！」

互いへの信頼が足りなかった事が発端であったし、その事はもう許してくれたのでは。

戸惑うファラウラの身体が、淡い光に包まれていく。ラルジュの使う『体力回復』の魔法。下半身を中心に、重く怠かった身体がすっと楽になっていく。

「はい、終わり。心配しないで下さい、お仕置きって言っても大事な貴女に傷なんてつけたりしませんから。ただあの時、僕がどれだけ不安だったかわかって貰えれば」

「わ、わかってる！　わかってるってば！」

ラルジュはファラウラを片手で抱き寄せ、上下の下着を器用に脱がせていく。そして一糸まとわぬ姿になったファラウラを押し倒し、その上に再び覆いかぶさった。

「まぁ、今はね。でもこれは〝あの時の僕〟の為なんで」

ファラウラは口をただパクパクとさせた。「ごめんなさい」と言うべきなのか「蒸し返すなんてひどい」と怒るべきなのか。どうすれば良いのかよくわからない。

ただ、このままだと自分が大変な目にあう事だけはわかっている。当たり前だが、体力回復は体力しか回復しない。つまり『嫌というほど』味わわされた気持ち良さは変わらず、身体は甘く切なく疼いたままだ。

激しく抱かれては体力を回復、という事を繰り返されると、疲れすぎて気絶するという恩恵を得られない。ただ、快楽だけが蓄積されていってしまう。

例えるなら、身体を楽にする事と引き換えに媚薬を飲み続けるようなもの。そんな状態に、自分が耐えられるはずがない。

「いや、いや……。ラルジュやめて……」

はっきりとした恐怖に身体をガタガタと震わせるファラウラを見ながら、ラルジュが小さく笑った。

「……冗談ですよ。貴女が心配しているような事を本当にしたら、こんなに敏感な身体だとあっという間にセックス中毒になって壊れてしまいますから」

「そ、そんなの嫌……！」

「わかってますってば。もう一回したかっただけなんで。それなら良いでしょ？」

――冗談なら良かった。ファラウラは小さく頷きながら、ラルジュの首に両手を回した。

◇

腕の中で艶めかしく動く身体に舌を這わせながら、ラルジュはこめかみを流れる冷や汗をさりげなく指で振り払った。

ファラウラの懸念していた事は、直前まで確かに自分の頭の中にあった。もちろん、本気なんかじゃない。自分はあの凛《りん》としたファラウラ・マルバが欲しいのだ。肉欲に支配された、愛玩人形が欲しいわけではない。

ただ、ここのところ彼女を失いたくないと、それればかりを考えてしまっている。今となっては向けられる愛は疑っていないし、彼女が二心を抱くなど欠片も思っていない。けれど、自分達を引き離す要因は他になくはないのだ。

彼女が事故にあったら。事件に巻き込まれたら。病に罹ってしまったら。そんな不安が募ると同時に、ある想いを持った自分自身が顔を覗かせるようにもなっていた。

――いっその事、彼女を閉じ込めてしまえたら。

そんな醜い考えを持つ自分の事は、これまでは理性で楽に抑え込めていた。

それなのに。

『貴方を愛してる。それがどんな貴方だとしても』

あんな風に言われてしまっては、抑えが利かなくなってしまう。強引に嫌がる事をしても自分を愛し続けてくれるというのなら、思うままに振舞っても良いのではないか。

もう一人の自分にそう囁かれ、それに頷きそうになる自分の事が本当に怖い。魔女に恋した男は、皆こんな風になってしまうのだろうか。

それでも、嫌がって泣く顔よりも愛らしく微笑んでいる顔の方が好きなのは確かだ。彼女を手元に縛りつける策略よりも、彼女の笑顔を絶やさない努力をしたい。

「……愛してるよ、真珠の魔女。俺のすべては貴女のものだ」

指と舌で責め続けているせいで、愛しい魔女は忘我の極地にある。ラルジュの言葉は聞こえていないだろう。

けれど一瞬、優しく微笑みかけてくれたような気がした。


清々しい朝の風と、爽やかな緑の香り。

魔導二輪の上、ラルジュの腕の中でその二つを感じながらファラウラは穏やかな幸せに包まれていた。

いつもはすぐ眠くなってしまうのに、今日は一向に眠気が訪れない。昨夜は、これまでにないくらいに甘く激しく愛された。いつもなら起きるのも精一杯なはずなのに、むしろ身体は軽い気がする。おそらく、身体がほとんど疲れていないからだ。

ラルジュが体力回復の魔法を使ってくれたし、行為も長く執拗ではあったものの宣言通り二回で終わらせてくれた。そのおかげで、ぐっすりと深く眠る事が出来たからだと思う。

後ろには、フォルミを乗せたアレニエの魔導二輪が走っている。本来は教会で待機をするはずだったのだが、アレニエがどうしてもついていくと言い張りラルジュが根負けした形になった。

ならば、別々になっている今の内にあの話をしておいた方が良い。ファラウラはそう判断し、ラルジュの軍服の胸元を軽く引っ張った。

「ん？　なんです？」

「……あのね、貴方の手足を奪った、未知の魔獣がいたでしょう？」

「あぁ、はい。それがなにか？」

ファラウラは上目遣いでラルジュを見上げた。心底不思議そうな顔で見下ろされると、言葉を口にするのを躊躇ってしまいそうになる。けれど、もうラルジュに隠し事をするつもりは一切ない。

「あの魔獣の行動原理は、愛と友情だったの」

「……愛と友情？　どういう事ですか？」

　ラルジュの声が緊張したものに変わった。ファラウラは言葉を続けていく。

「魔獣を目にした時、身体から天藍石《ラピスラズリ》の気配を感じたの。だから試しに感情を探ってみた。その時は思いつきというか、魔獣の次の行動がわかれば、くらいに思っていたの。でも、すごく驚いたわ。魔獣の内面は、愛と友情に占められていた。ううん、それしかなかった。破壊衝動も補食衝動も、欠片も見当たらなかったわ」

「……にわかには信じがたいですが。魔獣を改造して、わざわざそんな感情を持たせた意味はなんですか？」

　当然というか、ラルジュは困惑を隠せないでいる。

「感情を持たせた、というわけではないと思うの。二年半前、金剛石の魔術師は改造魔獣に聖騎士団を襲わせた。その時彼は、現場のどこかに隠れていたのではないかしら。いくら魔獣を改造してあるといっても、相手はアシエの誇る聖騎士団ですもの。魔獣だけでは手に負えない可能性を考えていてもおかしくないわ。だから魔獣は彼の懸念を感じ取り、その場にいる聖騎士の中で最も脅威になりそうな貴方を襲った」

　ファラウラは一度深呼吸をして気持ちを整えた。本題は、ここからになる。

「彼は魔獣を〝友人〟と言っていたのに、魔獣はその胸に愛を抱いていた。だから私は彼に聞いたの。〝あの魔獣はあなたにとってなんだったの〟って。彼は〝彼女は――〟と言いかけていた。その続きは聞けなかったけれど、あれは、あの魔獣は」

「……元は人間だった、と？」

言葉に出す代わりに、小さく頷きそれに答えた。

「……わかりました。まぁ、魔獣核を持って帰らせているんで調べたら詳しい事はわかるでしょう。それにしても、なんで今言うんですか？　昨日、全員が揃っているところで言えば良かったのに」

ファラウラは首を横に振った。全員に話すつもりはなかった。ただ、ラルジュには言っておこうと思っただけなのだ。

「貴方の言うとおり、核を調べたら、はっきりとわかる。でも魔術解析局は魔法や遺物の解析結果を真っ先に魔導協会に報告をするわ。そして協会がこの事を機装騎士側に伝えて来るとは思えないの。だから黙っていようかと思ったのだけど、貴方には隠し事をしたくなかったから」

「もしかして、胸部を撃ち抜いたランや首を切り落としたアレニエが傷つくかも、とか思ったんですか？」

「……ええ」

「なるほどね」

そう呟いたきり、ラルジュはなにも言わない。ただ、無言で魔導二輪を走らせている。

やがてファラウラの目に、集合場所である森の入り口が見えて来た。

「ちょっと停まりますよ」

「え？　どうして？」

集合場所は目と鼻の先なのに、とファラウラは首を傾げる。後続のアレニエも不思議そうな顔で、ラルジュの魔導二輪に横づけで停車した。

「副団長、どうしたんすか？」

「アレニエ、森に変な魔獣がいただろ？　アイツ、元は人間だったそうだぞ」

「なっ、ラ、ラルジュ⁉」

まさかそのまま伝えてしまうなんて。ファラウラは狼狽え、ラルジュの軍服を必死になって引っ張った。だがラルジュは宥めるようにファラウラの髪を撫でるだけで、気にする素振りも見せない。

「え、マジですか⁉」

「あぁ。まだ確証はないけどな。正体まではわからないが、金剛石の魔術師が〝彼女〟と呼んでいたらしいから女だろうな」

「女……って事は、奥さんとか？」

「さぁな。ま、金剛石の魔術師の為に僕らを襲ったのは間違いないだろ。どうやら魔獣は、人間だった自分を改造した魔術師を愛していたらしい」

ファラウラは青褪《ざ》め、アレニエの顔を見つめた。アレニエは女性にしては精悍《せいかん》過ぎる顔をきゅっとしかめ、顎に手をあてなにやら考え込んでいる。その姿を、後部座席のフォルミが優しい眼差しで見守っていた。

「……良い女だったんすね」

予想外の言葉に、ファラウラは驚き目を瞬かせた。

「姿形が変わっても、惚《ほ》れた男に一途に尽くすなんてめちゃくちゃ良い女じゃないっすか。そりゃ副団長の手足を切り落とした憎いヤツではあるけど、あたしだってフォルミの為なら敵の首の一つや二つ、いくらでも切り落としますよ」

「だろうな」

「はい。……え、それ言う為だけにわざわざ停まったんすか？」

「あぁ。で、魔導協会はこの事を伏せる可能性が高いらしい。僕は興味ないからどうでも良いが、お前は隠蔽とか嫌いだろ？　だから一応言っておこうかと思っただけだよ。じゃあ僕は魔女さんともう少し話をするから、先に行っててくれ」

「了解」

アレニエは納得したように頷きながら、再び魔導二輪を駆動させた。そしてそのまま、森の入り口に向かって走り去って行く。

「ごめんなさいラルジュ。余計な心配をしてしまって」

ファラウラはしょんぼりとする。

「いいえ。今までの貴女なら僕に隠して勝手に悩んでいたんでしょうけど、こうして話してくれたのは嬉しかったです。でも貴女が僕に隠し事をしたくないと思ってくれているように、僕も仲間には隠し事をしたくない。それに、僕達はそんなに弱くはないんで安心して下さい」

「……そうね、そうだったわ」

どうしてこう、自分は物事を広く見る事が出来ないのだろう。勝手に他人の気持ちを決めつけ、勝手に一人で気を回して空回るなんて。

「あぁほら、そうやってすぐ落ちこまないでください。前に言ったでしょ？　僕達が強くいられるのは、側に支えてくれる相手がいるからだって」

ラルジュは宥めるように、ファラウラの目尻の涙を優しく吸い取ってくれた。

◇

合流先である森の入り口には、開けた場所に野営のテントが張ってあった。

すでに、アレニエ以外の機装騎士は全員、専用装具をつけている。挨拶を済ませたあと、ファラウラも自身のホウキを手に取った。

出発の準備は完璧に整っている。テントこそ張ったままだが、荷物はきちんと整理されている。

「おはようございます、副団長」

ラルジュの元に、ロズ・クロッシュが駆け寄って来た。

「副団長、昨夜二十時までと今朝三時以降の偵察では特に問題はなかったです。教会側《そっち》も大丈夫でした？」

「あぁ、こっちも変わりはない。悪いな、気を使わせて」

「とんでもないです」

ラルジュとロズの会話に、ファラウラは一瞬首を捻った。今の口ぶりだと、昨夜の二十時から朝の三時までは偵察をしていない空白の時間という事になる。その間、三人になにかあったのだろうか。

（二十時から、三時の間……？）

「……っ！」

ファラウラは思わず、両手で口元を押さえた。その時間帯は、正にラルジュと部屋で睦み合っていた時間だ。ロズ・クロッシュの専用装具は超聴力が得られ、ヴェルミリオン・フィルの専用装具は超視力が得られる。そして、確か教会は二人の装具の『範囲内』に入っていたはずだ。

――だから二人は偵察を行わなかった。それは裏を返せば、ラルジュとファラウラが身体を重ねるであろうと想定していた事になる。

（やだ、すごく恥ずかしい……！）

羞恥に耐えられなくなり、今すぐホウキに跨《また》がって逃げ出したい衝動に駆られる。

だが、それは許されない。ならば、とファラウラは素早くホウキに跨り、空中に浮いた。

「ラ、ラルジュ。私が先に様子を見て来るわ。本来なら術者を失った時点で隠蔽魔法は解けるはずだけど、彼の場合はダイヤモンドを使っていたかもしれないから」

「……わかりました。研究所を見つけたらすぐにロズへ伝えて貰えますか。それから、絶対に一人で行動しないで下さい」

「ええ、わかっているわ」

ファラウラは他の団員と目を合わせないようにしながら、空高く舞い上がった。

◇

「この森、ずいぶんと広いわ」

空を飛んで全体を把握するだけでも、十分以上かかった。魔力の気配は感じなかったが、隣国リートとの国境ギリギリのところから宝石の気配を感じた。やはり、隠蔽魔法を封じ込めた宝石を研究所の周辺に置いていたらしい。

ファラウラは降下し、木立の間を縫って慎重に飛んだ。ここで宝石の場所を特定するために探索魔法を使う事は出来ない。宝石に隠蔽魔法を封じ込める防犯措置を施している場合、魔法を感知すると同時に宝石が割れ、新たな罠《わな》魔法が展開される事がある。うかつに魔法が使えない分、宝石の気配を感じ取るしかない。

「あった。ここだわ」

さほど背の高くない針葉樹にダイヤモンドの気配を感じた。近づいてみると、ごく小さなダイヤモンドが幹に埋め込まれている。それを確認し、ファラウラは再び空高く上昇した。

この場所は、ロズの聴力範囲から逸脱している。ここはヴェルミリオンに目で捕捉して貰った方が良い。

しばらくすると、遠くから煙玉が上がった。ファラウラのいる場所を認識してくれたのだろう。

ファラウラは降下し、幹に埋め込まれたダイヤモンドを見つめた。目を凝らすと、内部に強大な魔力渦が見える。アネモネに仕込まれた爆裂術式と同じものかどうかはわからない。

「こんなにすごい事が出来る人なのに……」

いくらダイヤモンドが高い魔力を持つ宝石と言えども、それに魔法や魔獣を封じ込めるなどそう簡単に出来る事ではない。少なくとも、ファラウラには出来ない。

それに、この隠蔽のやり方。宝石魔法使いではない普通の魔法使いには永遠に見つけられなかっただろう。彼は、そこまで考えていたのだろうか。もし、自らの犯行が暴かれるとしたら、宝石魔法使いの力を借りなければならなくなるように。

「……彼と、しっかりお話をしてみたかったわ」

もっと早く、魔導協会が宝石魔法使いの立場を向上してくれていれば。そうしたら、こんなにも優秀な人材を失わなくても済んだ。

そう胸に過った思いを、ファラウラは即座に振り払った。

――違う。魔導協会のせいだけではない。これは自分達の、宝石魔法使いの責任だ。劣等感や自己嫌悪に苛まれるばかりで、なにも行動を起こそうとはしなかった。

「でも、ここからは違うわ。私にはラルジュがいるもの」

胸元に手を当て、ファラウラは呟く。

そして煙弾が上がってから約二十分後。

ラルジュとエフェメール、そしてアレニエがファラウラの元にやって来た。

「すみません、お待たせしました」

三人の髪や体には、小枝や葉っぱが引っかかっている。ファラウラは空《うえ》から来た為に気づかなかったが、研究所があると思しき場所《ここ》は獣道の奥にあるらしい。

「魔導二輪は途中で置いて来ました。アレニエに藪を切り払わせながら来たんで、少し時間がかかってしまいました」

見ると、ラルジュもエフェメールも腕に専用装具を装着している。これでは確かに、込み入った繁みを抜けて歩いて来るのは困難だっただろう。

「ラルジュ、やっぱり金剛石の魔術師はダイヤモンドに魔法を仕込んでいたの。皆さんが来る前に三つ、樹木の幹に埋め込まれているダイヤを見つけたわ。ちょうど三角形の形に配置してあったから研究所はその中心に位置する場所にあると思うの」

ラルジュは頷きながら、レールガンの装着された右腕を持ち上げた。

「隠蔽魔法が仕込んである場所が判明したにもかかわらず、貴女がそれを取り除いていないという事はなにかしらの罠があるって事ですか」

「ええ、そう。幹から取り除いた瞬間に、罠魔法が発動する。だからラルジュの出番なの」

「……僕？」

ファラウラはラルジュの右腕にあるレールガンに触れた。

「これでダイヤモンドごと一気に焼き払ってしまえば、術式が形になる前に消滅させる事が出来るはず。目印は私がつけるわ」

そう言うと、ファラウラは光輝く栗鼠《リス》を三匹生み出した。片手を振ると、光のリスはそれぞれ三つの方向に向かって走って行く。そして周辺で特に背の高い樹木に駆け上がり、先端に近い場所で動きを止めた。

「ラルジュ、行きましょう」

「行く？　どこへ？」

ラルジュは首を傾げている。

「どこって、空に決まっているじゃない。空中に上がれば、三つのダイヤを一度に焼き払う事が出来るでしょ？」

ファラウラは再びホウキに飛び乗り、低空に浮いた。

「はい、乗って？」

「あ、はい……」

ラルジュは戸惑ったような顔をしながら、ホウキに跨った。それを確認した後、一気に上空へ舞い上がる。

「……久しぶりだな、空からの眺め」

ラルジュもかつては、空の上が職場だったのだ。もしや傷つけてしまったのでは、とファラウラは焦る。けれど、すぐに思い直した。彼は言った。側に支えてくれる人がいれば、強くいられると。

「ねぇ、リスが見える？」

「はい、見えます」

「ダイヤはほとんど同じ位置にあるの。だからここでその武器を使っていただけたら、三つ同時に焼き払えるわ」

ラルジュは頷き、レールガンを前方に向けた。その銃口に、青白い雷光が収束し始める。ファラウラは射撃の邪魔にならないように、身体を竦めて身構えた。

「……もう場所はわかったんで、リスを消して下さい」

「え、どうして？」

「あのリスは貴女の魔力が具現化したものでしょ。僕の攻撃で消滅させた場合は、貴女に少なからずダメージが来る」

ファラウラは首を横に振った。確かに、かつてファラウラが後輩ダムアの炎猫を氷竜で凍らせ砕いた時、ダムアは魔力回路にダメージを受けよろめいていた。けれど、あのリス達の仕事は単に目印になるだけではない。

「平気よ。せいぜい眩暈を起こすくらいだと思うわ。攻撃を受けて消滅する瞬間、極光結界《オーロラ》を発動するようにしたの。森の中にいる鳥や動物達、それから下で待ってるアレニエさん達に被害が及ばないように」

だが、ラルジュは不満そうにしている。

「貴女の言う通り、三角形に配置してある宝石を一度に消すにはかなりの樹木を薙ぎ払う必要がある。けどここはかなり木々が入り組んでいるから、多少伐採しても良いと思いますよ？　後日、魔導協会の調査団も入るでしょうし」

「ううん、だめ。研究所に魔導協会は入れさせない。私達で中を調べたら、跡形もなく壊してしまおうと思っているの」

「……そんな事をしたら、機装騎士が魔導協会から何を言われるかわからない。申しわけないですが、僕は副団長として皆を不利な立場に追いやるわけにはいかないんです」

ファラウラは背後を振り返り、ほんの少しだけ切なさを含ませた笑顔を向けた。

「大丈夫。私は、薔薇竜の娘、だから」

——だから多少の無謀は許されるし、それを咎められる事はない。

「……なるほど。薔薇竜の、そして魔導協会副理事の娘なら多少暴走しても許される。だから貴女が泥をかぶる。そういうわけですか」

「えぇ。そういう事——きゃぁっ⁉」

いきなり耳に嚙みつかれ、ファラウラは目を白黒とさせた。痛くはない。痛くはないが、この場面で耳を噛まれる理由がわからない。

「……思っている事を話してくれるのは嬉しい。けど、だからと言ってなんでもかんでも許すと思わないで貰えますか。貴女を矢面に立たせて、僕が平気でいられるとでも？」

どう答えて良いかわからず、ファラウラは口籠る。自分は研究所を破壊したい。けれど、そうすれば機装騎士が責められる。だから最善策を提案したのに、まさかここで反対をされるとは思ってもみなかった。

「……宝石の破壊については貴女の言う通りにする。研究所の件は調査してから決める。どちらにしても、すべての判断は僕が下す。以上です。これは副団長としての命令なんで、必ず従って下さい」

有無を言わせない強い物言いに、ファラウラは仕方なく頷いた。さすがに『命令』と言われては従わないわけにはいかない。

「ん、ちょうど雷撃も充填完了したんでいきますよ。レールガンの光を直視するとマズいんで、目を閉じて下さい。それから、僕にしっかりつかまって」

言われるがまま、目を閉じラルジュにしがみつく。直後に空気を震わせるような発射音が響き、木々がめりめりと音を立てて倒れていく音が聞こえた。同時に、激しい眩暈と頭痛、そして吐き気が込み上げて来る。

「う……っ」

——ホウキが、ぐらりと傾いだ。

ファラウラは必死に意識を集中させ、ゆっくりと降下していく。ラルジュを二度も墜落させるわけにはいかない。ただ、その一心で薄れゆく意識を必死に保っていた。

◇

ファラウラが意識を取り戻した時、側にはラルジュしかいなかった。その右腕からは専用装具が外され、元の義手に戻っている。

「あ、ラルジュ……」

「大丈夫ですか⁉　ったく、どこが眩暈程度なんだよ！　俺には隠し事をしないんじゃなかったんですか⁉」

ラルジュの顔には怒りと焦りが浮かんでいる。ファラウラは慌てて飛び起きた。隠し事なんて誤解だ。自分でもまさか、ここまでのダメージを受けるとは思っていなかったのだ。

「待ってラルジュ。私、本当に眩暈くらいで済むと思っていたの……！」

無駄に手をばたばたさせて狼狽えるファラウラをしばらく見つめた後、ラルジュは溜息を一つ吐き、両腕を伸ばし優しく抱き締めてくれた。

「貴女は本当に目が離せないから困るな」

「私、恥ずかしい……。自分を過信して、こんな事になるなんて」

「まぁ、天才型の人間がよく陥るヤツですよね。良かったじゃないですか、若い内に気づけて」

　恋人同士になってもなお、健在なラルジュの毒舌。言っている事は厳しいのに、ファラウラは自らの心が癒されていくのを感じていた。ラルジュだけは、ファラウラを『薔薇竜の娘』ではなく一人の女として扱ってくれる。

「フフ、そうね、気づけて良かったわ」

「じゃあ、学習したところで行きましょうか。アレニエ達に先行させましたが、僕達が行くまで周囲の物には触れないように言ってありますから」

　ラルジュはファラウラを抱き締めたまま、横方向を指差した。そこには、地下に降りていくような形になっている石造りの階段があった。

「地下……？」

「どうしました？」

「あ、金剛石の魔術師は〝使われなくなった国境警備用の建物を使った〟と言っていたから。てっきり地上にあるのかと……」

　ファラウラの疑問には、ラルジュがあっさり答えてくれた。

「アシエでは森の中に建設される砦は地下に作る事がほとんどなんですよ。さっきは無駄に樹木を伐採しようとした僕が言うのもなんですが、アシエは発展している代わりに自然が少ないですからね、地上に作ると森が減るでしょ」

　なるほど、とファラウラは頷く。

階段を下りていくと、金属製の大きな扉があった。両開きのその扉は、限界まで開け放たれている。床の状態から、扉は常時開け放たれていた事がわかった。

部屋の中は広く、殺風景だった。埃《ほこり》にまみれているわけでもなく、清潔に保たれている。隅の方に置いてあるベッドは、きちんと整えられていた。

「あ、魔女様！　お加減はいかがですか？」

両手に火炎放射器を装備した男、エフェメール・グラニテが奥から走って来た。その奥で、アレニエが金庫らしき物の前で座り込んでいる。

「ごめんなさい、もう平気です。あの、何か見つかりました？」

「向こうの作業机らしきものの上に二、三十個ほどダイヤが転がっていました。後はなにも。もしかしたら金庫の中かもしれませんが、指示通り手を触れていません。それから、奥に牢のような小部屋が六つありました。ですが、すべて空《から》です」

ファラウラは頷いたあと、エフェメールの横をすり抜けダイヤが置いてあるという作業机に駆け寄った。ダイヤを手に取り、目を凝らして見ても魔獣の気配は感じられない。ダイヤはすべて空っぽ、普通のダイヤモンドだった。

「……わかっていたのかしら。もうここには帰って来られないと」

次に、アレニエが座り込んでいる金庫の所に向かった。比較的新しいそれは、金剛石の魔術師が持ち込んだものだろう。単純なダイヤル式の金庫で、魔法錠ではない。

「魔女様。どうします、金庫《こいつ》をぶち壊しますか？」

「……いいえ。その必要はありません」

ファラウラは手を伸ばし、金庫の扉に手をかけた。金庫は、あっけなく開いて行く。

「あ、鍵が開いてる……」

「多分、単純に物入れにしていたのだと思います。金庫も一般的なものですし、侵入者の危険はほとんど考えていなかったのでしょう」

——室内には紙切れ一枚見当たらない。宝石に魔獣を封じ込める方法を記した書類もその過程の記録も、研究をする場には必ずあるはずのものが一切ない。おそらくすべて、処分したのだ。

「ラルジュ、特に変わったものはなかったわ。ダイヤモンドに魔獣は封印されていないし、そもそも魔力を発するものが全然——」

ファラウラはラルジュの方を向いた。ラルジュは何か、紙切れのようなものを持っている。

「それ、なぁに？」

「……写真ですね。一枚だけ、そこの壁にへばりついてました」

色々と処分をしている時に落としたのだろうか。ファラウラはひょいと写真を覗き込んだ。

——顔にそばかすの散った童顔の男が、はにかんだように笑っている。その横には、長い黒髪を真ん中で分け穏やかに微笑むほっそりとした女性が経っていた。二人とも白衣を着ている。勤め先で撮ったものだろうか。

「もしかして、この女性《ひと》……」

ラルジュはなにも言わず、その写真を持ったまま作業机に向かう。そして転がるダイヤをかき分け、その真ん中にそっと写真を置いた。

「副団長、どうしますか？」

「撤退する。少なくともここには生きた魔獣もいないし、資料もすべて処分されているからな。もうここを調べる必要はない」

アレニエとエフェメールは即座に階段へと向かう。写真が気になるものの、ファラウラもその後に続いた。

「……ファラウラ」

階段を昇りながら、ラルジュが小さく呟いた。

「ここを出たら、魔法で出入口の階段を破壊してください。誰も入って来られないように」

「え？　でも……」

ファラウラが研究室を壊したかったのは、魔導協会に魔獣封印の術式や記録を渡したくなかったからだ。それらが見つからない今、わざわざここを壊す必要性を感じない。

「……二人きりにしてやってもいいでしょ。せめて、写真の中だけでも」

ファラウラは虚を突かれ、思わず後ろを振り返った。

――開いたままの扉。その向こうには、煌めくダイヤモンドに囲まれた在りし日の二人がいる。

「……うん」

ファラウラは浮かぶ涙をそのままに、手を伸ばしラルジュの右手をそっと握った。


地上に出た後、ファラウラは雷象を生み出し地下に向かう階段を完全に踏み潰させた。

そしてラルジュが薙ぎ払った樹木の残骸を、その上に被せる。

「エフェメール、燃やしてくれ」

折れた木々をエフェメールが両手の火炎放射器で燃やしていく。この隠蔽工作は、ラルジュの発案だった。

「ダイヤがはめ込まれていた三本の木はこの辺りでは抜きんでて背の高い木だったし、これなら不自然じゃないな。運良く山火事が起きなくて良かった、ってとこか」

「こういう腹黒い事考えさせたら、副団長の右に出る人はいないよね」

アレニエとエフェメールは焼け焦《こ》げた木を前に、楽しそうに喋っている。ファラウラはその様子をしばらく見つめた後、後ろに佇むラルジュの顔をそっと見上げた。

「落雷が起きた事にするの？」

「……魔導協会に提出する報告書には、きちんとこの場所の地図を同封します。生体標本も術式資料もなかった、と事実をそのまま書くので魔導協会が追加調査に乗り出して来るかどうかは微妙ですね。まぁ、来たところでこれじゃあ中には入れませんが。仕方がないですね、雷は自然現象ですから」

ラルジュは済ました顔で事もなげに言っている。事件現場を捜査する王国警務官辺りが見たら作為的状況に気づくかもしれないが、魔法使いでは気づけないだろう。それにしても、出入り口が「潰れてしまった」事に対する言いわけまで考えていたとは。

ファラウラはラルジュの手腕に、素直に感心をしていた。

第四章　天より降る薔薇

王都ラザンに無事帰還して三日。

魔法解析部からの鑑定報告書を、リュシオルが持って来た。

「昔の同期が、魔導協会に提出する前の鑑定書の写しをこっそり渡してくれたんです。今日の午後には原本を郵送するそうなので、何か対処する事があれば言って下さい」

――リュシオルはラン達から受け取った灰と核を持ち、かつての職場を訪れた。そしてそのまま、泊まり込みで仕事を手伝っていたらしい。

「解析物を渡して帰ろうとしたら、せっかくだから手伝って行けって言われたんです。俺はもう魔力がないからって断ったんですけど、解析した数値を見て気づく事があったら教えて欲しい、と言うので団長に許可を得て二日ほど働いて来ました」

照れたように笑うリュシオルを見て、ラルジュはこっそり、安堵の息を吐いた。

元同僚達の変わらぬ対応が、ここのところ不安定だったリュシオルの精神を落ち着かせてくれたらしい。

リュシオルは機装騎士の中でも劣等感がかなり強い方だ。一見、軽々しい物言いでアレニエとよくじゃれ合っているが、その胸の内は暗い闇に包まれている。

リュシオル本人も闇に囚われていては前に進めない事くらい、重々承知しているだろう。だが、いわゆる『心の持ちよう』だけではどうにもならない部分も確かにあるのだ。

「で、なにかわかった事は？」

リュシオルは頷き、手にした鑑定報告書の写しを読み上げる。

「はい、まずあの持ち帰って来た核は〝キメラ核〟とも言える代物でした。複数の魔獣核を寄せ集めてあり、灰に関しては数値だけみると哺乳類のものに近いですね。考えられるのは哺乳動物にキメラ核を埋め込んでまるで別の生物に作り変えた、という事です。ただ、核と違って身体は寄せ集めではありませんでした。副団長は生きている魔獣をご覧になったんですよね？　どんな見た目でした？」

――あの魔獣がはっきりと『元人間』だとわかったわけではないのか。

報告を聞き、ラルジュが真っ先に思ったのはその点だった。ならば、自分達がわざわざ『聞かれてもいない真実』を口にする必要はない。だが、リュシオルには話しておかなければ。

「リュシオル、あの魔獣は――」

「あー、アイツ。なんか毛がモサモサしててよくわかんなかったな。ランが上半身ぶっ飛ばしちゃったし、あたしもキモかったからさっさと首ぶった切って焼いちゃった」

ラルジュの言葉を遮るように、アレニエが割って入って来た。それに続くように、調査に同行した他の機装騎士達も口々に言い始める。

「毛が黒くて爪が長かったのはわかったけど……」

「針鱗揚羽が飛び回ってたから、よく見えなかったんだよな」

「ボクとヴェルミリオンは見張りに徹してたからね」

仲間の話を聞きながら、リュシオルは顎に手をあて考えている。

「毛が黒くて爪が長い……下地は熊なのかなぁ」

「……二足歩行なところはそっくりだった」

低い声で呟くランの言葉に、全員がうんうんと頷いている。

リュシオルは紙切れをひらひらと振りながら、ラルジュの方を向いた。

「じゃあ特にこっちで対処する事はなさそうですね。後日、正式な書類《もの》がこちらにも郵送されて来るのでコレはもう処分しちゃいますね」

「あ、あぁ……」

「そうだ、肝心な情報を言い忘れてました。この魔獣、核がかなり劣化していたので今回討伐しなくても近々寿命が尽きていたと思います。で、シガールの荷物に針鱗揚羽が一匹紛れ込んでいたのを発見したのでそれもついでに持って行ったんですが、やはり改造魔獣の系譜でした。改造されていたのは攻撃本能ではなく指揮系統なので、術者からの指示がない限りは人を襲う心配はなさそうです」

そう言い置き、処分場に向かうリュシオルを見送った後、ラルジュは傍らに立つ部下達を無言で見渡した。

「……怒んないで下さいよ。副団長があたしらに隠し事しないってのは嬉しいけど、そういうのって時と場合によると思うんですよね」

アレニエの言葉に、ロズも大きく頷いている。

「ボク達もアレニエから聞いた時、もちろん驚いた事は驚いたけど、すごく驚いたわけじゃないっていうか。でもリュシオルは優しいから、あの魔獣の正体を聞いたら傷つきそうで怖いかな」

ラルジュは苦笑しながら、書いていた調査報告書を見つめた。

確かにリュシオルは優しく繊細だ。

子を連れた魔獣を仕留め切れない事もある。

「……物的証拠がない以上、あの魔獣が〝未知の魔獣〟って事は間違いないしな」

全員が同意を示す中、ラルジュは内心で溜息を吐いていた。リュシオルの性格はよくわかっていたはずだ。それなのに、真実を告げたせいで彼を傷つける可能性がある事を、部下達に言われるまで気づきもしなかった。

「ラルジュは真面目で頼りになるけど、周りに気を使い過ぎるところがあるよね。だから逆に、場に見合った判断が出来なくなる時がある」

頭上から聞こえる穏やかな声。見上げると、団長ノワゼットの優しい眼差しと目が合った。

「……別に、気を使ったわけではないですが」

「そうかな？　調査について行きたがったリュシオルを置いて行ったのに、真実を隠すのは良くない。そう思ったんじゃない？」

「それは、まぁ……。彼は僕の隊の人間ですから」

「うん。でも、それでリュシオルが傷ついたら、お前はその倍、傷つくだろ？」

ラルジュはなにも答える事が出来ない。そんなラルジュの肩に、ノワゼットはそっと手を置いて来た。

「ごめんね。俺がそうそう動けないから、いつもお前に負担をかけてしまってる」

――機装騎士団長ノワゼット・マルトーは見た目の肉体欠損はない。内臓もほとんど自分のものだ。ただ、心臓だけが機械に成り代わっている。繊細な部品《パーツ》であるが故に、頻繁な検査と整備をしなければならない。そのせいで、王都からそう長く離れるわけにはいかないのだ。

だから長期を想定した任務はすべてラルジュが指揮する事になっている。

「団長、俺はそんな風に思った事は一度もありません。そういう事を二度と言わないで下さい」

「怒るなって。わかった、もう言わない。明日、ただでさえ心労がかかるお前にこれ以上負担をかけたくないからね」

ノワゼットは大袈裟に肩を竦めている。

「明日、心労がかかる……？」

「そう。さっきまでそれについて電話をしていたんだ。明日の昼、魔導協会から話を聞きに担当が来るらしい。解析部からの鑑定書が届くのを待ったら、と言ったんだけど、早い方が良いからって。それならわざわざお越しいただかなくても電話をさせますって言ったんだけどね。どうしてもお前と直接対面して話がしたいらしいよ」

「なんで魔導協会の担当が、僕と？」

今回の調査指揮官は自分だ。だから話を聞きたいと言うのはわからないでもない。だがノワゼットの言う通り、電話でも十分事足りると思う。

「ところで魔女様なんだけど、まだアシエに滞在していられるんだよね？」

「はい。本人は灯台の仕事を気にしていましたが、軍と魔導協会に報告書を提出して任務の完全終結を迎えるまではアシエに留まって貰わないといけないので」

「そうか。じゃあ、その報告書を書いたら今日はもう帰って良いよ。で、魔女様と明日に備えて作戦会議……というか、話のすり合わせでもしたらどうかな」

ラルジュは首を傾げた。ノワゼットは苦笑を浮かべている。

「その魔導協会の担当は、六人いる副理事の一人。モジャウハラート人の魔術師で、連れている使い魔は竜。その竜は、薔薇の花弁にも見える鱗を持っているらしい」

――その瞬間、場が凍りついたように静まり返った。

竜を使い魔に持つ一族は一つしかない。そして、その一族の象徴と言えば。

「……嘘だろ」

もちろん、事が落ち着いたらこちらから面会を申し込むつもりでいた。だがまさか、こんなに急な対面になろうとは思いも寄らなかった。

「それが嘘じゃないんだよね。明日は薔薇竜の当主、魔女様のお父上が、お前に会うために本部《ここ》へやって来る」

「なんで、今……」

このタイミングで、予想すらしていなかった恋人の親の襲来宣告。

ラルジュはたまらず天を仰ぎ、両手で頭を抱えていた。


ラルジュは昼過ぎに自宅へ帰った。ファラウラはキッチンに立ち、なにやら一生懸命に手を動かしている。

「ただいま」

「お帰りなさい、早かったのね」

駆け寄って来たファラウラを抱き締めようと腕を伸ばした瞬間、調理台が目に入った。

——明らかに厚さの異なるパンに潰れたトマト、ボロボロに破れたレタスなどが散乱している。目線を横に移動させると、沸騰した鍋の中で卵がガタガタと音を立てていた。ゆで卵を作っているのだろうが、あちこちヒビの入った部分からボコボコと白身が飛び出した、異様な様相になっている。

「……ある意味冷静になれる光景だな。もしかして昼食の準備をしていたんですか？」

「そうよ？　パンを食べるだけだと栄養が偏るってラルジュが言うから、お野菜と卵を用意していたの。ごめんなさい、こんなに早く帰って来ると思っていなかったから、一人分しか……」

ラルジュは溜息を吐きながら、軍服の上着を脱いで椅子に引っかけそのままキッチンへ入った。まず、トマトの残骸を別の鍋に放り込み、レタスを小さな籠に入れる。

「トマトは煮込んでソースにします。レタスは庭に来る小鳥の餌にすれば良い」

「ど、どうして⁉」

「……これだけよく切れる包丁を使っているのにどうしてトマトがこんな事になるんだろうな。後は僕がやるんで、貴女はこれを庭にばら撒いて来て下さい」

不満そうな顔のファラウラに、レタスが入った籠を押しつける。渋々、といった様子で庭に出ていく苺色の髪を見送った後、ラルジュは昼食の準備に取りかかった。

テーブルの上には、綺麗に切り直されたパンと野菜を使ったサンドイッチに豆のポタージュ、卵サラダなどが並べられている。

ファラウラは歓声をあげた。美味しそうなのはもちろんだが、なんと言っても見た目が美しい。

「とっても美味しそう！　ラルジュは本当にお料理が上手ね」

「習いに行きましたからね。貴女も興味があるなら通ってみますか？」

「そうね、家の近くにお料理教室はないけど、いつもお買い物をする八百屋さんの大奥様がとってもお料理が上手なの。今度教わってみようかしら」

ファラウラはスープを一口飲み、顔を綻ばせた。この缶詰の豆を裏ごししたスープは、これまで何度かラルジュが作ってくれた事がある。おかげですっかり、このスープが好きになってしまった。

だが、喜ぶファラウラとは逆に、ラルジュは苦笑いを浮かべている。

「どうしたの？」

「……貴女は、いつもそうだ」

「な、なにが？」

気のせいかもしれないが、ラルジュはしょんぼりしているように見える。ファラウラは首を傾げた。

自分はスープの感想と、料理教室についての話しかしていない。ラルジュを悲しい気持ちにさせるような事はなにも言っていないはずだ。

「……平気な顔をして、俺が知る事の出来ない時間の話をする」

ファラウラは困惑の眼差しを恋人に向けた。この任務が終わったら、自分がモジャウハラートに帰国する事は最初から決まっていた話だ。そしてラルジュがファラウラを探してモジャウハラートに来た時に『しばらく遠距離交際をする』という事で話がまとまっている。

それなのにどうして、今さらそのような事を言うのだろう。そんなファラウラの戸惑いを察したのか、ラルジュは手を伸ばし、ファラウラの髪をくしゃりと撫でた。

「……すみません、僕がわがままなだけです」

「わ、わがまま……?」

ファラウラにはますますわからない。身体を重ね合う時は我を押し通して来る事が多いが、それでもわがままとまでは思った事がない。むしろ日常生活では譲歩してくれる事がほとんどだ。

「……僕は貴女を愛しているし、貴女に愛されている。だから離れていても問題はない。わかっていても、貴女が帰国する日が永遠に来なければ良い、と思う。そしてそれを一生懸命我慢しているのに、貴女は帰った後の話を楽しそうにしている。だから僕は」

ラルジュはそこで言葉を切った。

どこか我に返ったような顔つきになり、顔をふっと横に逸らした。

その顔を見たファラウラは、腕を思いきり伸ばしラルジュの髪を指先で軽く突いた。

「続きを言って?」

ラルジュは溜息を吐きながら、仕方なさそうに呟いた。

「僕は、貴女にも寂しいと思って欲しいと、思ったというか……」

――その言葉を聞いたファラウラの胸の内に込み上げて来たのは、ラルジュに対する純粋な愛しさだった。確かに、アシエとモジャウハラートはそれなりに距離がある。帰国してしまうと、そう簡単には会えない。けれど、ファラウラにしてみれば再び一緒にいる為の帰国、という考えだったのだ。

「私は寂しくないわ。寂しがる暇もないくらいに忙しくなるし、すぐに貴方の元に帰って来るもの」

ファラウラは立ち上がり、ラルジュの元に移動した。そしてその膝に座り、甘えるように首に手を回す。

「アシエで暮らすのだから、灯台守のお仕事は辞める。けど、色々と通さなければならない筋があるの。それから両親への報告と反対された場合の説得。もちろん、聞いて貰えなくても私はラルジュと一緒にいる。だからお引越しの準備もしなくちゃいけないわ。その合間でお料理を教わるの。帰って来たら、びっくりさせてあげる」

「……違う意味でびっくりしそうですけどね」

そう言うと、ラルジュはファラウラの胸元に顔を埋めた。

「……一つ省けますよ。料理を習う以外で」

「え、どういう事？」

ラルジュは胸元から顔を上げようとしない。ただ、腰に回された腕にじわじわと力が籠められていく。

「……明日、貴方のお父上が機装の本部にいらっしゃいます」

その言葉を聞いた瞬間、ファラウラは己の耳を疑った。

——貴女の、お父上……？

「ええ⁉　お父様がいらっしゃるの⁉　どうして⁉」

「今回の任務について、魔導協会側の担当として指揮官を務めていた僕と直接話がしたいと。ですが、まだ報告書も鑑定書も魔導協会には届いていないので本題はそこじゃないでしょうね。なので、報告書も説得も全部僕がやります」

「あ、でも、それは、私も……！　ど、どうしよう……」

狼狽えるファラウラの唇に、優しく唇が重ねられる。

触れては離れを擦り返し、互いの唇を啄むように触れ合う口づけは次第に深いものになっていく。

「ん……ラルジュ……」

すっかり息のあがったファラウラの身体に、ラルジュの両手が這い回り始める。

「どちらにしても貴女の親御さんには会わないといけないし、それが早いか遅いかの違いだけですからね。その場所がアシエで良かったかもしれない」

そう言うと、ラルジュはファラウラをひょいと抱き上げた。

「ま、なんとかなるでしょ。それより、せっかく早く帰って来たんだから二人でゆっくりしましょうか、ベッドの上で」

「ど、どうしてそうなるの……！　まだお昼が終わってないのに、スープだって……」

「貴女は僕とスープのどっちが大事なんですか」

「スープと比べるの⁉　そんなの、ラルジュに決まっているじゃない」

「当然ですよね」

——ずいぶん、子供っぽい事を言う。

そんな風に呆れながらも、父と対面しなければならないという重苦しい事実が、ほんの少しだけ軽くなったような気がした。

＊＊＊＊＊＊

翌日、機装騎士の本部でファラウラは父の来訪を待ち受けていた。ラルジュは忙しく万年筆を動かしている。その顔色は、普段と変わらない。

「うぅ……なんだか私まで緊張しちゃいますよぉ……」

『主、少し落ち着いて下さい。今日の貴女は魔法使いではなく団長夫人として、薔薇竜のご当主をお迎えするのですよ？　狼狽えてどうするのですか』

銀の仔猫に呆れられても、後輩ダムアは落ち着かない様子で何度も立ち上がっては窓の外を確認している。

例え建前上であったとしても、今回の任務関連で魔導協会から担当が派遣されて来るからには、団長夫人のダムアがもてなす事になる。だがその相手は薔薇竜の当主。魔女のダムアにとっては、二重の意味で重圧がかかる相手と言えるのだ。

「……お父様にお会いするの、久しぶりだわ」

港町の灯台で暮らし始めて四年。最初の一年は、家族の誕生日には実家に帰り二、三日は泊まっていた。

だが翌年、兄ライムーンが王太子の留学に付き添い国を出てからは、実家に行ってもその日の内に帰るようになり、三年目からは贈り物とカードを送るだけで一切帰らなかった。

そういうわけで、父に会うのはおよそ二年ぶりという事になる。

ぽつりと呟いたファラウラの言葉に、ダムアや団長ノワゼット、他の機装騎士達も一斉に動きを止めた。ただ一人、ラルジュだけは動きを止めずに書類仕事に没頭している。

『……ご当主の御気配が』

仔猫の声と同時に、ファラウラは顔を上げた。父の魔力がすぐそこまで近づいて来ている。

「ラルジュ」

ノワゼットに促され、万年筆を置いたラルジュが立ち上がった。

「せ、先輩、私達も」

ファラウラとダムアも、その後に続く。銀の仔猫は己の主の肩に乗り、結婚式の日に着けていたのと同じリボンを前脚で器用に結び直していた。

外に出た後、全員で空を見上げる。やがて、上空に黒い影が現れた。その影は地上に向かってどんどん近づいて来る。周辺住民も気づいたのだろう。敷地の外から、悲鳴や歓声が聞こえて来た。

そして影が現れて一分も経たない内に、巨大な竜が敷地内に降り立った。

まるで薔薇の花弁を集めて作られたような、芸術的な美しさを持った翼竜。竜は青に銀砂を散らしたような星屑色の瞳をぐるりと動かしながら、その顎を開いた。

『機装騎士団長ノワゼット・マルトー男爵はどなただろうか』

低いが、凛とした声が周囲に響く。それに応えるように、ノワゼットが一歩前に進み出た。

「私です」

竜は頷き、ノワゼットの前に頭を垂れた。その首の後ろから、首元の詰まった服を身に着けた、壮年の男がひらりと地面に飛び降りた。

——少しくすんだ赤紫、無花果《イチジク》色の髪に、薄い緑の瞳。鋭い目つきの持ち主ではあるが、カールした髪を頭頂部で流し、側頭部で短く刈り上げるといった洗練された髪型が鋭さを幾分か和らげている。

「はじめまして、マルトー男爵。私はティーン・マルバ。通称は〝薔薇竜の魔術師〟と申します」

「ノワゼット・マルトーです。ご足労いただきましてありがとうございます」

ノワゼットは臆する様子を見せる事無く、ファラウラの父と言葉を交わしている。

そんな夫の様子を見ながら、ダムアが声を潜めて肩口の仔猫に話しかけていた。

「先輩のお家には何度か遊びに行った事があるけど、ご当主とお話をした事はなかったの。見た目が若くてカッコ良いのは知っていたけど、あんなに腰が低い人だなんて思わなかった……」

『ご当主はご結婚が十八歳、翌年には火竜の魔術師がご誕生なさっておりますから、現在四十六歳でいらっしゃいます。お若いのは魔力の高さ故でしょう。そして腰が低いというよりは、礼儀を重んじていらっしゃるだけかと。マルトー団長は男爵位をお持ちですし、ここは機装騎士の本部。当然の対応です』

後輩主従がこそこそと話している内に、マルトー団長との会話は終わったらしい。気づくと、ファラウラの目の前に父ティーンが立っていた。

「……ルゥルゥ」

「あ、お、お父様、ご無沙汰しております……」

「本当にな。家族の誕生日にも帰って来ないとは」

一転した冷たい声音に、ファラウラは身を竦ませる。なにか言わなければと焦るのに、言葉が上手く出て来ない。しばらく沈黙が続いた後、父の微かな溜息が聞こえた。

——誕生祝いで帰る度に、家族の使い魔が目に入る。竜を持たない事を言外に責められているような気がして、実家と距離を取った。自分は宝石魔法使いとして誇りを持って生きて行くのだと、そう誓ったはずなのに。どうして今さら、父を失望させる事を恐れているのだろう。

「ご、ごめんなさ——」

謝罪の言葉を口にしかけたファラウラの前に、軍服に包まれた背中が立ち塞がった。

◇

恋人とその父親の間に立ちながら、ラルジュは怒りとも呆れともつかない複雑な感情を覚えていた。

なにも言おうとせず、怯えすぐに謝ろうとしたファラウラ。久しぶりに会った娘に近況を聞く事もなく、威圧的な物言いでなにも言わせようとしない父親。

だが、ラルジュにはすぐにわかった。

この父娘は決定的にすれ違っているようで、実はとても良く似ている。娘は父に対して畏怖が過ぎ、言いたい事や己の気持ちをすべて飲み込んでしまう。

そして父は娘の繊細で柔らかな心の部分を守り切れていない。それでも、この父娘の間には確かな愛情が感じられた。

ファラウラは父を愛しているからこそ、期待に応えられないと己を卑下しているのだ。

お互いに向き合いさえすれば、この親子はきちんとわかり合える。

――自分達親子とは違う、真っ直ぐな形で。

ファラウラにはまだ話していないが、実は彼女を追ってモジャウハラートに行く前に一度だけ実家に顔を出し、結婚したいと思っている相手がいる事を伝えた。

父母が真っ先に関心を示したのは『相手は貴族なのかどうか』だった。名前も年齢も、出会ったきっかけもなにも、聞いては来なかった。薔薇竜の家はセールヴォラン家と同じく、名家ではあるが貴族ではない。だから『貴族ではない』とそのまま正直に答えた。

あからさまに関心を失くした両親の顔を見ながら、ラルジュは内心で安堵していた。

両親のそんな対応にも、特に絶望などは感じなかったからだ。親に対する想いや期待はとうに枯れ果てていたのだと、再確認したに過ぎなかった。

『どこの娘か知らないが、結婚したければ好きにすると良い。我々はその娘と家族に会う事はないだろうが、くれぐれもセールヴォラン家の名前を汚さないように』

父は素っ気なく言った。元より会わせるつもりなどなかったが、一応、言質を取っておかなければならない。

『肝に銘じておきます。ではこれから先、結婚が正式に決まっても彼女や彼女の家族と接触するつもりは一切ないという事でよろしいですか？』

両親は同時に頷いた。

『わかりました。後から騒ぎ立てたところであちらはびくともしないでしょうが、約束は必ず守って下さい。セールヴォラン家として恥ずかしい真似はなさらないと信じています。今までありがとうございました』

ラルジュの言葉に、両親は怪訝な顔をしている。だがそれがどういう意味なのかを、聞いて来る事はなかった。だからこれ幸いと詳しい事を説明しないまま、事実上の絶縁宣言を告げて実家を後にした。

決して寂しいわけではない。かといって清々した、というのとも少し違う。期待はしていなかったが、嫌いになったわけではない、といったところだろうか。だから向き合えるのなら、それに越した事はない。

ラルジュは回想を止め、目の前の薔薇竜当主に右手を差し出した。

「はじめまして、薔薇竜のご当主様。機装騎士副団長ラルジュ・セールヴォランです。今回の任務に関しての報告をさせていただきます」

「……どうぞよろしく、セールヴォラン副団長」

柔和な笑みを浮かべたまま、握手に応じるその様子にラルジュは内心で舌を巻いていた。どう考えても値踏みをされているのだろうが、それを相手に悟らせるような下品な真似はしない。黒鋼の手に一瞥もくれず、自然に手を伸ばして来る。友好的な雰囲気は感じないが、かといって敵対心も感じない。

「ご当主様、マルトーの妻、ミルハ・マルトーでございます。通称は〝仔猫の魔女〟と申します。では、中へどうぞ。ご案内いたします」

薔薇竜当主の柔らかな物腰に落ち着きを取り戻したのか、団長夫人は己の役割を全うする事に専念するらしい。

「ラルジュ」

いつの間にか横に来ていたノワゼットが、ラルジュの肩をポンと叩いた。

「お前はさっさとご当主に諸々の説明をしておいで、団長室にご案内するようミルハに言ってあるから。魔女様はこちらの部屋にいて貰うからね」

「……わかりました」

ラルジュは背後を振り返った。ファラウラはどこか恐る恐る、と言った風に見上げて来る。色々と言いたい事はあるが、今はそんな時間はない。

仕方なく、無言で右目の義眼を突っついた。ファラウラなら、義眼の蒼玉でラルジュの感情を読みとってくれるだろうと思ったのだ。

ファラウラは一瞬首を傾げたものの、すぐに言いたい事に気づいたらしい。程なくして、強張っていた表情が次第に柔らかいものに変化していく。

「……行ってらっしゃい」

「僕が戻るまで、お利口にしていて下さいね」

「ええ、わかったわ」

——ここは子供扱いをするな、と腹を立てるところだと思うが。

そう呆れつつも、彼女のこういう素直で可愛いところが本当に好きだ、と改めて思う。

その素直さを父親にもぶつける事が出来れば、これ以上父娘がすれ違う事はないだろう。

ラルジュはそう確信しつつ、ファラウラに背を向け先を行く二人の後を追った。


団長室の中。

ラルジュはファラウラの父であり、魔導協会副理事でもあるティーン・マルバと向かい合っていた。

団長夫人はお茶を出した後、部屋の外に出て行ってしまった。今、この部屋にはラルジュとティーンの二人しかいない。

「それではまず、現状わかっているだけの報告をします。今回と二年前……正確には二年と五ヶ月前の暴走魔獣は同じ人物に改造されたものでした。その人物はモジャウハラート人で〝金剛石の魔術師〟です。ここアシエとリートの国境付近の森の中に研究施設を構えていました。細かい事はこちらの報告書に。同じものを昨日、魔導協会に送付しました」

ティーンは目を閉じ、深い溜息を吐いた。

「……聖騎士と機装騎士、両方に損害を与えたのが我が国の魔法使いとはな。魔導協会としても、機装騎士、聖騎士、両騎士団に賠償をしないわけにはいかないだろう」

ラルジュは特になにも言わず、夫人の用意したお茶のカップを手に取った。その辺りの事は自分達が介入するような事ではない。

「まぁ良い。後は報告書と鑑定書に目を通してからだな。……ところで」

――来た。

背中に緊張が走るのを感じながら、澄ました顔でカップを置く。

「なんでしょうか」

「セールヴォラン副団長。君の事を調べさせて貰った。娘と交際しているようだな。しかも、すでに男女の仲になっている」

「はい」

「娘がマルバ家……薔薇竜の娘だと知っているのに？」

「それは家の格差がある事を理解しているのか、という意味ですか？　それとも薔薇竜の娘という事は戒律の厳しいモジャウハラート人であるのに、婚前交渉をした、という意味ですか？」

威厳に満ちた端正な顔に一筋の動揺が走った。『薔薇竜当主』の顔が、一人の父親の顔に変わる。

「……後者の意味だ。セールヴォラン家はアシエの名家だろう」

「では、僕が名もなき一般家庭の出身だったらどうなったのでしょう。娘をたぶらかしたと、一族をあげて糾弾したとでも？」

〝ファラウラの父親〟は顔をしかめた。

「娘の幸せを願うのは、親として当然だろう。娘を幸せにしてくれるというのなら、どのような出自の人間だったとしても反対などしない。息子が仔猫の魔女に求婚をした時も、一族の反発はあるかもしれないが覚悟はあるのか、とだけ伝えた。私としては、息子の想いを聞いて一族にそれを説明するつもりだった。……息子は、あっさりと諦めたが」

「あの人、根性なさそうでしたからね」

ラルジュは肩を竦めながら言った。

「……君は〝言葉を濁す〟という話法を知らないのか」

「知っていますが、濁す必要を感じなかったので」

父親はラルジュに向け、微かなうなり声をあげた。

「君は変わった男だな。魔導協会へ伝統を崩すような提案をしてきたかと思えば、交際相手が生まれ育った国の戒律が厳しい事を知っていても、ためらう素振りもない」

「……そんな事はありません。家格の違いは気になっていましたし、諦めようと思った事もあります。でも彼女を愛する気持ちは止められなかった。だから覚悟を決めました。覚悟を決めたら吹っ切れたので、後は普通の男女として交際を続けただけです」

ラルジュはそこで、真っ直ぐに恋人の父親を見つめた。

「薔薇竜のご当主。僕は貴方の娘を、ファラウラを愛しています。彼女の為ならどんな事も出来ますし、何があっても耐えられる。ですから、彼女を僕の妻にする事をお許しいただけますか」

「もし、許さなかったら？」

「許していただけるまで頑張ります。……と言いたいところですが、それならそれで構いません。ですが、僕は彼女を手に入れる為なら手段を選ばないつもりです」

恋人の父は微かに笑った。

「君は本当に面白い。子供達も、君のように思いを口に出してくれたら良いのだが」

「……僕は所詮、他人ですからなんとでも言えるんですよ。その他人から見て思うのは、あなた方はもっと話し合った方が良い」

――おそらく、子供達が自身に対して遠慮や怯えのようなものを抱いている事には気づいていただろう。だが、ファラウラの兄である火竜の魔術師の使い魔はこう言っていた。

『ご当主は、決して話に耳を傾けない御方ではない』

それは子供側から話してくれるのを待つだけで、自分から聞こうとはしていない事を物語っている。

それ自体は決して悪い事ではない。だが、世の中は己の胸の内を迷いなく口に出来る人間ばかりではないのだ。

少なくともファラウラは、自身が宝石魔女だとわかった悲しみや悔しさを口にする事が出来ず、己を劣等感ですり減らしていた。

「……わかった。娘とはゆっくり話合ってみよう」

「その方がよろしいかと思います。ところで、一つ聞きたい事があるのですが」

「なにか？」

「モジャウハラートの王太子がファラウラを再び婚約者にしようとしている件です。現在の状況を教えていただけますか」

ティーン・マルバは端正な顔に苦笑を浮かべた。

「君はなにも心配しなくて良い。護衛の息子は振り回されているが、こちらも一方的に破棄された婚約を再度受けるつもりなどない。その事は国王陛下にも伝えてある。君は娘を幸せにする事だけ考えていて欲しい」

ラルジュはホッと肩の力を抜いた。なにがあっても手放すつもりはないが、さすがに国に動かれては厄介だと思っていた。

「言われるまでもありません。王太子殿下については安心をしました。さすがに周囲をうろつかれると良い気はしませんから。そちらにとっては大切な王太子殿下でしょうけど、僕にとっては〝高貴な蝿〟としか思えませんし」

「……そこは確実に言葉を濁すべき場面だと思うが」

唖然とした顔のティーンを気にする事なく、ラルジュはすっかり冷めてしまったお茶を一気に飲み干した。

団長室から出たラルジュは、本部内が異様に静まり返っている事に気づいた。いつもは賑やかに喋りながら仕事をしている仲間達が、無言である一方向を見つめている。

「……？」

首を傾げながら、仲間達の視線を追った。その先には、苦笑するノワゼットと不貞腐れた顔の団長夫人がいた。そして椅子に座るファラウラの胸元に、どこか愛嬌のある顔立ちをした若い娘が甘えるようにしがみついている。

「誰だ……？」

「お父様！　それと、お姉様の騎士様！」

——若い娘はファラウラにしがみついたまま、満面の笑みを向けて来た。首元までの檸檬色の髪に水色の瞳。縦巻きと直毛が交互になった特徴的な髪質は、ファラウラとよく似ている。

「お前、なぜここに？」

ラルジュの背後から、ファラウラの父が驚きの声をあげた。檸檬色の娘はそれに応える事なく、ファラウラから離れラルジュの目の前まで駆け寄って来た。

「はじめまして、黒鋼《くろがね》の騎士様！　私はルゥルゥお姉様の妹、マイヤ・マルバと申します。通称は〝牙の魔女〟。絵を描くのが大好きですので、家族からは絵《スーラ》と呼ばれておりますわ」

すらりとした小鹿のような体軀の娘は、ラルジュに向かって笑顔で手を伸ばして来る。

思わず反射的に差し出した手を、娘は両手で摑み上下に勢い良く振ってきた。

「……意外に力が強いな。はじめまして、牙の魔女。ラルジュ・セールヴォランです」

「セールヴォラン様、見れば見るほど素敵な方ですわ！　火竜兄様の五万倍はカッコ良くていらっしゃるし、さすがお姉様、お目が高いですわね！」

いまだ振られ続ける右手に、ラルジュは困惑の眼差しを向けた。姉のファラウラと異なり、初対面の男の身体に触れる事にさほど抵抗がないらしい。

「スーラ、なぜお前がアシエに？　それに、どうやってここまで来た？」

牙の魔女が父親の問いに答える前に、ファラウラが側に寄って来た。さりげなく妹の手をラルジュから引きはがし、間に身を滑り込ませる。

「お兄様の火竜に乗って来たそうです。……その、王太子殿下と共に」

「殿下がいらしているのか？　どちらに？」

「あ、えっと、それが、その……」

ファラウラは困ったような顔をしながら、中庭に面した窓をチラチラと見ている。ラルジュと、姉妹の父ティーンは同時に窓辺に駆け寄った。

「……これはまた、すごい状況だな」

「スーラ、説明をしなさい。なぜお前の使い魔が？」

――窓の外、中庭には先日遭遇した火竜が鎮座していた。心なしか、表情が曇っているように見える。火竜の目の前では、十歳前後の少年ほどの大きさをした、巨大な牙を持つ蜥蜴《トカゲ》にも似た竜が、二本の足で立っていた。

　立っているのは良い。問題はその足元である。

　小さな前脚と比較すると二倍近い太さを持つ両脚。その足で、竜は若い男を踏みつけていた。うつ伏せに倒れているため男の顔は見えないが、着ている衣服と手入れの行き届いた美しい金髪が、男の身分の高さを表していた。

「あら、お父様。私の使い魔は飛竜ではないので飛べませんでしょ？　ですから体を縮めて、共に火竜兄様に送っていただいたのですわ」

「私はそんな事を言っているのではない。なぜ、お前の使い魔が王太子殿下を踏みつけているのかと、聞いているんだ」

　低く抑えた父親の声にも怯む事なく、牙の魔女は事もなげに言った。

「お父様がお姉様の元に行くと聞きつけた殿下が、後を追うとワガママをおっしゃったそうですの。火竜兄様は案の定、言いなりでしたから私が同行致しました。ご安心なさって、黒鋼の騎士様。お姉様には指一本触れさせておりませんわ」

「……それは、どうも」

　ラルジュは踏みつけられている異国の王太子を見つめた。牙の魔女は『指一本触れさせていない』と言ったが、この男はファラウラに触れるために来たのだ。そう考えると、胸の奥から不快な気持ちが込み上げて来る。

「ラルジュ」

振り返ると、ファラウラが寄り添うように立っていた。その柔らかな身体の感触に、尖っていた心が次第に和らいでいく。

「……僕は今、嫉妬中で忙しいんですが」

肩を竦め、おどけたように言ってみせる。ファラウラはラルジュの右腕に自らの腕を絡めながら、クスクスと笑った。

「お忙しいところごめんなさい。あのね、ラルジュとお父様が団長室に入ってすぐくらいかしら、お兄様と王太子殿下が本部内に入って来られたの。殿下は私と話がしたいとおっしゃったのだけど、団長さんが〝約束のない相手の応対は出来ない〟と毅然と断って下さって、それでも殿下が無理に押し入ろうとなさったものだから」

「妹さんの使い魔に踏まれた、と」

ファラウラはこくりと頷いた。

「とりあえず、妹さんに止めるよう言って貰えますか。機装騎士用の敷地内で他国の王族を踏み潰されては困ります。敷地外なら好きにして貰っても構いませんから」

「ええ、わかった」

ラルジュにしがみついたまま、ファラウラは妹の顔を見つめた。

「スーラ、殿下を解放して差し上げて」

「でもお姉様、まだ殿下の意識はありますわ？　完全に気を失わせてからお兄様に連れ帰らせた方がよろしいのではなくて？」

「あなたの心優しい使い魔に、いつまでも乱暴な事をさせないであげて。きっと困っているわよ？」

妹、牙の魔女はハッとした顔になり、慌てた様子で両手をパン、と打ち鳴らした。

窓の外、牙竜は倒れ伏す王太子から足を離し、後方に下がった。同時に、みるみるうちに巨大化していく。

――遙か古代に絶滅したという伝説の生物『恐竜』に非常に酷似したその姿。

当主の薔薇竜や兄の火竜よりも巨大な体軀の使い魔は、可愛らしい雰囲気の主とは真逆の様相をしている。だがその鋭い目には、心からの安堵が浮かんでいた。

◇

機装騎士本部内。

緊張感に満ちた室内で、ファラウラとモジャウハラート王太子ナビールが、向かい合って座っていた。王太子の見事な金髪には多少の乱れがあるものの、総じて非常に整った顔立ちをしている。

「げ、元気だったか？　ルゥルゥ」

「はい。王太子殿下もお健やかなご様子でなによりですわ」

ファラウラは穏やかに微笑んでいるが、ナビールは挙動が不審になっている。最初は外で話したかったようだが、ファラウラが本部内での話し合いを希望したのだ。

「ルゥルゥ、私ともう一度婚約を結んでくれないだろうか。そなたに想う男がいるのは知っているが、私もそなたを想う気持ちは誰にも負けないと思っている。必ず、必ず幸せにしてみせるから、どうか考え直して欲しい」

——室内にいる機装騎士達の視線が、一斉にラルジュへと向かう。ラルジュは溜息を吐きながら、右手を軽く振った。きっと今、自分はひどい顔をしているのだろう。

ファラウラが頷くわけはないと頭ではわかっていても、目の前で堂々と恋人に愛を告げられては心中穏やかではいられない。

「……考え直すもなにもございませんわ。私は殿下の婚約者になりたいなどと、一度たりとも思った事はございません。私が愛しているのは、ラルジュ・セールヴォランだけです」

「私が愛しているのもそなただけだ。宝石魔法使いだから、と陛下から婚約破棄を命じられた時も、私はそなたを忘れた事はない。王命には逆らえず、仕方なく別の婚約者を立てたが本意ではない。婚約はすぐにでも破棄する。所詮、そなたには劣る女だ」

突然、ファラウラが立ち上がった。その顔は怒りに染まり、握り締めた両手は小さく震えている。

「……私の同級生には、殿下の婚約者候補が二人いました。二人とも、日々の魔法勉学に加えて王妃教育に追われ、とても大変そうでした。結局二人は婚約者にはなり得ませんでしたが、殿下は今、婚約者様は元より彼女達をも愚弄したのだとご理解なさっていますか？　そんな方の手を、私は取りたくありません」

ナビールは驚いたように両目を見開いた。だが、その顔には段々と苛立ちが浮かび始める。

「私自ら、わざわざこうして来てやったというのに……！　では言い方を変えよう、これは命令だ。まさか、王太子である私の命令に背くつもりか？　この機械仕掛けの男がどうなっても構わないとでも？」

ラルジュに向け、ナビールは人差し指を突きつけた。それを目にした機装騎士達が、怒りを滾らせながら次々と立ち上がる。

「……その言葉だけは、絶対に許さないわ」

ファラウラがぽつりと呟いた次の瞬間、周囲に突風にも似た魔力渦が巻き起こった。

苺色の髪が魔力風にあおられ、部屋中に書類が舞い踊る。ファラウラの新緑色の瞳は燃えるような橙色に変わり、その両手には強大な魔力が収束し始めた。そこへ機装騎士達の怒りも加わり、室内の緊張感が一気に高まっていく。

「止めろ、ファラウラ」

ラルジュはファラウラの元に歩み寄り、手首をやんわりと掴んだ。ファラウラはいやいやというように、左右に首を振る。それを宥めるように、目尻にそっと口づけた。何度も繰り返す内に抵抗は弱まり、瞳は次第に元の新緑色に戻っていく。

「あ、ラ、ラルジュ……」

「落ち着きました？」

「ごめんなさい、ラルジュ。私……」

「少し待っていて下さい。良いですか？　待てます？」

「うん、待てる……」

ファラウラは先ほどの怒りの表情とは打って変わり、しょんぼりと肩を落としている。

ラルジュは苺の髪に唇を落とし、茫然とした顔の異国の王子に向き直った。

「いい加減に諦めて貰っても良いですか。普通に迷惑なんですが」

「な、き、貴様……！」

「僕は貴方の国に税金を払っているわけでもなんでもないんで、貴方に従う言われはありません。それに、他国でモジャウハラートの王族が強引に恋人を奪う、なんて事を仕出かしたらどうなるかわかってます？」

王太子ナビールは端正な顔を歪め、吐き捨てるように言った。

「貴様ごときになにが出来る？　馬鹿な男だな、大人しくルゥルゥを差し出せば良いものを！」

「……殿下」

それまで黙って見ていた、薔薇竜の当主ティーンが口を開いた。凍てつく父の顔を目の当たりにした、火竜の魔術師は主の背後で苦い顔をしている。

「……今のご婚約者は〝剣獅子《けんじし》の一族〟のご令嬢でしょう。彼女をないがしろにするような先のご発言に加え、我が娘への脅迫とアシエの機装騎士殿に対する恫喝。さすがに見過ごすわけには参りませんな」

「お父様、王太子殿下は留学生活でお疲れなのですわ。殿下、私、牙の魔女の婚約者であるザラーム第二王子殿下が先日、士官学校をご卒業なさいましたの。ですからご公務の事はご心配なさらずに、異国でゆっくり勉学に励まれてはいかがでしょう」

――笑わない目で、口元に弧を描く父と娘。そこでようやく自らが置かれた状況に気づいたのか、王太子ナビールは蒼白な顔になっている。

肌を刺すようなピリピリとした沈黙の中、薔薇竜当主ティーン・マルバが動いた。

青褪めた王太子ナビールの肩に触れ、立ち上がるように促していく。

「殿下、この度の件、娘の事だけならともかく他国の騎士団にまで迷惑をかけている以上、陛下にご報告をしないわけには参りません。処分に関しては私も尽力いたします。それから、娘には二度と接触をお持ちにならないように。そうでないと、娘が心配で殿下を庇うどころではなくなってしまいますからな」

「わ、わかった……」

ナビールはよろめきながら立ち上がった。

「マルトー団長殿。このお詫びは必ずさせていただく。ルゥルゥ、すまないがそうゆっくりもしていられない。その代わり、帰国したら必ず実家に帰って来なさい。そこで色々と話をしよう」

「……はい。お父様」

頷くファラウラの前で、ティーンに腕を掴まれた王太子ナビールが引きずられるようにして歩いて行く。もはやファラウラに構う余裕もないのか、金髪の先から滴り落ちるほどの汗をかきながら真っ青な顔になっていた。


「お姉様！」

ファラウラの元に、両腕を広げながら妹マイヤが駆け寄って来た。ファラウラは胸に飛び込んで来た妹を、優しく受け止め抱き締めてやる。

「お姉様、家にお帰りになられたらマイヤといっぱいお話をして下さいね？　お姉様ったら、仔猫先輩にばっかりお構いになって、マイヤはとっても寂しかったんですのよ？」

「今度は必ず帰るわ。それにしても、しばらく会わない内にすっかり淑女になったのね」

ファラウラは甘える妹の髪を優しく撫でてやった。妹は嬉しそうに目を細めている。

姉妹の関係は悪くなかったが、実家を避けていたせいで話をする機会は格段に減っていた。第二王子と婚約をした事は当然知っていたが、無邪気だった妹が立派に淑女としての言葉遣いを身につけていた事を、驚きと共に誇らしく思う。

「……貴女の姉は、このくらい簡単に出来ていましたよ」

朗らかな笑顔から一転、妹はどこか寂し気な笑みを浮かべながらぽつりと呟いた。

「お姉さんは在学中、ずっと成績は一番だったそうね。貴女もせめて、三十番以内には入るよう努力した方が良いんじゃない？　キミ、まるで棒っきれみたいだな。お姉さんはもっと女性らしくふんわりとした体つきなのに。ねぇ、もう少し上品な話し方をなさったら？　貴女のお姉さんのように」

「ど、どうしたの……？」

意味不明な言葉を呟く妹に、ファラウラは戸惑う。

「……在学中にずっと、私が言われ続けてきた言葉です。お姉様のように。お姉様だったら。でも私の能力では、お姉様と同じようにはいきませんでした。ですから、せめて言葉遣いくらい、と思って懸命に頑張りましたわ。それでもいまだに、私は〝牙の魔女〟ではなく〝完璧な淑女であるお姉様の妹〟ですの。私を私として認めて下さるのは、家族以外ではザラーム殿下だけです」

思わぬ告白に、ファラウラは絶句する事しか出来ない。

「……お姉様のお悩みと、私の悩み。感じている痛みは、他人と共有出来ない自分だけのもの。でもお姉様、これだけは信じてくださいね、私達は皆、お姉様を大切に思っていますのよ」

それだけ言うと、妹はパッと身体を離し父の後を追い駆けて行ってしまった。妹の温もりが消えていくとともに、ファラウラの胸になんとも言えない感情が湧き上がって来る。

――悩み苦しんでいるのは、自分だけではなかった。

妹は竜の使い魔を持っている。だから、なんの悩みもなく生きているのだろうと、勝手に思い込んでいた。その彼女が、まさかこんなに悩んでいたなんて。

だからと言って、これまでの傷ついた気持ちや悲しい思いをした記憶が無くなるわけではない。妹が言っていたように、痛みも苦しみも結局は自分にしかわからないのだから。

それでも、長年抱えていた孤独感が、ゆるゆると溶け出していくような気がした。


ラルジュは姉妹のやり取りを少し離れた場所で聞きながら、内心で反省をしていた。

自分も思っていたからだ。摑まれた両手を振り回されながら、『ファラウラの妹にしてはがさつだな』と。

「……セールヴォラン副団長」

神妙な声と共に、火竜の魔術師ライムーン・マルバがやって来た。以前の高慢な雰囲気は微塵もなく、げっそりと疲れ切ったような顔をしている。

「お疲れのご様子ですね」

「あぁ、まぁ……。それよりも申しわけなかった。妹を止める事が出来なくて」

兄の眼差しは妹に向かっていた。ファラウラではなく、もう一人の妹に。

「王太子を止める、ではなく牙の魔女を、という事は、ひょっとしてファラウラがアシエにいると王太子に情報を流したのは彼女ですか？」

ライムーンは苦々しげに頷いた。

「元々、次期国王に相応しいのは第二王子のザラーム殿下だという声が大きかった。王太子殿下ご本人も薄々感じていたと思う。だから上の妹を娶る事によって我が家の後ろ盾を得たかったのかもしれないし、せめて幼き日の恋心だけは手に入れたいと思われたのかもしれない。……本当のところはわからないが、ともかく巻き込んでしまってすまない」

ラルジュは思わず苦笑を浮かべた。

「いいえ。結果的にこのタイミングで叩けて良かったです。で、結局王太子が暴走してくれたおかげで第二王子の立場が急速に上がって来た、というわけですか」

「そういう事だ。そんなスーラの思惑に父も途中から気づいたのだろう。だから殿下がルゥルゥに詰め寄った時も、ギリギリまで黙っていたのだと思う。殿下の現婚約者の一族、剣獅子の家格は薔薇竜《ウチ》よりは下だが、剣獅子の令嬢が未来の王妃になってしまうと、二歩も三歩も先を行かれる事になる」

ラルジュは無言で溜息を吐いた
国内外に名を知られ、国政にも介入出来る立場の名家ともなると、暗く澱んだ深淵に手を伸ばさないわけにはいかないらしい。

「……セールヴォラン副団長、ルゥルゥは貴殿のおかげで見違えるほど強くなった気がする。兄として、心からの感謝を」

そう言うと、ライムーンはラルジュに向かって手を差し出した。ラルジュも手を伸ばし、出された手をしっかりと握り返した。

◇

「本当に申しわけございませんでした、マルトー団長」

機装の本部にようやくいつもの日常が訪れたところで、ファラウラは謝罪の言葉を口にした。予想外の来客で業務を邪魔してしまった上に、魔力風で書類を散らかすという失態もおかしてしまったのだ。

「お気になさらず。これでラルジュも安心出来たと思いますので、むしろ良かったと思っています」

そう穏やかに微笑むノワゼットの横で、その妻ダムアが嬉しそうな顔をしていた。ダムアは話し合いが始まる直前、ノワゼットの手で団長室に放り込まれていたのだ。

「ルゥルゥ先輩、本当に良かった！　もう、王太子殿下が来た時にはどうしようかと……。式典とかで見た限りでは、女性を脅すような人には見えなかったんですけど」

——ダムアは夫の肩に使い魔の仔猫を残し、念話で逐一外の様子を聞いていたらしい。

『昔から、モジャウハラートでは王族の意向は神の意向とも言われていました。ですが、その考え方は国際的に見て非常に時代遅れだと国王陛下がお気づきになられた。だから王位継承権第一位のナビール殿下をわざわざ他国《リウニオーネ》へ留学に出されたのだと思うのですが、まったくの無駄に終わったというわけですね』

銀の仔猫の辛辣な言葉を、正直否定する事は出来ない。王太子に関する記憶で残っているのは、誕生日会に招かれた時の事くらいだ。どちらにしても、一方的に寄せられる愛情ほど迷惑なものはない。

「ではそろそろ、私はここで失礼します。これ以上お邪魔するわけにはいきませんし」

ファラウラが本部《ここ》に来たのは父親に会うためだった。その話し合いが終わった以上、部外者である自分がいつまでも恋人の職場に居座るわけにはいかない。

「あ、じゃあ先輩、ウチでお茶でもしましょうよ」

「いい考えだね。魔女様、よろしければミルハのお相手をしてやってくれませんか？」

ファラウラは少し考えた。ここのところバタバタとしていて、ダムアとほとんど話をしていない。そして、アシエにいられるのも残り五日もないだろう。

「ありがとうございます、是非」

「良かった。では魔女様、ミルハをよろしくお願いします」

笑顔で頷くファラウラに目礼をし、ノワゼットは団長室に消えていく。そのファラウラの右腕に、ダムアが自らの腕を絡めてきた。

「嬉しい。さっきはスーラ様に散々姉妹の絆を見せつけられましたから、いっぱい甘えちゃおうっと。そうだ先輩、夕食も一緒に食べましょうよ。副団長もお呼びしますから。

ね？」

ダムアは本当に嬉しそうにしている。その愛らしい様子を見つめながら、ファラウラは首を横に振った。

「ありがとう。でも、お茶をいただいたら帰るわ。貴女も今日は朝から大変だったでしょう？　私は大事な後輩に無理をさせたくないの」

ファラウラは戸惑う後輩の耳に唇を近づけ、小さな声で囁いた。

「貴女のお腹から微かに魔力を感じるわ。おめでとう、ダムア」

「……!?　せ、先輩、あの、私……」

「あら、その様子だと、まだ団長さんに伝えていないのね？」

呆れたように言いながら、横目で銀の仔猫を見た。仔猫は肩を竦め、困ったような顔をしている。

『私も早く報告をするよう申しあげているのですが、主がなかなか行動に移そうとしないのですよ。ですが、このような大切な事を私が独断で申し上げるわけにも参りませんし』

ダムアは決まり悪げにうつむいている。

「だってノワ君、今すごく忙しそうだから……」

ファラウラはもじもじとする後輩の額を、無言のまま指でビシリと弾いた。

「痛っ！　な、なんですか、先輩……」

「団長さんがお帰りになったら、すぐにお伝えした方が良いわ。私だって今とっても嬉しいんだもの、団長さんはもっとお喜びになると思うの」

心配そうなダムアの顔が、段々と綻んでいく。

「わかりました先輩、今日、報告してみます！　……でもドキドキしちゃう。ノワ君、どんな顔するかな」

ダムアはお腹にそっと手を触れながら、嬉しそうに微笑んでいる。その顔は、甘えん坊の後輩ではなくしっかりと母の顔になっていた。

第五章　繋《つな》がる夜空

湯気のたつ浴室内の、たっぷりと泡立てた湯船の中。

ラルジュとファラウラは泡の中に埋もれていた。ラルジュは右腕と右足を外している。

ファラウラはラルジュの身体の左側に寄りかかりながら、今日一日の事について話し合っていた。

「ねぇ、団長室の中でお父様と、どんなお話をしていたの？」

「今回の任務の報告と、後は貴女と結婚させて欲しいとお願いをしました。それだけです。ご当主は聖騎士団と機装騎士団、双方への賠償を口にされていましたが、それは僕の知った事ではありませんから、あまりきちんと聞いていません」

ラルジュは左手で泡を弾いている。

「お許しが出て本当に良かった。お父様、ラルジュの事を気に入ったみたい。それから、お兄様も。お父様はともかく、お兄様は人の好き嫌いがとっても激しいの。だからちょっと驚いちゃった」

ファラウラとしては、正直なところ結婚の許しが得られた事より偏屈な兄に友人が出来そうな事が嬉しい。

「……お兄様は次期当主。だから妹の私が宝石魔女である事を恥じていらっしゃるのだと、勝手に思い込んでいたの。お兄様はあまり他人を寄せつけない方だけど、きっとたった一人で孤独に、重圧と向き合おうとなさっていたのね」

「友達がいないだけじゃないですか？」

「もう、そういう意地悪を言わないで」

　ファラウラはむくれながら、ラルジュの濡れた黒髪を軽く引っ張った。

「……良いじゃないですか。下手に友人を作って、後から裏切られるよりは」

　ラルジュはなんでもない事のように言っている。だがその裏に隠された思いに、ファラウラは胸につままされる思いがした。

「ま、今日のお兄さんは嫌いじゃなかったですけどね」

　そう言いながら、ラルジュは浴槽の縁にかけていた左手を下に滑らせて来た。そのま、ごく普通に指を足の間に潜り込ませて来る。

「っ⁉　だめ、浴槽《ここ》の中じゃ……」

「どうして？　あぁ、泡がナカに入るのが嫌？」

「そ、そうじゃなくて……だって、この状態だと、私が……」

　ラルジュは得心したように頷いた。そして、意地悪く囁いて来る。

「そうですね、貴女が上に乗って腰を振らないと駄目ですね」

「言わないで、恥ずかし……あんんっ！」

　指が割れ目に到達し、入り口付近をなぞるように動かす。深く差し込むわけでもなく陰核を擦るでもなく、ただくすぐるように指を往復され続ける内に身体の奥からもどかしさが込み上げて来る。

「いやっ、そこばっかり……！」

「ん？　敏感なここを触って欲しい？　それとも、もっと深いところ？　左手だけなんで、同時にしてあげられなくてすみません」

──気づくと、ラルジュに抱きつき自ら陰核に指を擦りつけるように腰を揺らしていた。はしたないと頭ではわかっていても、腰の動きを止める事が出来ない。

「はぁ、あ、んんっ」

折り曲げられた指先が陰核に触れる度、恥ずかしいほど硬くなっているのがわかる。いつの間にか、ラルジュは指を動かすのを止めていた。手の平を上に向け、指先を上向きに折り曲げているだけでファラウラがただ腰を振るに任せている。

「あっあっ、あっ……！　ひぁうっ……！」

　しばらくそれを繰り返している内に、陰核から身体の中心に向け痺れるような感覚が走った。ファラウラは身体を震わせ、絶頂を迎える。それはラルジュに弄られた時ほど強い快楽ではなかったものの、緩やかな甘さに全身が満たされていった。

「貴女は本当にどこもかしこも弱いな。ほら、もう僕もギリギリなんで早く上に乗って。

これだけエロく腰を振りながら勝手にイって、今さら恥ずかしい事なんてないでしょ？」

「んん……ご、ごめんなさい……」

達した事により、どこかぼんやりとした感覚の中、ファラウラは膝立ちのままで両足を大きく開いた。ラルジュの左手が、ファラウラの右の臀部を摑む。

「……初めての時と同じ状況だな。あの時は手足こそついていたけど動かす事は出来なかった。いまだに後悔してるよ、もう少し優しく出来たら良かったのに、って」

まるで促すように摑んだ尻を手前に引き寄せられ、ファラウラは血管を浮かせるほど勃ち上がった剛直を己の体内にゆっくりと沈めていった。震える襞がじわじわと押し広げられ、温かい湯と共に異なる体温を持つ肉の棒が埋まっていく。

「あぁっ！　ん、ふぁ、あうぅっ！　あ、私、は嬉しかった、わ……。あの時、にはもう、私は貴方の事が、好き……あ、んんっ、好きだった、から……」

——それに、ラルジュは十分優しかった。

本当の意味で『愛し合った』のは灯台で身体を重ねた時かもしれないが、ファラウラにとってあの砂礫蟻の巣での初体験は、なによりも思い出深い出来事なのだ。

「……言っておきますけど、自覚が遅かっただけで僕の方が先に好きでしたよ」

「わ、私が先、だもん……」

「違う。僕です」

言うと同時に、腰を強く突き上げられた。奥深くまで一気に穿たれ、ファラウラは身体をガクガクと痙攣させる。

「ひぁううっ！　あっ！　あんっ！　やっ、奥、いきなり……！」

「あぁ、いきなりイイところに当たりました？　と言っても、貴女は全身敏感だからな、どこに何をしても気持ち良いでしょ？」

ラルジュは尻から手を離し、再び浴槽の縁を掴んでいた。そして左足を突っ張り、左側だけで身体を支えながら腰を上下に動かし、ファラウラの膣内をゴリゴリと抉っていく。

硬いもので体を内側からかき混ぜられ、石鹸の泡とも蜜ともつかない滑りを溢れさせていく内に、段々と意識が遠のいていく。

「あぁぁぁっ！　あっ！　あうぅっ！　あっ！」

「可愛い声で喘いでばっかりいないで、ちゃんと動いて。泡でほとんど見えてないから、遠慮なく動いて大丈夫ですよ？」

「ま、待って、動かない、で……！」

――動けと言われても、下から突かれ続けていては動く事が出来ない。それをわかっていて、意地悪く言葉と身体の両方で責めて来るのだ。

「あ、ん、だめ、もう……！」

「もう音をあげます？　じゃあここはイカせてあげますから、ベッドでは上になって下さいね？　ここでした方が、恥ずかしくなかったのに」

「う、ごく、からぁ……！　と、とまって……！」

「残念、僕がもうイキそうなんで、このまま続けさせてもらいます」

獰猛《どうもう》な笑みを目の当たりにしたファラウラは、観念して首元にしがみついた。数秒の後、泡が宙に舞うほどに激しく突き上げられていく。

「あぁぁあっ！　あぅぅっ……！」

「ナカの痙攣がすごい、な……！　はぁ、あ、うぅっ」

一際激しく突き上げられた瞬間、ファラウラはラルジュの背に両足を絡みつかせた。同時に、体内でビクビクと陰茎が震える。

「あ、はぁ、ん……」

ラルジュの一部を体内に入れたまま、ファラウラはぐったりと力を抜いた。少し、湯あたりもしてしまったような気もする。

「まだ失神しないで下さいよ、お湯を抜いて泡を流したら、すぐベッドに行きますから」

「だめ、疲れちゃ……」

言い終わる前に、全身が淡い光に包まれていく。体力回復の光。

ラルジュとの行為は幸せに満たされる素晴らしいひと時ではあるが、なぜここまでして何度もしたがるのかよくわからない。一回だけでも、十分幸福に満たされるというのに。

そうぼんやりと考えた時、ファラウラはふと気づいた。ラルジュの家に泊まらせて貰っている時はほとんど毎日、休みの日に至っては朝から求められる時もあった。結婚後は、この生活が毎日続くのだろうか。

もちろん飽きられたいわけではない。けれど、限度というものがある気がする。

「やだ、死んじゃう……」

「世界ではわかりませんが、少なくとも僕の周囲ではセックスで死んだ人間はいないんで大丈夫じゃないですか？」

――そういう問題ではない。ファラウラは頬を膨らませながら、ラルジュの手足を取りに行く為によろよろと立ち上がった。

◇

翌朝。

ケホケホと咳きこむファラウラの横で、ラルジュが神妙な顔で林檎《リンゴ》を剝いていた。ファラウラはラルジュのシャツを羽織り、額には冷やした布をあてがわれている。

「ラル……ばか……」

「はい、すみません。やっぱり、風呂からあがったらちゃんと身体を拭かないと駄目ですね。どうせ汗をかくんだから良いと思ったんですが」

ラルジュの言う通り、風呂から出た後は手足を装着したラルジュにベッドへ連れて行かれ、明け方近くまで組み敷かれていた。何度達しても許して貰えず、途中から体力回復をかける事すら忘れたラルジュに、まるで貪るように抱かれ、気づくと声がほとんど出なくなっていた。

　狂おしい快楽に堪えきれず悲鳴をあげ続けていたのと、濡れた身体で交わったために風邪をひいてしまったのと、原因は両方だと思われる。

「リンゴ、食べられます？」

　ファラウラはこくりと頷く。

「はい、口を開けて」

　フォークに刺さった、一口大に切られたリンゴを口の中に迎え入れる。しゃり、という歯ごたえと共に甘酸っぱい果汁が口の中に満ちていく。

「おいし……」

「もっと食べます？　それともすり下ろしましょうか？」

「いらない……」

　気持ちはありがたいが食欲もない。熱っぽい身体はだるく、久しく発熱をしていなかったファラウラにとっては辛い中にもどこか懐かしい気分になる。

「じゃあ、ちょっとだけ職場に顔を出して来るんで寝てて下さい。昼前には戻って来ますから、トイレ以外で勝手に起きてうろうろしないように」

「はい……」

「水差しは枕元にありますから、こまめに飲んで下さい。それから窓を少しだけ開けておきます。ロズに専用装具を装備させておくんで、なにかあったら言って下さい」

――さすがにそれは公私混同では。

そう思うものの、掠れた喉では上手く伝える事が出来ない。ファラウラは両手をパタパタ動かし、『そんな事はしなくて良い』と訴える。

「ん？　寂しい？」

――違う。言いたいのはそういう事ではない。ラルジュは昼前に戻ると言ったが、実際にはもう少し早く帰って来るはずだ。だから寂しくはない。

けれど、それをそのまま告げるときっと機嫌が悪くなる気がする。

心の中でロズ・クロッシュに詫びながら、ファラウラは小さく頷いた。


ラルジュが出て行った後、ファラウラはとろとろとした微睡みに落ちていた。身体も頭も熱いが、不安はまったくない。

アシエに来てすぐ、ラルジュの駆る魔導二輪の後ろで発熱をした。あの時、熱に浮かされながらひどく物悲しい夢を見た。今ならわかる。あれは頑なだった自分の心が見せた『閉ざされた夢』だったのだと。

ファラウラは本格的な眠りに滑り落ちていく。けれど、もうなにも怖くはない。

愛する機装騎士が、いつだって守ってくれるのだから。

飛空艇の空港内。

トランクを持ったファラウラの前には、不貞腐れた顔をしたラルジュが立っている。

「……ラルジュ、そんなに怒った顔をしないで」

「別に怒ってないですけど」

——今日はファラウラが帰国をする日。

熱を出した翌日にはすっかり体調も回復していたし、その二日後にはアシエ軍と魔導協会から任務の完遂を認める連絡がほぼ同時に来ていた。だからすぐに帰るつもりだったのに、なかなかラルジュが首を縦に振らなかった。

過保護なラルジュがようやく帰国を了承してくれたのが昨日。結局、父や兄、王太子が機装の本部にやって来た日から十日も経っていた。そして今日、ようやく帰国をする事が出来る。

父に早く帰るよう言われていたファラウラは、なかなか帰国出来ない事を心配していた。だが実家にはラルジュがいつの間にか帰国の日程を連絡をしてくれていたらしい。

ただ、急に帰国が決まったせいで昼の便しか取れなかった。ファラウラは遅れを取り戻すべく、帰ったらすぐ動くつもりだった。だから甘い余韻に引きずられたくなくて、初めて夜の求めに応じなかった。ひょっとしてそれがラルジュの気に障ったのかもしれない。

ファラウラは上目遣いで恋人を見上げた。いつも見える黒も髪に隠れた青も、全くこちらを向いてくれない。朝食の時も空港まで魔導二輪で送ってくれる時も、ラルジュはどこか不機嫌そうだった。ファラウラは段々と悲しくなる。

「ラルジュ、どうして私を見てくれないの……？　出来るだけ急いで帰って来るつもりだけど、少しの間は離れ離れなのよ？　その、昨日断ったのもちゃんと理由があって……」

ファラウラは手を伸ばし、軍服の裾をそっと摑んだ。やがて頭上から溜息が降り注ぎ、裾を摑んだ手を黒鋼の指が絡め取った。握られた手はそのまま持ち上げられ、手の甲にそっと唇が押しつけられる。

「……昨日から何度も荷物の確認をしていたでしょ。散々確認したクセに、朝食の前にもわざわざ家中を回って忘れ物がないか見ていた」

――行為を断った事は関係なかった。それは良かったけれど、帰国前に荷物の確認を何度もする事の何がいけないのだろう。

「どうせ戻って来るんだから、そんなに何度も確認をしなくたって良いじゃないですか。そこまで完璧に、僕の家にいた痕跡を消さなくたって……」

ファラウラは驚き、両目を丸くした。ずっと機嫌が悪かった理由が、まさかそんな事だったなんて。

「ち、違うわ！　その、私はあんまり物を持っていないの。だからお化粧品とかそういうのも旅行用と自宅用で分けたりしていないし、忘れていっちゃうと困るから何回も確認をしたの、ただそれだけよ？」

懸命に訴えるファラウラの腰に、するりと腕が回った。

「……貴女の使っている化粧品はこっちでも手に入りますし、僕が買っておきます。どうせ、灯台を引き払う時も一日がかりであれこれ確認するんでしょ。消耗品は捨てて来れば良いしこっちで準備は完璧にしておきますから、一刻も早く僕の所に帰って来て下さい」

「うん、わかった」

頷きながらトランクを床に置き、両手を伸ばしラルジュの首元にしっかりとしがみついた。即座に抱き締め返して来たラルジュの腕に身を任せながら、ファラウラは自らの変化を改めて実感する。空港内で抱き合うなんて、少し前の自分なら絶対に出来なかった。

「……ねぇ」

「ん？　なんです？」

そろそろ乗り場に行かなければならない。だが、ずっと聞こうと思っていた事をここで聞いておこうと思った。

「その、どうしていつまでもそんな話し方なの？　時々、普通に話してくれる時があるのに……」

――ずっと聞きたかった事。それはラルジュが正式に恋人になっても敬語を止めない事だった。

怒っている時や焦っている時に、稀に言葉遣いが崩れるのはわかっている。

その、まるで『素が見える』かのようなあの瞬間が、ファラウラはたまらなく好きなのだ。もちろん、いつもの敬語も嫌いではない。けれど、時折なんだか寂しい気持ちになる時もある。

「……貴女の為なんだけどな」

「え、私の為？　どういう事？」

それならもっと砕けた言葉遣いにしてくれれば良いのに。そんな気持ちを込めながら、ラルジュの目をじっと見つめる。

「……前に言ったでしょ、自分が怖いって。だから、こうして言葉で枷《かせ》をつけているんですよ」

ファラウラは眉をひそめた。

「そんなの、本当のラルジュじゃないっていう事でしょ？　私は、我慢なんてして欲しくないのに」

「いいえ、これも本当の僕です。……そうだな、貴女の為、と言いつつ僕の為ですね、結局」

ラルジュは腕を緩め、自らの前髪をかき上げた。鮮やかな青が、ファラウラを射抜く。

「どうぞ視て下さい。でも、後悔しても知らないですよ？」

「後悔なんてしないわ」

そう言いながら、ファラウラは蒼玉から感情を読み取った。

「あ、こ、これ……」

読み取った感情は、どう表現して良いのかわからない。普通に考えれば、これは『欲』なのだと思う。だが庇護欲に始まり、独占欲、性欲、支配欲という様々な欲が入り混じり、一つの巨大な感情《モノ》を作り上げている。いつもならそこで感情を読む行為を止めるところだが、今回はあえて深部まで目を凝らしてみた。

正直、美しいとは言えない。けれど、ぐちゃぐちゃと混ざり合う『欲の集合体』の中心には、純度の高い一つの感情がまるで守られているかのように存在していた。

――ゴツゴツとした貝殻に守られた、一粒の真珠のように

「……どうですか？　後悔したでしょ？」

溜息混じりの声に、ファラウラはわざと落胆したような顔をしてみせた。

「そうね、後悔しているわ。だって、もっともっと欲しがってくれていると思ったのに」

「はぁ!?　な、なに言って……」

驚愕《きょうがく》に彩られた黒と青に向けて、ファラウラは悪戯っぽい笑みを向ける。

「もう忘れてしまったの？　私はどんな貴方でも愛しているって言ったでしょう？」

「……忘れるわけがないでしょ。むしろ、そのせいで僕は――」

ラルジュの言葉を遮るように、飛空艇の搭乗案内が聞こえた。ファラウラはするりと腕から抜け出し、トランクを手に取った。

「もう行かなきゃ。ラルジュ、毎日電話をしても良い？」

「今、毎日って言いましたよね。約束を破ったら大声で泣きますよ」

「泣くの⁉　あ、やっぱり〝出来れば毎日〟にしようかしら……」

「秒で言葉を変えるのは止めて下さい。モジャウハラートはアシエより二時間進んでいる程度なんで、時差を言いわけにしても無駄ですからね」

「わ、わかったわ」

ファラウラは使命感を帯びた表情を浮かべながら頷いた。


ファラウラの乗った飛空艇が彼方へ飛び去るところまで確認し、ラルジュは空港を後にした。

停めていた魔導二輪を見た途端、胸にぽっかりと空いた穴から隙間風が漏れていくような気がした。ほんの数十分前、ここには愛する魔女が座っていた。だが、彼女の甘い香りも柔らかな身体も、当分の間はお預けになる。

確かに、ファラウラは忙し過ぎて寂しがる暇もないだろう。それに比べて自分が仕事以外でする事と言えば、買い物と国際結婚の際に迎え入れる国側の人間が用意する『配偶者保証届』の提出くらいしかない。

買い物は一日で終わるし、書類はラルジュのように『機装騎士』という国に準ずる職業についている場合は、必要事項を書いた紙を窓口に提出するだけで良い。婚約指輪はファラウラが灯台に置いて来た真珠で作る予定だし、式場もファラウラがアシエに戻って来てから決める事になる。

　つまるところ、ファラウラがいないと出来る事などほとんどないのだ。

「ま、しばらくは仕事に集中って事だな」

　そう言い聞かせながら、魔導二輪のエンジンをかける。その時、一台の魔導二輪が目の前の道路に停まった。首の横で編み込んだ長い金髪に蛍《ホタル》が刻まれた魔導二輪。

　リュシオルだ。後部座席には、珍しくプリムが乗っている。

「副団長！　魔女様のお見送りですか？」

「あぁ。で、お前達はどうしてここに？」

　ラルジュは二人が現れた方向に目を向けた。その先には、大きな病院がある。リュシオルは照れたように笑った。

「いえ、ちょっと機鋼手術前の検査結果を聞いて来ただけです」

「機鋼手術？」

　――機鋼手術とは、文字通り機導鋼術を受ける手術だ。失った身体の一部を機械に変えて補っていく、機装騎士全員が受けている処置。

　現時点では、事前検査を受け魔獣核に耐え得る肉体を持った者しか受ける事が出来ない。いずれは一般にも普及するだろうと言われているが、まだまだ先の話だ。だから手術はプリムが受けるわけではない。

　だが、リュシオルはすでに手術を受けている。特にどこかを悪くした様子もないが、一体どういう事だろう。

「団長にも言われていたんです。まずは子供を作る機能が正常に働いているか検査を受けて、それから手術をしたらどうかって。その、ここの」

リュシオルは下半身を指差した。

「……俺、ずっと怖かったんです。内臓系は適合が難しいし、運よく勃たせる事が出来ても子供が出来るかわからない。子供好きのプリムに期待を抱かせるだけ、なんて事になったらどうしよう、って。だから検査を先延ばしにして来たんです。でも、プリムが……」

「いつまでもうじうじしてないで、検査くらい受けたらって言ったんです。どんな結果になっても、私は絶対に離れないからって。大体、機能が正常だからって絶対に子供が出来るわけでもないんだから」

そう言うと、プリムはリュシオルの頬を突っついた。

「その様子だと、良い結果だったみたいだな」

二人は顔を見合わせ、嬉しそうな顔で同時に頷いた。

「はい！　なので、来月早々に手術を受ける予定です。入院も一週間程度で済むそうなので、有休を全部つぎ込もうかと」

「私を放ったらかしにして、お仕事ばっかりしていた甲斐があったよね？　こうやってまとまったお休みが取れたんだもんね？」

プリムは膨れっ面をしているが、その表情はどこかわざとらしい。

「そう言うなよ。退院したら旅行に行こうぜ、手術が成功したかどうか実践しないといけないし」

「もう！　副団長の前で言わないでよ、恥ずかしいじゃない！」

――目の前でイチャつく部下と、その恋人。

普段なら微笑ましく見守るところだが、今は違う。

「良かったな。じゃあ俺はもう行って良いか？　イチャつく暇もなければ相手もいないからな。お前らと違って」

ラルジュはそのまま二人に背を向け、さっさとその場を後にした。

＊＊＊＊＊＊

アシエを出発して七時間弱。

首都シャファクの空港に到着したファラウラは、空港を出るとすぐホウキに乗った。

上空に舞い上がると、遠目に二人の魔法使いがまるで影絵のようにホウキで飛行している姿が見える。

「アシエでは、まず見ない光景ね」

後輩の結婚式でアシエに行ってから、一度モジャウハラートに帰国している。

けれど、ゆっくりする間もなくすぐアシエに逆戻りした。だからなんとなく、母国の空気がものすごく久しぶりな気がする。

「もう遅いから、実家に行くのは明日にしなきゃ」

今は夜の二十二時過ぎ。父はすぐに屋敷へ来るよう言っていたが、まずは自宅でゆっくりと眠りたい。ファラウラはホウキの柄を灯台のある港町の方に向けた。

——家族に会う。

ただそれだけの事に、今までの自分は多大なる緊張感を覚えていた。けれど、今はどこかふわふわとしたような気分になっている。

今回は図らずも国外で母以外の家族に会う事になり、自分が見えていなかった、いや見ようとしていなかった事実の片鱗に触れた。ファラウラは宝石魔女になって初めて、安らいだ気持ちで家族の事を思っていた。


翌朝早く、ファラウラは実家へと向かった。

屋敷の前には、両親と兄妹がそれぞれの使い魔と共に立っている。

「ルゥルゥ！」

降下したファラウラの目の前に、前髪の一房だけが無花果色をした、檸檬色の髪の女性が走って来た。その栗色の目には、大粒の涙が浮かんでいる。

カスタナ・マルバ。通称『羽毛の魔女』。白黒、灰色が混じった斑模様の羽毛に包まれた竜を使い魔に持つ、ファラウラの母である。ファラウラの羽根ボウキに使われている羽根は、この母の使い魔のものだ。

「お母様……」

「ルゥルゥ、やっと顔を見せてくれて嬉しいわ」

二年も帰らなかった娘を責める事なく、母はそっと腕を伸ばしファラウラを抱き締めてくれた。母の体温を感じた瞬間、ファラウラの目にも涙が浮かんだ。自分はずっと、この温かさに背を向けて来たのだ。

「ごめんなさい、ごめんなさいお母様……」

ファラウラは涙をぽろぽろと溢しながら、母の背にしっかりとしがみついた。

「謝らなくて良いの。さぁ、料理長が美味しい朝食を用意してくれているから、行きましょう」

――そして家族と共に朝食の席についたファラウラの前には、金串に刺さった焼肉、果物の盛り合わせ、羊肉と米を香辛料で炊き込んだもの、薄焼きパン。野菜サラダに色とりどりのゼリーが入ったヨーグルトなど朝食にするには豪華すぎる料理が並べられていた。

「お姉様が久しぶりにお帰りになったから、料理長が張り切っているのですわ。食後のデザートもたっぷりとありますから、たくさん召し上がってね？」

「あ、ありがとう……」

父の背後では、初老の料理長が目を細めて立っている。この料理長は、各人の体調や好みに合わせた味付けをしてくれたり量を調節してくれたり、いつも細やかな気遣いをしてくれる。もちろん、すべて美味しいのは言うまでもない。

ファラウラはスプーンで米を掬い口に運んだ。香辛料の爽やかな香り。灯台の自宅ではほとんど料理はしていなかったし、最近はアシエ料理と炎陽料理しか食べていない。久しぶりの温かい祖国の味に、思わず顔が綻ぶ。

「美味しい……。それにこの味、あの日食べたのと同じだわ……」

「あの日って、いつですの？」

妹の問いに、ファラウラはゆっくりと答える。

「……魔法学校の、入学式の日」

両親が息を呑んだ気配がした。ファラウラは、言葉を続けていく。

「……あの日、夕食に食べたこのお米料理。いつもと味が違うなぁって思っていたの。悲しくて悔しくて、それで味がわからなくなっているのかと思っていた。でも違ったのね」

ファラウラは料理長を見つめた。

「ブラックライムの香りで気分がすっきりとするわ。あの時は私の気持ちを晴れさせる為。今は自分の気持ちを迷いなく口に出来るように、この味にしてくれたのね。……本当にありがとう」

料理長は微かに目を潤ませ、一礼をして厨房に下がっていく。その後ろ姿を見送った後、ファラウラは家族に向き直った。

「……使い魔召喚の儀が失敗に終わった時は、頭が真っ白になってなにも考えられませんでした。私の手には、真珠が一粒握られているだけ。お父様やお母様に叱られると思って、家に帰るのが本当に嫌で仕方がなかった。それでも頑張って家に帰ったら、予想に反して誰もなにも言ってくれない。おかしいですよね、責められる事をあんなに恐れていたはずなのに、何よりも私を打ちのめしたのは、その沈黙だったんです」

ファラウラは押し黙ったままの家族を見つめた。

「失望したのなら、そう言って欲しかった。そうではなかったのなら、抱き締めて慰めて欲しかった。でも、なにも言って貰えない私は言う価値がない人間なのだと、ずっと思っていました」

「違うわ！」

悲鳴のような声をあげた母の肩を、父がそっと抱いていた。

「ごめんなさい、ルゥルゥ。貴女がそんなにも傷ついていた事に気づかなかったなんて、私は母親失格ね……」

ファラウラは首を振り、母の言葉を否定した。

「いいえ、お母様。私が素直になれば良かっただけなんです。強がったりせず、どうして私だけ宝石魔法使いなのって、心のままに泣き喚いていれば良かったの」

母は涙を溢しながら、悲しげに微笑んだ。

「……普通に考えたら、貴女が誰よりも悲しい思いをしているとわかったはず。それなのに、笑顔で真珠を見せてくれた貴女に安心をして、様子を見守ろうとしてしまった。どうして私は〝ルゥルゥなら大丈夫〟と安易に思ってしまったのかしら……」

「カスタナ、それは私も同罪だよ」

肩を落とす両親を見て、ファラウラは慌てた。別に二人を責めたりしたいわけではない。むしろ、長く心の中に居座っていた劣等感を家族に説明し、一方的に疎遠にしていた事に対する謝罪をしようと思っていたのだ。

慌てるファラウラに、兄が更なる追い打ちをかけて来る。

「……ルゥルゥ。オレはお前が父上の次に魔力が高いと知ってから、ずっと嫉妬していた。だからお前が宝石魔法使いだとわかったあの時、これでお前を次期当主にしようなどという声は起きないだろうと醜い考えを持ってしまった。だからお前の顔をまともに見られなくなった。妹を守るべき兄が、その妹から目を逸らしてしまったんだ」

しょんぼりとする兄の珍しい姿に、ファラウラはもはやどうすれば良いのかわからなくなっていた。不愛想な兄の事は苦手だったが、勉強も仕事も真摯に取り組む姿はずっと尊敬をしていた。少々押しは弱いけれど、次期当主には兄こそが相応しいとファラウラは信じている。

「お兄様ったら、そんな事をおっしゃって。私、お兄様ほど妹思いの兄を知りませんわ？ルゥルゥお姉様、いつでしたかしら、パーティーでどこぞの伯爵に〝養女かと思った〟と言われた事がございましたでしょ？　私、たまたまその場面を見かけてしまって、すぐお兄様に告げ口しましたの。お兄様、激怒してらしたわ」

ファラウラは意外な思いで兄の顔を見た。兄はぷいと顔を横に背けている。

「そういえば、王子妃教育の時に貴族年鑑を見たら伯爵位の欄、そのお家のところだけ謎の黒塗りになっていましたわね、なぜだか存じませんけど」

「オレはなにも知らないし、なにもやっていない」

「うむ、私もその件は知らないな」

「ごめんなさいね、ルゥルゥ。旦那様がご存じない事は私が知るわけがないのよ」

――嘘だ。第二王子の婚約者が詳細を知らないはずがない。そしておそらく兄は『何か』をやった。それを父に報告をしないわけはないし、モジャウハラートに四人いる王女達の教育係を務めている母も当然知っているはずだ。

どう答えて良いかわからず、ファラウラはただ家族の顔を見つめた。両親も兄も妹も、澄ました顔でこちらを見ている。

「ルゥルゥ、親の私達が守ってやれなくてすまなかった。今さら、と思うだろうが、他にも嫌な思いや悲しい思いをしていたのなら、いつ誰にどこでどのように言われたのか、出来るだけ詳しく教えて欲しい」

ファラウラは考えるフリをしながら、ゆっくりと首を振った。

「いいえ。他に嫌な思いなど何一つしておりませんわ。お気遣いありがとうございます、お父様」

——本当に死にたいほどに傷ついた事もあった。けれど、もう報復などして欲しくはない。家族からこんなにも大切にされていた事に気づけただけで、十分なのだから。

だが、ファラウラは気づいていなかった。

自分自身も、大切な人を貶められた時には目の色を変える薔薇竜マルバ家の血を、しっかりと引いているという事を。

◇

ファラウラは星空の下を、兄と並んで飛行していた。兄は使い魔の背ではなく、柄が漆黒に塗られたホウキに跨っている。

「お兄様、わざわざ送って下さってありがとうございます」

「こんな遅い時間に一人で帰らせるわけにいかないだろう。母上やスーラの言う事を聞いて、泊まっていけば良かったものを」

「朝から十分、楽しい時間は過ごせました。それに、出来るだけ早くアシエに帰りたいんです。だからその準備をしたくて」

兄はなにも言わない。ただ、軽く肩を竦めていた。

「……でもお兄様、本当によろしいのですか？」

「別に、次期当主だから国に近しい職につかなければならないという事はない。一族の者が何を言って来たとしても、これはオレ自身が決めた事だ」

――食事の後、お茶を飲みながら今後についての話し合いを行った時。

ファラウラとラルジュの結婚について、父から話を聞いていた母も諸手を挙げて賛成してくれた。結婚式はファラウラの希望通り、小規模なものをアシエで行う事に決まった。

といっても、父はファラウラがそう言いだすだろうと読んでいたらしい。母も妹も、最初からその方向で考えていたようだった。

『アシエは流行の最先端でしょう？　そんな話をしたら、ザラーム殿下がアシエでドレスを贈って下さるって！』

『あら、素敵ね！　旦那様、私にもドレスを贈って下さらない？』

母と妹はドレスについて真剣に話をしている。

その様子を見守るファラウラの横に兄が座った。そして、驚くべき事を口にした。

『……灯台守の後任は探さなくても良い。オレがやる』

『お、お兄様が⁉　でも、王太子殿下の護衛はどうなさるのですか？』

『魔導協会から派遣された再雇用魔法使いが就く』

ファラウラは仰天した。王族の護衛は、代々薔薇竜のマルバ家か剣獅子のビスクート家が務める事になっている。しかも再雇用魔法使いというのは、魔法使いとしての経験こそ豊富だが老齢に達した者がほとんどのはずだ。

『父上が抗議、という形で剣獅子の家に伝えたんだよ。ナビール殿下が婚約者である本家令嬢を差し置いて、お前に求婚をしたと。薔薇竜と剣獅子の怒りを買った殿下は、王位継承権を失いかねない状況にある。……それに、オレには殿下を諫められなかった責任もあるからな』

――兄は時間をかけて、父に己の考えを伝えたらしい。詳しくは知らないが、父が了承をしたという事は、次期当主の身で灯台守に就く事を納得させるような内容だったのだろう。

「お兄様が灯台でお暮しになって下さるなら安心だわ。多少荷物を忘れて行っても後から送っていただけるもの」

「……甘えるな。きちんと片づけてから行け」

いつも通りの、厳しくそっけない言葉。だが、初めて兄妹として心から触れ合った気がした。

兄と灯台の前で別れたファラウラは、いつものように一階の郵便ポストを確認した後でリビングとして使用している三階の部屋に向かった。

そしてラルジュに電話をする前に、時計を確認する。現在時刻は二十一時。という事は、アシエは十九時。ラルジュは夕食中か、もしくは作っている最中かもしれない。

「……先に、お湯を浴びて来ようかしら」

その方がゆっくり話をする事が出来る。そう考え、タオルを手に取る。

と、壁かけ式の電話が鳴った。ファラウラは首を傾げる。灯台《ここ》の電話番号は家族すら知らない。知っているのは、この港町の町長と町役場の灯台管理部。そして後輩ダムアだけだ。ラルジュにはまだ教えていない。こちらから電話をかけた時に、伝えるつもりだったからだ。

「こんな時間に町長さんや役場から電話がかかって来るはずがないし、ダムアかしら。何かあったのかな」

ファラウラはタオルを置き、受話器を手に取った。

「はい、もしもし――」

『……約束はどうなったんですか』

「え⁉　あ、ラルジュ⁉」

受話器の向こうから、呆れたような声が聞こえた。

「あの、どうしてここの番号を……？」

ファラウラはおずおずと聞く。

『貴女が約束を破って電話をして来ないから団長夫人に聞いたんですよ。で、なんで昨日は電話をしなかったんですか？　毎日電話するって言いましたよね？』

「ええ、言ったわ。言ったけど……」

昨日は飛空艇に乗る直前までラルジュと一緒にいた。だから電話をしなかったのだ。

『普通、到着したらその旨を連絡するでしょ？　無事に着いたかどうか、心配していた僕の気持ちはどうなるんですか？』

「その、お別れしてから十時間も経っていなかったから……。でも到着の連絡はすべきだったわよね、ごめんなさい……」

ファラウラはしょんぼりと肩を落とした。言われてみればその通りだ。逆の立場だったら、絶対に心配する。

『毎日電話をするというのは、一日一回しか会話をしないという事ではないですからね？　そこをちゃんとわかってます？』

「も、もちろん、わかっているわ」

――本当は言われるまでわかっていなかった。ラルジュとは理解し合っていると思い込んでいたけれど、男女交際をまだ完全に把握出来ていなかった事に少し落ち込む。

『わかっているなら良いです。で、今日はご実家に行ったんですか？』

「えぇ。ちゃんと、思っていた事が言えたわ。それに、お母様やお兄様の思いもわかった。私、宝石魔女として胸を張って行こうって、やっと心から思えたの。こんな風に思えるようになったのも家族と向き合えたのも、ラルジュがいるからなのね。だから私は勇気が持てたの」

ラルジュがいなかったら、自分は今も心を閉ざし家族に背を向け、ひたすら自らを貶め憐れむ人生を送っていただろう。

『……よく頑張ったな』

たった一言、甘さを含んだ低い声がファラウラの心にじんわりと広がって行く。一瞬にして、両の目に涙が盛り上がって来た。

「どうして今、そんな風に言うの……」

――なんてずるい人なのだろう。自分は電話一つで小言を言うくせに、今すぐ抱き締めて欲しくなる言葉を、すぐには抱き締めて貰えない時に限って平気な顔で寄越して来るなんて。

『どうしたんですか？　僕に会いたくなりました？』

ラルジュの声は、笑いを含んでいる。

どう答えるかわかっているくせに、と悔しく思うが、溢れる寂しさを抑える事が出来ない。ファラウラは涙と共に、素直な心境を吐露した。

「うん、会いたい……ラルジュ……」

まだ一日しか経っていないのに、もうアシエに〝帰りたい〟と思ってしまっている。帰るもなにも、母国は今いるモジャウハラートだというのに。

『……僕も、です。だから早く帰って来て下さい』

溜息混じりの声。ファラウラは指先で涙を払い、ラルジュと同じ言葉を口にした。

「私に会いたくなった？」

『会いたいに決まってるでしょ』

即座に帰って来た言葉に、受話器を握ったまま、ファラウラは嬉しそうに笑う。

「あのね、ラルジュ。私、お兄様のお陰で思ったより早く――」

『……十日間』

被せ気味に言葉を放たれ、思わず途中で言うのを止めてしまった。

「え、十日間？　十日間が、どうかしたの？」

『十日間です、僕が我慢できるのは。それ以上僕を放っておくと、帰ってから後悔する事になりますよ？』

――ファラウラは言われた言葉を脳内で反芻《はんすう》した。

『帰ってから後悔する事になりますよ』

ひょっとして今、自分は恋人に脅されているのだろうか。

声音は非常に甘い。けれど、ファラウラは本能的に危機感を覚えた。これは、言う通りにしないと本当に後悔する羽目になりかねない。

素早く、脳内で明日以降の予定を整理していく。

まず、灯台の件。これに関しては兄が後任を名乗り出た以上、町長や灯台管理部にはすでに話を通しているはずだ。だから役場に行って住居の名義人を入れ替える手続きをするだけで良い。その際に、国外転居届の用紙とモジャウハラートの在国証明書も貰っておく。残りの手続きはアシエで行う。というわけで、役所関係はここで終了。

続いて世話になった人々への挨拶。町長と、灯台修復の際に寄付金を集めてくれた町の商業組合と漁業組合。町長はともかく、組合幹部は多忙で、他の地域の会合に出席したりして留守をしている事も多い。ここは二日ほど余裕を持っておく。

分家やつき合いのある家への連絡は父が行ってくれるから、ファラウラの出番はない。

最後は灯台の掃除と引っ越し準備。持って行く物は衣類くらいだろうか。

食器類は、お気に入りの物以外、兄に聞いてから処分するかどうか決めれば良い。

掃除は少し時間がかかる。ここは三日みておこう。

アシエを出発した日から計算すると、ここまでで七日。予定通りに行けば、二日は家族とゆっくり過ごす事が出来る。その次の朝にモジャウハラートを出れば、ぴったり十日でアシエに戻れる。

「わかったわ。十日で帰るようにするから」

『……本当に？』

「ええ。実はお兄様が、灯台守としてここに暮らして下さる事になったの」

『火竜の魔術師が⁉　次期当主なのに？』

ラルジュは驚いている。

「そうなの。それで一番時間がかかると思っていた後任探しが省略出来たから、後は私の頑張り次第」

『なるほど。じゃあこれ以上ないくらいに頑張って下さい』

ラルジュの声音がさらに柔らかくなったのを感じ、ファラウラは苦笑を浮かべた。

甘く優しく褒めてくれたかと思えば、揶揄ってきたり謎の脅しをかけて来たり、彼には本当に振り回されている。恋愛初心者なファラウラは、手の内で転がされるばかりだ。

「うん、頑張って早く終わらせるわ。だから待っていて？」

『もう、すでに待ちくたびれて死にそうですけどね』

「ふふ、まだ一日しか経っていないのよ？　おまけに十日で帰って来いなんて無茶を言うし、私の騎士様は寂しがりなのね」

　電話口の向こうで、咳払いが聞こえた。

『仕方ないでしょ。貴女がハンカチ一枚置いて行かないから、こっそり荷物から抜き取ったストールくらいしか頼るものがないんですよ。十日もすればそれすら使えなくなりそうなんで』

　――何の話をしているのかよくわからないが、とりあえず思った以上に寂しがらせている事はわかった。明日からは、予定通りに行くよう慎重かつ迅速に動かなくては。

『なにかあったら機装本部に連絡して大丈夫ですから。灯台《そこ》に行った時、電話機の引き出しの中に機装本部の番号を書いたメモを入れておきました』

　灯台に設置してある壁掛け電話は、本体の下部に小さな引き出しがついている。

　ファラウラは引き出しをそっと開けてみた。ラルジュの言う通り、中に数字がかかれた小さな紙切れが入っている。

「これね？　わかったわ、ありがとう」

『なにもなくても、夜には電話して下さいね？』

「はぁい」

『……そういう可愛い返事で俺を試すような事をしないでくださいよ、ったく。じゃあ、おやすみなさい』

「お、おやすみなさい……」

普通に返事をしただけなのに、困らせてしまった。自分はまだまだ、ラルジュ・セールヴォランという男を理解出来ていない。ファラウラは受話器を戻しながら、大きく溜息を吐いた。

◇

電話を切った後、ラルジュは寝室へ向かいベッドにうつ伏せで倒れ込んだ。そのまま、両の耳を強く押さえつける。そんな事をしても何の意味もない。だがそうすると、耳の奥に愛しい魔女の声を閉じ込めておけるような気がした。

「……鈍すぎるんだよ。人の気も知らないで」

──わかっている。彼女は生真面目で、初心で無垢な女だ。だから物事を真っ直ぐに見ている。初日に電話がかかって来なかった事だって、彼女には一切の悪気はない。

ただ、自分が欲張りなだけなのだ。

柔らかな身体に艶めいた唇。愛情に信頼。彼女のすべてを手中にしても、まだこの飢餓感とも呼べる感情は治まらない。おそらく、これは一生つき合っていく感情《もの》なのだと思う。

「……本当は、一ヶ月くらいゆっくりさせてやろうと思ったんだけどな」

出発前にも言った〝早く帰って来て欲しい〟という言葉は本心だ。だが、彼女は生まれ故郷を離れて自分の元に、異国であるアシエで暮らす事を選んでくれた。だから、二十四年間暮らしたモジャウハラートで思い出に浸る時間も必要だろうと思ったのだ。

だが、結果的にそんな気持ちは秒で吹き飛び、気がついたらファラウラに対し脅しめいた言葉まで口にしていた。そんなわがままにも彼女は健気に応えてくれていたが、今回ばかりは自分の器が小さすぎると思わざるを得ない。

「……ファラウラ」

名前を口にしただけで胸が苦しくなって来る。頭をもたげ始めた、粘つく独占欲。

「まずいな、十日でも長い気がして来た」

もちろん、それを口にするつもりはない。だが、明日の電話は全力で自制を心がけなくては。気を緩めたら、一週間で帰って来いと言ってしまいそうな気がする。

『正直に言えば良い。彼女はきっと、俺が望む通りにしてくれる』

『それは駄目だ。俺の望みばかり押し通してどうする』

——異なる二つの意見が、頭の中をぐるぐると回っていく。

結局、眠りの世界に落ちていく寸前まで、耳から両手を離す事が出来なかった。

＊＊＊＊＊＊

ファラウラは早朝から荷物整理に取りかかった。少しでも時間を無駄にしたくなかったのだ。

「はぁ、これはもうお兄様に手伝っていただくしかないわ」

ファラウラは大量の魔導教本を前に、がっくりと肩を落とした。

――昨夜、兄の帰り際に時間があれば灯台に来て欲しいと頼んでおいた。食器類の選定や、諸々確認して欲しい事があったからだ。

兄は快諾してくれた。だから魔法錠の解放文言を教えておいた。

ファラウラは兄の来訪を待ちながら、テーブルの上に目を向けた。そこには、魔導協会員の証である指輪が朝の光を浴びてキラリと光っている。

先ほど、合間を見て役所に出かけて来た。

こんな小さな港町だが、港町が故に役所は常に混んでいる。だから早めに向かったのだが、それでも前日からの処理作業待ちで一時間は待つと思っていた。けれど、申請書を書きながらふと、指輪を受け取った時の兄の言葉を思い出した。

だから試しに魔導協会の指輪を見せたところ、あっという間に書類の処理が行われた。

「ここまで扱いに差があったなんて知らなかった。私達は、もっと早く声をあげるべきだったんだわ」

宝石魔法使いが宝石魔法使いとして堂々と胸を張っていれば、自らの立場を勝ち取る為に動いていれば、防げた悲劇は他にもあったのかもしれない。

だが過去は変えられない。これからは、未来を見据えて行動をしていかなければならないと、ファラウラは改めて誓っていた。

◇

その一時間後。

やって来た兄の前で、ファラウラは項垂れていた。兄ライムーンはあからさまに溜息を吐いている。その顔には、ちょっとした絶望に近い表情が浮かんでいた。

「オレは、お前の事を本当にわかっていなかったんだな」

ファラウラは今、エプロン姿で同じくエプロンを身に着けた兄と共に、書斎として使っていた灯台の二階にいた。

「お前は〝片づける〟という言葉を知らないのか？」

「いえ、あの、存じていますが、その……」

「魔導教本を時折読み返していたようだな。それは良い。だが、なぜ読み終わった本をその辺りに放置する？　見ろ、床に積まれた教本《もの》には埃が溜まっている。窓側の半分は綺麗に片づいているが、なぜ途中で掃除を止めた？」

兄の言う通り、窓側から見た部屋の半分はピカピカになっている。

石床も磨かれ、本棚もきっちりと整えられていた。ファラウラは気恥ずかしさといたたまれなさに身体を小さく縮める。

おそらくこの部分は、一時期ここに滞在していたラルジュが掃除してくれたのだろう。

彼は滞在中に色々と動いていたようだし、それで掃除が途中になったに違いない。

「……お前は魔法に関してはずば抜けているが、それ以外はさっぱりだな。灯台の全体をチェックしたが、台所だけは妙に綺麗だった。掃除の問題ではなく、ほとんど料理をしていなかったんだろう。オレですら少々の料理は作れるというのに」

「え、お兄様が⁉」

予想外の言葉に、ファラウラは目を丸くした。

「当然だ。王太子殿下の護衛中は、他人が作ったものはなるべく食べないようにしていたからな」

「そ、そうなのですか……」

次期当主である兄は、実家では父と共に使用人達から下へも置かぬ扱いを受けている。てっきり、自分と同じくなにも出来ないと思っていたのに。

「一族の中には、オレよりも魔力の高い者はいるからな。オレが身を引く事もあるだろうと、身の回りの事はある程度自分で出来るようにしていた」

ファラウラは兄の手にそっと触れた。先ほど兄は「お前の事をなにもわかっていなかった」と言った。それは自分も同じだ。まさか兄がここまで考えていたとは、思いも寄らなかった。

「……お兄様以外に、当主に相応しい者など他におりませんわ」

兄は微かに笑った。だがすぐに厳しい顔つきに戻っていく。

「このオレが暮らす場所に、埃の一つも舞う事を許さない。荷物の整理と、石床や壁も含めて徹底的な掃除を行う」

「はい……」

「オレも今日から灯台《ここ》に泊る。一階にある魔法陣の溝にも汚れが溜まっていたし、そこも完璧に磨き上げる。オレが許すまでアシエに戻れると思うな」

「はい……」

兄はファラウラに向けてキビキビと指示を出して来る。これは予想以上に日数を要するかもしれない。言われるがまま動きながら、ファラウラはがっくりと肩を落とした。

◇

夜になり兄が風呂に入っている間、ファラウラはラルジュに電話をかけていた。

「お兄様ったらものすごく細かいの。せっかく手続きもご挨拶も終わったのに、お掃除で時間がかかりそう。おまけに片づくまで灯台に泊るっておっしゃるから、気を抜く暇もないのよ？」

『まぁ、良いんじゃないですか？　僕は料理も掃除も得意ですけど、貴女は苦手でしょ？　この機会にお兄さんから色々教えて貰ったらどうです？』

受話器の向こうから聞こえる、笑いを含んだ声。

「もう、他人事だと思って。お兄様が許して下さらないと、アシエに帰れないのよ？」

『そこは頑張れば良いだけじゃないですか』

——あっさりと返された。こういうところは、なんとなく兄と似ている気がする。

「さ、寂しくないの？」

『何があっても十日で帰って来てくれるんでしょ？』

ラルジュは平坦な声であっさりと告げて来る。

昨日はあんなに寂しがっていたのに、とファラウラは頰を膨らませた。

「……そうね。あと七日、頑張って待っていて？」

ファラウラは寂しげな声を出してみせた。実を言うと、灯台が片づきさえすればすぐにでもアシエに戻る事が出来る。

——その理由は、ナビールの廃太子が正式に決まり第二王子ザラームが次期国王候補に繰り上がったからだ。それに伴い、妹マイヤが新たに王妃教育を受ける事になった。といっても、妹はすでに王子妃教育を済ませている。だから心得を学ぶ程度らしいが、当分の間は王宮で過ごす事になるだろうと兄が言っていた。

そしてその影響は他の王族達にも及んだ。廃太子を出すなどという恥が世界中に広まる前に、と第一王女の結婚が早まったのだ。他国へ嫁ぐ事前教育を施す為に、母もしばらく屋敷に帰って来れない。

したがって実家に泊る必要がなくなった。再び家族が集合するのは、ファラウラの結婚式の日になる。

けれど、ファラウラはあえてそれを黙っている事にした。

最終章　鋼と真珠と天駆ける翼

アシエを出国してからちょうど八日目。

ファラウラは再びアシエの王都ラザンの空港に到着していた。

灯台の掃除と引っ越し準備は、丸四日かかった。兄ライムーンがほとんどの掃除をてきぱきと行ったおかげで、これでも早く終わった方なのだ。魔法陣の溝に溜まった埃も、兄が使い魔の火竜に命じて焼き尽くさせた為、ファラウラは荷物をまとめるくらいしかする事がなかった。

大量の魔導教本については、定期連絡の時にラルジュに相談をした。

いくら結婚をすると言っても、相談もなしにいきなり大量の分厚い教本を送りつけるのはさすがにどうかと思ったからだ。

『なるほど、本の置き場で部屋を丸々一つ潰す感じになりますね。ま、部屋はもう一つ残っていますから安心して下さい』

「本当？　良かった。それからありがとう、私のお部屋の事まで考えてくれていたのね」

『貴女の部屋の事なんて考えてないですよ。子供部屋です』

「……子供部屋」

ラルジュは事もなげに子供の事を口にした。そういえば、灯台でも魔法使いの名前を封印する習慣に対して「子供が可哀想」だのなんだのと言っていた気がする。

「……ラルジュは、子供が好きなのね」

ファラウラはかろうじてその言葉だけを口にした。もちろん、ファラウラだって子供は欲しいと思っている。けれどそれはあくまで〝ゆくゆくは〟であって、まだ結婚式も挙げていないのにそこまで考える余裕はない。

『子供全般が好きってわけではないです。貴女と僕との子供なら可愛いに決まってるってだけですよ』

それでも、そんな風にさらりと言われるとなんだか胸の内がくすぐったいような気持ちになる。

「お部屋があるなら良かったわ。教本はすごくたくさんあるし、重いから気をつけてね？」

――この話をしたのが三日前。その後の電話は掃除の進捗状況と、他愛ない会話に終始した。そして昨夜の電話の時も、翌日にはアシエに向かう事を黙っていた。

それは単純に驚かせたかったからだったが、言うほど寂しそうには思えないラルジュに対して意地悪をしたい気持ちも少なからず存在していた。

「ええと、ラルジュはまだお仕事よね」

ファラウラは朝八時の便でモジャウハラートを出発した。時差が二時間遅れのアシエは現在昼の十三時過ぎ。これなら、夕方帰って来るラルジュを自宅で待ち伏せする事が出来る。

「きっと、十日もかからなかったなって、褒めてくれるわ。お兄様に野菜スープの作り方を教わったし、作っておいたら喜んでくれるかしら」

ラルジュがこちらの役所に配偶者保証届を提出してくれていたおかげで、仕事で来た時と同じくらい入国手続きは迅速に終わった。市場に寄って買い物をして帰っても、ラルジュの帰宅には十分間に合うと思う。

ファラウラは荷物の入ったトランクを一つ持ち、ホウキで空中に舞い上がった。

その二時間後。

ファラウラはラルジュの自宅の玄関先に降り立った。買い物自体はすぐに終わったのだが、魔女を珍しがった八百屋の主人に捕まり延々と話し相手になっていたのだ。

「そういえば、送った荷物は無事に着いたかしら」

衣類や靴類はすぐに送った。魔導協会の印を押した送り状で発送したから、ファラウラ本人よりも先にアシエに着いていてもおかしくはない。

ファラウラは玄関扉に以前渡されていた鍵を差し込んだ。ラルジュの家は魔法錠ではない。扉を開けた瞬間、ラルジュの愛用している香水の香りがした。

たった八日間の別離なのに、懐かしくて胸が甘く締めつけられる。

「あ、これ……」

居間に入ったファラウラがまず見たのは、テーブルの上に置いてある普段使っているのと同じ化粧品類だった。なぜか、ファラウラはほとんど使用しないアイシャドウやチークまで揃っている。

「……お化粧をちゃんとしなさいっていう意味かしら」

それならそう言えば良いのに、と頬を膨らませながら、トランクを置こうと寝室へ向かう。

「あら？」

寝室の前に来た時、少し違和感を覚えた。扉が少し開いている。几帳面なラルジュは、いつもきっちりと扉を閉めているのに。

ファラウラは反射的に、隠蔽魔法で自身の姿と気配を消した。もし、泥棒だとしたら反撃される前に拘束しなくてはならない。

そして、ゆっくりと静かに隙間から寝室の中を覗き込んだ。

「はぁ、あ、ぅっ……！」

（……え）

――寝室のベッドに、ラルジュが腰かけていた。軍服の上着はベッドの上に脱ぎ捨てられ、下に着ているシャツは全開になっていた。細身ながら鍛えられた上半身は汗ばみ、荒い息と共にうねる腹部で臍のピアスが光っている。

ラルジュは上気した顔で、軍服の下衣を緩め左手を激しく上下に動かしていた。その手の中では、完全に勃起した男性器が淫猥な水音を立てている。

そして黒鋼の右手には、ファラウラのお気に入りのストールが握られていた。

その端を口に咥え、時折握り込んだストールに顔を埋めては、左手をよりいっそう激しく強く動かしている。

初めて見る、他人が自慰をしている姿。

絶対に見られたくないであろうその姿を前に、一刻も早く立ち去らなければと思うのに足が動かない。怖いわけでもなく、もちろん軽蔑しているわけでもない。ただ、色気のあるその姿に目が離せなくなっていた。

「うっ……あっ……あ、くっ……ファラ、ファラウラ……！」

ファラウラはすんでの所で口を塞ぎ、喉元までせり上がって来た声を飲み込んだ。

ラルジュは腰をガクガクと揺すり、己の手の中に吐精していた。指の間から、白濁がポタポタと床に零れていく。それをどこか虚ろな眼差しで見つめていたかと思うと、微かに舌打ちをし、いまだ萎えていない性器を無理やり押し込み緩慢な動きで立ち上がった。

（た、大変……！）

ファラウラは素早く身を翻し、居間に逃げ戻った。そしてトランクを掴むと急いでカーテンの後ろに隠し、自身はソファーの陰に身を隠した。隠蔽魔法をかけているのだから隠れる必要はないのだが、なんとなくこの方が落ち着く気がする。

ラルジュがなぜこの時間に家にいるのかわからないが、手も汚れた事だしシャワーを浴びに行くだろう。その隙に家から抜け出し、しばらく時間を潰してから何食わぬ顔で帰って来れば良い。驚かせられないのは残念だが、気まずさには代えられない。

予想通り、寝室から出て来たラルジュは脱いだシャツを肩に引っかけ、気怠げな表情と足取りで浴室に向かう。ファラウラはホッと胸を撫で下ろした。

「……ん？」

不思議そうな声と共に、ラルジュが足を止めた。その視線を追ったファラウラの全身から、冷たい汗が噴き出して来る。

——キッチンのカウンターの上に、買って来た野菜の入った袋を置いたままにしてしまった。

ラルジュは瞬時に表情を引き締め、キッチンに向かった。手に持っていたシャツをカウンターに置き、代わりに野菜袋を掴みあげた。そしてしばらく無言のまま袋を見ていたかと思うと、部屋全体に鋭い視線を走らせていく。

(困ったわ……)

もはや出るに出られなくなったファラウラは、ますます身を小さくする。

と、ラルジュは野菜袋を再びカウンターに置いた。

「……ファラウラ。いるんだろ？」

（ど、どうして私だと思うの⁉）

この時、ファラウラは自慰を最後まで見続けてしまった罪悪感とそれがばれてしまう恐怖により冷静さを失っていた。ばれるもなにも、玄関には鍵がかかっていた。鍵を持っているのはファラウラだけで、さらにこの家に帰って来る予定がある。逆に考えると、ファラウラ以外はあり得ない状況なのだ。

けれど、ファラウラはあくまでも身を隠す事を選んだ。返事をしないまま、息を潜めて様子を見守る。

「……気のせいか。そうだよな、帰って来るまでにまだ二日あるし、ファラウラがいるはずないか。野菜は俺がしまい忘れたのかも。野菜を食べる気分じゃないが、このまま傷ませるのももったいない。仕方ないから向かいに住む女にでもくれて――」

「っ⁉　だ、駄目！」

――聞き捨てならない台詞に、隠蔽魔法を即座に解除しファラウラはラルジュの前に飛び出した。

「あ……」

ラルジュは驚くでもなく、腕組みをしたままカウンターにもたれていた。口元には、可笑しそうな笑みが浮かんでいる。

「お帰りなさい」

「え⁉　あ、た、ただいま……」

「十日よりも早かったですね。で、どうして隠蔽魔法なんか使っていたんですか？」

ファラウラはしどろもどろで言いわけをした。

「あ、あの、驚かせようと、思ったの。それだけ……」

「貴女なら、この時間は僕が家にいない事を知っているでしょ？　今日は大量の書籍がモジャウハラートから届くと配送会社から連絡があったんで、午前中で帰らせて貰ったんですよ」

ラルジュはゆっくりと、ファラウラに近づいて来る。気圧され思わず後ずさるものの、すぐに壁際まで追い詰められてしまった。

「……見てたんでしょ？」

長身を屈めたラルジュに耳元で甘く囁かれ、ファラウラはぎゅっと両目を閉じた。

「わ、私はなにも見てないわ……」

「ふぅん、そうですか」

ラルジュはいきなり、ファラウラをぐいっと抱き寄せてきた。

そのまま、黒鋼の右手をスカートの裾から内側に滑り込ませていく。

「きゃっ……あ、やっ……！」

入り込んだ指は、まるで導かれているかのような正確さで下着の隙間から更に最奥に進んでいく。そしてすぐに引き抜かれた指には、透明なとろみが絡みついていた。

「じゃあこれは？　僕を驚かせようとしただけで、こんな風になったんですか？」

――確かに、端正な顔を歪めながら一心不乱に性器を扱き、自分の名前を呼びながら果てる姿に見惚れた。けれど、まさか体が反応していたなんて。

「ご、ごめんなさい……。十日よりも早く帰って来られるのがわかったから、驚かせようと思って黙っていたの。そうしたら、その……んぅっ！」

言い訳を伝え終わる前に、噛みつくような勢いで唇を重ねられた。差し込まれた舌が、口の中で縦横無尽に動き回る。

「ん、ラル、ラルジュ……！」

息苦しさに喘ぐファラウラを気にする事もなく、深く長く執拗な口づけが続く。あまりの激しさに意識が遠のきかけた直前で、ようやくファラウラは解放された。

「早く戻れるなら、なんでそれを言わないんですか⁉　俺は、貴女に会いたくて気が狂いそうだったのに……！」

ラルジュはファラウラをすくいあげるようにして抱き上げ、寝室に逆戻りをする。

そして肩で扉を押し開けると、ベッドにファラウラを放り投げた。

「……俺を振り回して楽しい？」

「ふ、振り回してなんか……！　それは貴方の方じゃない、あんなに寂しがっていたくせに、電話だと素っ気ないんだから！」

「我慢をしてたんですよ！　電話の度に急かしたくなる自分を抑えるのがどれだけ大変だったと思います⁉」

「私だって会いたくてたまらなかったから、だから頑張って早く帰って来たのに！」

――見上げ見下ろし睨むように見つめ合う内に、互いの目が次第に熱を孕んでいくのがわかった。

「……私のラルジュ、もう離れたくない」

「離すわけがないだろ、俺のファラウラ」

濃密な空気が揺れ動くと同時に、恋人達は再び強く抱き合い唇を重ね合わせた。


「ん……もう、だめ……」

唇の端から、どちらのものとも知れない唾液を溢れさせながらファラウラが弱々しく首を振る。ラルジュは舌を伸ばしたまま、ゆっくりと唇から離れた。半ば我を忘れて貪った唇は、ぷっくりと赤く腫れている。

「他の事は色々上手くなってるのに、キスだけはいつまでたっても下手くそですね」

「だって、息が出来ない……」

眉をしかめるファラウラを見ながら、ラルジュは苦笑を浮かべる。

「鼻で呼吸しろって、いつも説明をしてるでしょ？　言っときますけど、キスは貴女の得意な口淫《フェラ》よりも断然簡単な事ですからね？」

「と、得意じゃないわ、意地悪……！」

ファラウラは涙目でこちらを睨みつけて来る。ラルジュは大袈裟に肩を竦め、ファラウラの太腿を肩に抱え上げた。

「じゃあ、こっちにキスしてあげます。貴女はなにもしなくて良いから楽でしょ。僕が頑張るんで、どうぞゆっくり休んでいて下さい」

戸惑うファラウラを余所に、ラルジュは足の間に顔を沈めていく。潤む割れ目に舌先が触れたところで、ようやく自分が何をされるのか理解したらしいファラウラがばたばたと暴れ始めた。

「待って、そんなの、休めるわけ……！」

——暴れるであろう事は想定していた。ラルジュはがっちりと太腿を固定し、言葉とは裏腹に物欲しげにひくつく秘部に思いきり吸いついた。

「あんんっ！　ひあっ！　ぁあっ！　や、強くしないで……！」

熱く蕩けた割れ目の奥に、尖らせた舌を強引にねじ込む。ファラウラは悲鳴をあげながら、まるで突き出すように腰を跳ね上げた。

「そんなに焦らなくても、ちゃんと構ってあげますから」

足を抱えたまま、手を回して割れ目の上をぐいと押す。ぷるりと飛び出して来た陰核に優しく歯を立てると、腰が痙攣するかのようにビクビクと小刻みに震えた。

「あぁっ！　あうっ、ぅっ！」

与えられる刺激に耐え切れなくなったのか、ラルジュの黒髪がぐしゃりと掴まれた。

その手がカタカタと震える。震えは次第に大きくなり、抱えた足のつま先がピンと伸びた。次の瞬間、痛いほど髪を握り締めていた指から段々と力が抜けていく。達したのだとすぐにわかったが、まだ休ませるつもりはない。

「ラルジュ、ラル……！　少し、待って……！」

「焦った時の〝ラル〟って呼び方、わりと気に入ってるんで普段からそう呼んでくれて良いですよ？」

ぐったりと力の抜けた足を肩から外し、そのまま柔らかな身体に覆い被さる。痛みを感じるほど勃起した陰茎を割れ目にあてがうと、ファラウラはまるで強請《ねだ》るように腰を揺すった。

「可愛く腰を振って、どうしました？　挿れて欲しい？」

「ん、早く、いじめないで……」

無意識なのだろうが、擦りつけるように腰を動かす仕草が例えようもなく淫靡で愛らしい。

「……僕を煽るのが本当に上手だな、貴女は」

――段々と、理性が溶け出し流れていく。先端を少し押し込んだだけなのに、眩暈がしそうなほど気持ち良い。いつものように、このまま一気に奥へと進みたい。その衝動を堪えながら、あえてじわじわと膣内を犯していく。

「あっ！　なに、そこ、変なの……っ！」

「へぇ、いつもより優しくしたら変になっちゃうんですか？　じゃあ、痛くした方が良い？」

「いやっ！　痛いのはいや、痛くしないで……」

少しずつ進めてはぐりぐりと膣壁を抉り、また少しだけナカに進んでいく。それを繰り返し、ようやく最奥に到達した頃には溢れ出た蜜で結合部が水浸しになっていた。

「はぁ、あぅ……う……」

喘ぎ声こそ弱々しいものの、下腹部は不自然に波打ち幾度も絶頂を繰り返しているのが伝わって来る。達し過ぎて、派手に喘ぐ体力がもうなくなって来ているのだろう。だが、今回は体力回復をかけてやるつもりはなかった。

「ぐっ……う……っ」

ファラウラが達する度に膣内がぎゅうぎゅうと収縮し、陰茎に耐えがたい快楽を送り込んで来る。ラルジュは歯を食い縛り、射精感を堪えながらゆるゆると腰を動かし続けた。

「あうぅ……あ……ラル……だめ、だめ……」

「もう、イキそう、ですか？　少し激しく、します……？」

その答えを待たず、腰の動きを少しだけ早める。途端に、じんわりとした深い快楽とは打って変わった、突き抜けるような快感が背筋を遡っていく。

「ラルジュ、ラル……好き……」

ファラウラの足が、背中に絡みついて来る。

それと同時に、叩きつけるようにして腰を動かした。途端に聞こえるか細い悲鳴を気にする事もなく、突き、抉り、敏感な部分を容赦なく嬲っていく。

「あっあっあっ！　あ、そこ、いい、いいの……！　はぅっ！　あっ、だめ、もう……！」

甘く掠れた恋人の声。艶めかしく乱れる、汗に塗れて桜色に上気した身体。そして恋人の体内の温かさと心地よい締めつけ。耳や目で感じる興奮と、腰を動かす度に高まっていく快楽。興奮のあまり、こめかみがズキズキと痛む。

「はぁ、一回抜いたのに、気持ち良すぎだろ……！」

――甘い感情が胸の内をくすぐるのと同時に、鋭利な刃物のような凶暴な感情が嵐のように吹き荒れる。優しく抱いて甘やかしたいのに、無理やり奥を突きまくって酷くしてやりたいという気持ちも捨て去る事が出来ない。

「……僕に、しっかりと摑まって」

こめかみの痛みが、わずかに理性を引き戻してくれた。腕の中の恋人はもう限界だし、自分もじきに果てる。ならば、無理に過剰な快楽を与えて負担をかける必要はない。後は優しく揺さぶってやれば、互いに昇りつめる事が出来るだろう。

「……たの……て……」

「ん？　なに？」

しがみつくファラウラをしっかりと抱き締めたまま、ゆるゆると腰を振るラルジュの耳

にか細く囁く声が聞こえた。腰を動かしながら、その声に耳を澄ませる。

「あなたの、好きにして……？」

プツン、と理性の糸が切れる音が聞こえた。だが糸はまだ残っている。

「無理しなくて良いですよ。もうイキそうでしょ？　僕も限界なんで、一緒に——」

ラルジュはそこで言葉を止めた。苺色の髪が張りつき汗ばんだ小さな顔が、ふんわりとした穏やかな笑みを浮かべている。その顔を見た瞬間、ラルジュの全身に鳥肌が立った。

——止めなければ。きっと、彼女はこれから言ってはならない事を言う。

「もう黙って大人しく感じてて下さい。でないと……！」

ファラウラの指が、ラルジュの唇をそっと押さえた。ゴクリ、と己の喉仏が上下する音が聞こえた気がした。

「私は、あなたに、壊されたいの……」

——愛に満ち溢れた新緑色の瞳に映し出されているのは、涎を垂らした飢餓の獣。

それを目にした次の瞬間、かろうじて抑えていた理性は跡形もなく吹き飛んだ。

優しく包み込んでいた腕で骨が軋むほど抱き締め、脆弱で敏感な内部を強く激しく無慈悲に穿ち、悲鳴をあげる小さな口を己の口で塞いだ。そうやってあらゆる逃げ場をすべて断ち、ただひたすらに、ラルジュ・セールヴォランという男の存在を刻み込んでいく。

「ファラウラ、ファラウラ……！　俺の魔女、愛してる……」

いっそみっともないほどに、腰がガクガクと震える。これまで感じた事のない、脳髄が焼き切れるような射精感。汗を飛び散らせ、低く唸りながら最奥に突き入れた後、搾り取るかのように蠢く内部に遠慮なく大量の精を吐き出した。

荒い息を整える為に性器を抜かず、温かな体内にしばらく留まっていた。やがて呼吸も落ち着き、名残惜しい気持ちを抑えながらずるりと性器を引き抜く。その後を追うかのように、白濁が割れ目からトロトロと溢れ出していった。

しばしその光景に見惚れた後、我に返ったラルジュは慌ててファラウラを抱き起こした。

◇

アシエに戻って来てからちょうど一週間後。

ラルジュとファラウラはピエスドールの訓練施設前に立っていた。

「快諾していただけて良かった……」

ホッと安堵の息を吐くファラウラの肩を抱きながら、ラルジュはどこか気まずげな顔をしていた。

「……僕のせいですよね。すみません」

――帰って早々、ラルジュに寝室へと連れ込まれ抱かれたあの日から、ファラウラは五日ほど外に出る事が出来なかった。

ラルジュは連日に渡って夜には必ずファラウラを組み敷く。

その抱き方はまるで飢えた獣に貪り食われるような激しさで、疲れ切ったファラウラは毎日夕方近くまで泥のように眠った。

夜になり、ラルジュの作った夕食を食べてようやく体力が回復しかけたところで、また体力を奪われる。

さすがにこれでは結婚式の準備が出来ない、と説得し、昨夜は久しぶりにただ抱き締められて眠った。

そして今朝方早く、後輩ダムアが結婚式を行った教会を訪ねた。だが、そこで受けたのは残念な知らせだった。

『申しわけございません、薔薇竜の魔女様。ちょうど二日前から五ヶ月間の外壁補修工事に入ったのですよ。もう少し早く、せめて後二日早く言って下されば、工事を先延ばしに出来たのですが……』

そこで司祭にピエスドールの教会はどうかと提案された。教会には基本的に電話を置いていない為、魔導二輪に乗って急いで向かった。

『ええ⁉　一年待ちですか⁉』

〝金貨の雨〟の影響で、ピエスドールで式を挙げたい、という恋人達が急増していたらしい。

エテやグリヴといった小さな町にも教会はあるが、この二か所には庭園がない。大きめの庭園がないとアシエ流の結婚式が挙げられない上に、家族と使い魔、そして機装騎士達が全員入れない。

『妹やお母様のご都合があるから、出来れば三ヶ月以内が理想なのだけど……』

『……一つ、提案なんですが』

ラルジュの案とは、以前泊まらせて貰った軍の訓練施設内にある講堂に司祭を呼び、そこで式を挙げてはどうか、というものだった。

『講堂は優秀な成績を収めた軍人に対して勲章を授与する場にもなりますから、内部にはそれなりの装飾が施されているんですよ』

ただ、ここで結婚式を挙げた事例はないらしい。半信半疑で頼みに来たのだが、驚くほどあっさりと講堂の使用を許可された。それどころか、軍本部から音楽隊も派遣してくれる話にまでなった。

予定している訓練の関係もあり、結婚式は二ヶ月後に決定した。

「……本当はちゃんとした教会が良かったですよね。……僕が迂闊でした」

「ううん、むしろここで良かったと思うわ。使い魔達も身体を小さくしなくて済むもの。それに、軍人さん達が演出は任せて下さいって、おっしゃって下さったでしょ？　今からとっても楽しみだわ」

ラルジュはそれでもどこか苦い顔をしている。

ファラウラは小さく笑い、ラルジュの右手をそっと握った。

「そんな顔しないで？　明日はウェディングドレスを見に行かなくちゃ。それから、宝石店にも。一日忙しいんだから、今夜も駄目よ？」

ラルジュは苦笑しながら肩を竦めた。

「わかってますって。僕をなんだと思ってるんですか」

「性欲魔神……？」

「違います」

ギロリと睨みつけてくるラルジュの視線を受け流しながら、ファラウラは袖口を軽く引っ張った。

「あのね、アシエの宮廷風ドレスにしようと思っているの。ドレスショップには、きっと色々な形のものがあるでしょう？」

ラルジュは訝《いぶか》しげな視線を寄越した。

「オーダーメイドじゃなくて良いんですか？　急がせれば、二ヶ月で仕上がると思いますよ？」

「良いの。アシエのドレスショップでお買い物なんて憧れだもの。そうね、ドレスはラルジュが選んでくれる？」

「僕が？　それは構わないですけど、そうしたら僕の好みになりますよ？　一生に一回の事ですし、自分の好きなドレスを選んだ方が良くないですか？」

心底不思議そうな顔をするラルジュに、ファラウラは悪戯っぽい笑みを向けた。

「あら。だって、垢《あか》抜けないドレスを着た女と一緒に歩くのは嫌でしょう？」

――まだ互いの思いが重なっていなかった頃のラルジュの言葉をなぞらえ、ファラウラはくすくすと笑う。

「……あれは、その、なんていうかあの頃は貴女に対して素直になれなかったというか、そういうアレなんで、ともかく違います。貴女はずっと、綺麗でしたよ」

「本当？　ふふ、嬉しい」

ファラウラは笑みを浮かべ、ラルジュの黒鋼の手に自らの指をしっかりと絡めた。

＊＊＊＊＊＊

晴れて迎えた結婚式の当日。

早朝、ファラウラはウェディングドレスを着た状態でラルジュと共に役所へ婚姻届けを提出に行った。

「まさか役所に行くのにドレスを着て行くなんて思わなかったわ……」

「まぁ、外国の人は驚くでしょうね。アシエの結婚式はここからもう始まっているんですよ。役所前で宣誓をする夫婦もいます」

朝の早い時間に、ウェディングドレス姿で役所に入るのは少々恥ずかしかった。

けれど役所内に入った途端、周囲から温かい拍手を送られようやく〝結婚〟というものを肌で感じた気がする。

「お手をどうぞ、セールヴォラン夫人」

おどけたように言うラルジュの手を取りながら、ファラウラは幸せな一日の始まりを予感していた。


無事に婚姻届を提出した後、ファラウラ・セールヴォランは母や妹と共にピエスドールの軍事訓練基地の一室にいた。普段は高官の執務室として使われているこの部屋は、毛足の長い絨毯が部屋一面に敷いてあり広々としている。

「お姉様、とってもお綺麗ですわ！　てっきりモジャウハラート流のドレスをお召しになると思っていましたけど、このアシエ宮廷風のドレス、本当に素敵！」

「ありがとう、スーラ」

妹は、満面の笑みを浮かべている。

「本当に美しいわ、ルゥルゥ。なんて誇らしいのでしょう……」

「お母様ありがとうございます」

母は涙ぐみ、そして誇らしげな顔をしてくれている。

——ファラウラの着ているウェディングドレスは、首元まで詰まっているが総レースで見た目は非常に軽やかなものだ。おまけに二の腕の一部だけ露出させた袖はふんわりと膨らみ、その分ウエスト部分がかなり細身になっている。そこから更に三重のレースが広がり、上品かつ豪奢な作りになっている。

これは、ラルジュが選んだドレスだった。

ドレス選びは冗談半分で口にした事だったが、ラルジュは本当に真剣な顔で取り組んでいた。アシエでは、結婚式当日までは新郎にドレスを見せないのが普通らしい。

そのせいか、ドレスショップの店員達も最初はどこか戸惑ったような顔をしていた。

だがドレスを何着もファラウラに試着させ、呆れるほど時間をかけて選んでいるラルジュの真剣さが伝わったらしい。気づくと、ファラウラそっちのけでラルジュと店員達の熱い意見交換が行われていた。

ファラウラが疲弊した表情を隠さなくなって来た頃、ようやくお眼鏡にかなうドレスが見つかった。

このドレスを試着した姿で現れ、ラルジュが頷いた時には店内から拍手が巻き起こったものだ。

「……宝物だわ、このドレス」

ふわりと微笑むファラウラの苺色の髪は、細かく編み込まれたいくつかの毛束をくるりとまとめ、まるで大輪の薔薇が咲いたような見た事もない髪型になっている。

これは髪結いを買って出てくれた若い女性士官が仕上げてくれた。仕上げの髪留めには、蒼玉と真珠がついている。真珠は、灯台でラルジュに贈られた真珠を使用した。

最初は指輪にするつもりだったのだが、結婚式が二ヶ月後の為、婚約指輪にはせず髪留めに加工して貰った。結婚指輪は、ピエスドールの金貨を溶かして指輪にしたものを用意している。

「この髪型、早くラルジュに見せたいな」

ラルジュは今、機装騎士達の控室にいる。控室の場所は、今いる部屋のちょうど真下。

ファラウラは床を見つめ、そしてほんの少し顔を曇らせた。

——式の日取りを告げる電話を実家にかけた時、父からラルジュの両親の事を聞いた。

ラルジュは両親と半ば絶縁状態にあるらしい。

ファラウラがアシエに戻って半月ほど経った頃、セールヴォラン家から実家に手紙が届いたという。

父は手紙の内容を教えてくれなかったが、ラルジュには伝えたと言っていた。

その後、どうなったのかはわからない。けれど、今日の結婚式にラルジュの両親が招待されていない事から手紙の内容は薄々察せられた。

「……私はラルジュを信じてる。だから彼の選択はきっと間違っていない」

ファラウラは胸に手を当て、一人小さく頷いた。

と、部屋の扉がノックされた。母カスタナが立ち上がり、扉に向かって歩いて行く。

「ルゥルゥ、準備は出来たか？」

入って来たのは、兄ライムーンだった。

「はい。お兄様、今までどちらにいらっしゃったのですか？　それと、お父様は……」

「父上はザラーム殿下のところだ。オレは贈り物の確認と受け取りに行っていた」

妹の婚約者、新しく王太子になったザラームは忙しい合間を縫って出席してくれた。

今は、応接室でモジャウハラートとアシエ、両国の軍人達に厳重に警護されている。

「贈り物って、薔薇の門の事ですか？」

「あぁ、それもあるが……」

受け取りに行ったという割には、兄はなにも持っていない。

「それも？」

首を傾げるファラウラと兄の間に、妹マイヤが身を滑らせ割り込んで来た。

「お兄様、そこまでになさって」

「ルゥルゥ、旦那様はセールヴォラン様を本当に気に入ってらっしゃるの。贈り物、楽しみにしていらっしゃいな」

アシエの最新流行のドレスをまとった母と妹は、顔を見合わせ楽しそうに笑っている。

よくわからないが、なにか驚くようなものを贈ってくれるらしい。

「そうそう、セールヴォラン様が魔導協会へお出しになった意見書の、名前の封印の方も二年以内には廃止される事が決まったのですって」

「本当ですか⁉」

ファラウラは驚く。

「ええ、家族限定のようだけど。改めて考えてみればおかしな話よね、一生懸命考えた子供の名前を途中から呼べなくなるのですもの。魔法使いも伝統に縛られるだけではなく、未来を見据えていく時が来たのかもしれないわ。ルゥルゥ、貴女の旦那様は魔導協会の中でちょっとした有名人よ」

そう微笑む母を前に、ファラウラはそっと胸に手を当てた。ラルジュは、本当に色々なものを与えてくれた。こうやって家族と笑い合えるようになったのも、心を支え、愛と勇気を与えてくれたラルジュのおかげだ。彼本人は、家族とは決別の道を選んだ。

だが今は、自分が側にいる。

生涯、彼を愛し守っていくのだと、ファラウラは自らの心に固く誓っていた。

◇

父と腕を組み、講堂に入っていくと同時に、荘厳な音楽が流れ始めた。アシエの軍本部から派遣された音楽隊の奏でる曲は、滑らかに耳を通り抜けていく。

「ラルジュ」

ファラウラは父の手を離れ、夫となったラルジュの元へと向かった。ラルジュは普段通りの軍服ではなく、式典服を着ている。

武骨な軍服とは異なる洗練された凛々しさが引き立っている上に、普段は下ろしたままの髪を後ろに流し青の義眼もクワガタの刺青もはっきりと見える。いつもと異なる雰囲気に、ファラウラは思わず見惚れてしまった。

「ほら、ぼんやりしてないで早く僕の隣に来て下さい」

「ごめんなさい。だって、とっても素敵なんだもの」

「後で好きなだけ見れば良いでしょ。その髪、薔薇の花びらみたいになっているんですね。崩すのがもったいないない」

ベール越しに黒鋼の指で頬をくすぐられ、ファラウラは頬を染める。

「……おいで」

手を握り腰を抱き寄せられ、ファラウラは夫の胸に寄り添った。

そして、二人で司祭の待つ正面に向き直る。朗々と語られる司祭の宣誓。その一字一句を胸に刻み込んでいる内に、両の目から涙が溢れて来た。

しゃくりあげながら、なんとか指輪の交換を終え誓いの言葉を口にした。この次は、互いの愛を表す口づけをしなくてはならない。

「……ちょっと泣きすぎじゃないですか？　顔が大変な事になってますけど」

ベールを持ち上げたラルジュは、少々呆れたような顔になっている。

「だって、幸せだなって思ったら、涙が止まらなくなったんだもの」

「そうですね。鼻水まみれで泣いていても、可愛く思える奥さんで本当に良かった」

「な、なに、それ……」

泣きながらむくれるファラウラの顎が持ち上げられ、唇がそっと重ねられた。『金貨の雨』の時と同じように、軽く触れただけの唇はすぐに離れていく。人前だと言う事はわかっているけれど、深い口づけに慣らされた身体はどこか物足りなさを訴えて来る。

「……こら、そんな顔しない。貴女が望むからクソ長いアシエ流の結婚式にしたんですよ？　団長夫妻のように簡略化すれば、半分以下の時間で済んだのに」

――アシエの一般的な結婚式は、式の後は場所を変えて食事をしたりお喋りをしたりダンスを踊ったり、と、主役夫婦と招待客が夜通し楽しむと聞いた。十五時間以上かかる事も珍しくないらしい。

「ま、休み時間はなんとかして作りますよ。どうせ機装《うち》の連中が騒ぎまくるし、不在を誤魔化すのはそう難しくない」

ラルジュは意味ありげに笑いながら、ファラウラに向かって手を差し出す。ファラウラは涙を指で払いながら、差し出された手に自らの手をそっと重ねた。


「ルゥルゥ先輩、おめでとうございます！」

ラルジュと腕を組み、中庭に向かって歩く途中。大きな声で祝いの言葉を贈ってくれたのはダムアだった。夫のノワゼットに肩を抱かれ、大粒の涙《ダムア》を流す可愛い後輩。その肩に乗った銀の仔猫が、主の涙をハンカチで一生懸命に拭いている。

「魔女様、すごく綺麗！」

恋人のリュシオル・アベイユと共に出席してくれたプリム。二人の輝く笑顔を見ていると、こちらも自然と笑顔になる。

「副団長に魔女様！　おめでとうございます！」

「魔女様！　大切に育てて来たウチの副団長を、どうかよろしくお願いします！」

「副団長はちょっとわがままで子供っぽいですけど、魔女様の事が大好きなだけなんで許してやってください！」

機装騎士達の独特な祝いの数々に、ファラウラは思わず吹き出してしまった。傍らのラルジュは、無言のまま憮然とした表情を浮かべている。

シャワーのように花びらや色つきの米などが降り注ぐ中、ラルジュとファラウラは深紅の薔薇が惜しげもなく使われた巨大な薔薇の門を潜る。

そして門を通り抜けた先には、笑顔の家族が待っていた。妹マイヤの横には、王太子ザラームが立っている。

「おめでとう、真珠の義姉上。そして、黒鋼の騎士ラルジュ・セールヴォラン殿」

ファラウラはラルジュと共に、礼を返す。

「ありがとうございます、王太子殿下」

顔を上げたファラウラは、ふと首を傾げた。使い魔達も全員揃っているのに、父だけがいない。

「お父様は……？」

「こっちだ」

父の声に振り返ったファラウラは、そこで初めて『贈り物』が何なのかを理解した。

——そこには、鞍《くら》と手綱《たづな》、そして鐙《あぶみ》をきっちりと装備した、一頭の天馬が佇んでいた。

毛並みもたてがみも翼も、すべてが白銀に輝いている。

「こ、これは……」

ラルジュの声が、震えている。そんなラルジュの元に父が静かに歩み寄り、肩にそっと手を置いた。

「……キミの事を調べた時に、壮絶な過去を知った。私は娘を愛し、大切にしてくれるキミになにか出来る事はないかと考えた。そこで天馬を贈る事に決めたんだ。キミは魔女の夫だから、義肢装具を身に着けていても天馬に乗る事が出来る」

ファラウラはラルジュの顔を見上げた。うつむき、痛みを堪えるように歪められた顔には、色濃い悲しみの表情が浮かんでいる。

「……薔薇竜のご当主。お気遣いありがとうございます。ですが僕は、彼以外に——」

「天馬《かれ》は、キミの天馬の兄弟馬だよ。天馬の入手経路を聖騎士団に問い合わせて、血統もきちんと確認したから間違いない」

虚を突かれたように顔を上げたラルジュの元へ、ゆっくりと天馬が近づいて来る。

気づくと、周囲は静まり返っていた。

天馬は茫然と立ち尽くすラルジュの右腕に、鼻先を擦りつけている。その姿は、己の兄弟が今も共に戦っている事を知っているかのようだった。

「ごめん、俺が、俺さえ、もっとしっかりしていたら……！」

右手を握り締め、震えるラルジュの肩を天馬が鼻面でそっと押す。戸惑うラルジュを急かすかのように、二度、三度、とグイグイと押している。

「……ラルジュ。彼は、貴方に乗って欲しいのではないかしら」

ファラウラの言葉に反応するかのように、天馬が縦に首を振った。

「俺に……？」

「ええ、貴方に」

ラルジュは大きく、深呼吸をした。そして、天馬の鼻先を右手で優しく撫で始める。

「……俺の妻も一緒で良いか？」

天馬は再び、頷くように首を振っている。

「あ、ラルジュ、私は――」

言いかけたファラウラの目の前で、ラルジュがひらりと天馬に跨った。

「〝お邪魔なのでは〟とか言うつもりなら黙っていて下さい。せっかくだから、空からブーケでも投げてやったらどうですか？」

ラルジュの言葉に、警備の女性軍人達が色めき立っていた。なぜか全員、武器を確認し始めている。

「アシエの女性兵士は他国よりも身体能力が高いんで、面白い事になると思いますよ？」

すっかり元の調子を取り戻した夫の様子に、ファラウラはホッと胸を撫で下ろす。

「……行こう、ファラウラ」

「ええ、ラルジュ」

馬上から伸ばされた手に抱き上げられながら、ファラウラは愛する夫の首にしっかりと両腕を回した。


心地よい風の中、白銀の天馬が空を駆ける。

その背に乗る夫婦は、互いの唇を啄《ついば》みながら、じゃれ合っていた。

「そろそろ地上《した》に降りようか？」

「ううん、まだ空《うえ》が良い」

妻の言葉に頷きながら、夫はどこまでも続く蒼穹を見つめた。またこうして、この空を目にする事が出来るとは思ってもいなかった。

これまで、自分は色々なものを失った。取り戻せたものもあれば、失ったままのものもある。けれどかけがえのない仲間と、誰よりも愛する魔女を手に入れた。

それだけで、生まれて来て良かったと心から思える。

聖騎士に戻るつもりはさらさらないが、機装騎士でありながら天馬を駆る事の出来る自分にしか出来ない事が、きっとあるに違いない。

「ねぇラルジュ。聞いてくれる？」

「ん？　なんですか？」

腕の中の妻は、柔らかな笑みを浮かべている。夫は頬を緩ませた。彼女は今から、何よりも嬉しい言葉をくれるのだろう。

「何度生まれ変わっても、私は貴方と共に在りたい。私のすべては、貴方だけのもの」

妻の言葉に、全身が満たされていくのがわかった。

「ファラウラ。俺も聞いて欲しい事がある」

「うん、なぁに？」

妻は嬉しそうに頷く。

「どこの誰に生まれ変わっても、俺は必ず貴女を見つけ出してみせる。俺が生きられる場所は、貴女の隣だけだから」

夫婦は無言で見つめ合い、金の指輪がはまった手を、それぞれの手に絡ませた。やがて、どちらからともなく目を閉じ互いに顔を寄せていく。

——天馬の嘶《いなな》きが虚空に響き渡る中、二つの影はいつまでも一つに溶け合っていた。

番外編　砂糖菓子の弾丸

籠の中に、整然と並べられたサンドイッチと切った果物。

それらを見つめながら、ファラウラは満足そうに頷いた。

「職場に持って行くお弁当よりもかなり上手に出来たわ。これなら、ラルジュも褒めてくれるのではないかしら」

ファラウラは今、週に三日ほど役所で働いている。たまたま町に買い物に出かけた時に、ウェディングドレスを着て婚姻届けを出した思い出の役所が非常勤の職員を募集している張り紙を見た。

そしてその場で即座に応募し、見事に窓口業務の仕事を勝ち取った。

もちろん、事後報告だったためラルジュには渋い顔をされた。けれど、ファラウラ的には自宅でただ夫の帰りを待つだけの妻にはなりたくなかった。

アシエでは魔法使いとしての仕事はあまりないし、一般の仕事が見つかっただけでもありがたいと思わなければならない。

対人業務、という未知の仕事ではあったが今のところ困ったことはない。むしろ〝魔女が働いている〟ということで、窓口でのトラブルが格段に減った、と感謝されている。

そして今日は、多忙なラルジュが休みを取ってくれて久しぶりに二人で出かける予定になっている。『壁の砦』の麓に広がる草原に、ピクニックへ行くのだ。

昨夜、帰宅したラルジュにその話を聞かされた時から、昼食は自分が作って持って行こう、と心に決めていた。ただ、それを口にすると大反対されるのは目に見えている。

「ラルジュったら、本当に過保護なんだから」

料理を学んだら、と言うから、結婚してすぐファラウラは素直に料理教室に通った。

それがある日の教室でカボチャ料理を作っていた際に、うっかり包丁で左手をざっくりと切ってしまった。そこでひどい出血に仰天した料理講師は、夫であるラルジュに連絡を入れていた。

それを知らないファラウラは治癒魔法でひとまず止血をし、次こそは必ず綺麗に切ってみせる、と意気込み再び包丁を握った。手を切ったことなどどうでもよく、カボチャを上手く切れなかったことの方がストレスだった。

それなのに血相を変えて迎えにきたラルジュは、その場で勝手に料理教室の退会手続きをとり、ファラウラに二度と包丁を握らせてくれなくなった。

だからファラウラは、内緒で行動を起こすことにしたのだ。

「……夜、頑張ったかいがあったわ」

現在時刻は朝の六時。ラルジュはまだベッドですやすやと眠っている。

夫婦になってから約半年。ファラウラはラルジュの扱い方をかなり学んでいた。

騎士であるラルジュの体力は、当然ファラウラの何倍もある。

だからいつも、抱かれている最中からファラウラの体力はすり減り終わったあとは疲労困憊の状態になる。けれど、全力で甘え耳を塞ぎたくなるような恥ずかしい言葉を頑張って口にすると、行為が終わったあとのラルジュが深く眠ってくれることがわかった。

単に羞恥に苛まれているファラウラが眠れないだけなのかもしれないが、昨夜はラルジュを〝寝かしつけ〟たくて、記憶を抹消したくなるほどの媚態で迫り、その結果お弁当を作る時間を確保した。

「準備は終わったから、あとは……指をどうにかしないと」

――ファラウラの大好きなバターたっぷりのアシエのパンに、ゆで卵とハム、野菜を挟んだサンドイッチはなんとか問題なく作れたが、林檎の皮むきをした時に指先を少しだけ切ってしまった。

素早く治癒魔法を展開し、ひとまず傷は塞がったが傷痕が消えたわけではない。目ざといラルジュに見つかる前に、傷を隠さなくてはならないのだ。

「もう、根元の部分だったら指輪で隠せたのに。指先を隠すものなんてないじゃない」

「……レースの手袋でもしますか？　この前、僕がプレゼントしたのがあるでしょ」

「あ、いい考え！　そうね、あれな、ら……」

背後から、聞こえてはならない声が聞こえた。こういう場面は、前にも一度あった気がする。ファラウラは冷や汗をダラダラと流しながら、後ろを振り返ることもできず意味もなく指先を握って隠す。

「あ、あの、もう塞がっているから、そんなに心配をしなくても大丈夫よ」

「……ファラウラ」

「指、見せて」

低く抑えた声。これはまずい。完全に怒っている。

ファラウラは観念し、振り返ると夫がよく見えるように傷ついた指を持ち上げた。

「……包丁は握らなくていいと、言いませんでした？」

「それは、言っていたけど、でも」

ラルジュは上半身裸のまま、不機嫌そうに眉をしかめている。

「あのですね、僕は貴女のやりたいことをなにもかも邪魔するつもりはないんですよ。なんの相談もなく勝手に仕事を決めてきた時も僕は文句を言いませんでしたよね？　包丁の使い方は僕が一から教えてあげます。貴女の通っていた料理教室は、包丁が使える前提で料理を習うところだったので」

「あ、そ、そういうこと……」

それならそうと、言ってくれればいいのに。そう思いながら、ファラウラは籠を持ち上げてみせた。

「ねぇ、これを見て。サンドイッチはすごく綺麗に出来ていると思わない？　野菜は手で千切っただけだし、ハムはちょっと厚さが違うけどゆで卵は上手になったと思うの」

ラルジュはファラウラを背後から抱き込みながら、籠の中を覗いた。

「本当ですね。今までで一番じゃないですか？」

心底驚いたような声に、ファラウラはふふん、と肩をそびやかす。

「でしょう？　これからもっと、お料理上手になってみせるから」

「はいはい。期待していますよ」

気のない素振りで言いながらも、抱き締める腕はどこまでも甘くて優しい。

「……でも、二度と隠し事はしないように」

首筋に押し当てられた唇から放たれる、地を這うような低い声。

「わ、わかっているわ、ごめんなさい……」

ファラウラはぶるりと体を震わせながら、このあと夫の機嫌をどう取ろうかと必死になって考えていた。


「え、ホウキに乗っては駄目なの!?」

準備を整え出発しようとしたその時、ラルジュはファラウラの手から羽根ボウキを取り上げ澄ました顔でホウキ置き場に戻した。

「今日はガナフに乗って出かけます。言いませんでした？」

「き、聞いていないけど……」

――ガナフ。モジャウハラート語で『翼』を意味するそれは、ファラウラの父から贈られた天馬の名前だ。ラルジュに名づけを頼まれたファラウラが、武器核に眠るかつての愛馬『翼《エル》』を、モジャウハラートの言葉でつけた。

「言いましたよ、昨日の夜。まぁ、貴女は僕のもので遊ぶのに夢中だったから聞いていなかったんでしょうね」

ラルジュは肩を竦めている。ファラウラは顔を真っ赤に染め、黙ってそっぽを向いた。今ここで言い返したら、もっと揶揄われてしまう。

「あぁ、ほら、貴女がホウキに乗りたがるからガナフが傷ついていますよ」

慌てて横を見ると、白銀の翼をだらんと垂れさせ耳を左右に忙しなく動かす天馬が所在投げに立っている。

「やだ、違うのよ、ガナフ。そうではなくて、私はあなたと並んで飛びたくて……！」

「少し太ったことなら気にしなくていい、と言っています」

「言ってないわよ、そんなこと、多分！」

確かに、ラルジュが栄養たっぷりの食事を作ってくれるおかげで体型が少しふっくらしてきたような気がしなくもない。が、それを認めるわけには断じていかない。

「わ、わかったわ。ホウキは置いていく」

ファラウラは天馬に近づき、片手を伸ばして頬を撫でた。天馬は気持ちよさそうに目を細め、ブルルと鼻を鳴らしている。

「ほら、もう行きますよ」

サンドイッチの入った籠と紅茶の入った水筒を天馬の脇腹にくくりつけ、ラルジュは
ファラウラを抱き上げ天馬に乗せた。そして自身も愛馬の背に跨り、両手で手綱を握る。

ファラウラは言われる前に、と夫の体にしっかりとしがみついた。

「ガナフ」

ラルジュに名前を呼ばれると同時に、天馬は白銀の翼を大きく広げた。翼の周囲には、
まるで星くずのような魔力の煌《きら》めきが見える。

そして翼をはためかせ、一気に空中へ舞い上がった。

天馬が翼を動かす度に、自宅が小さくなっていく。ファラウラは朝日を浴びながら、爽
やかな風を胸いっぱいに吸い込んだ。

「あ、見て、ガナフ。向こうにお友達がいるわ」

朝の偵察任務だろうか。遠くに天馬を駆る聖騎士の姿が見えた。

ラルジュは今、天馬に騎乗できる機装騎士として聖騎士と機装騎士を混在させた合同部
隊の指揮官を務めている。普段は機装騎士として仕事をしているが、双方の力が必要な場
合はラルジュが上に立ち色々な能力を鑑みて編成した部隊を率《ヤツ》いて任務に向かう。

「彼は友達じゃないそうですよ。どっちかというと、嫌いな天馬だそうです」

「あら、そうなの。お友達じゃなかったのね」

――ラルジュはファラウラですらわからない、天馬の言葉がわかるらしい。聖騎士は基本的に自分の馬とはそれなりに意思疎通ができるらしいが、ファラウラと体を繋げたからか、ラルジュはかなり明確に気持ちを理解しているようだった。

「エルは他の天馬とそつなく交流していましたけどね。兄弟でもずいぶん違うものだな、と思いますよ」

「好き嫌いは誰にだってあるわ。ガナフははっきりした性格なのね」

ファラウラは鬣《たてがみ》を指で梳《す》きながら、柔らかな笑みを天馬に向ける。

「……っていうか、〝お友達〟ってなんなんですか。公園に集う犬の飼い主がよく言うやつですよね、それ」

ラルジュは鼻で笑っている。ファラウラはむぅ、と頬を膨らませた。


空を駆けること三十分。

目的地である草原に到着した。草原にはそこかしこに大きな岩が突き出している。ラルジュはその中でもひときわ大きな岩の影に着陸をした。

「ここならガナフがうろうろしていても、人目にはつかないですからね」

一般の人間が天馬を間近で目にする機会はあまりない。以前、今日のようにガナフを連れて湖へ出かけた時には、魔女と天馬、という組み合わせに周囲の人々が寄って来るわ好奇の視線を浴びせて来るわで大変だったのだ。

「ラルジュ、まだお昼まで時間があるわ。荷物はガナフが見張ってくれるし、せっかくだから少しお散歩しない？」

「いいですけど、ここは高いところから見た方が綺麗ですよ？　空《うえ》に上がります？」

ファラウラはううん、と首を振る。

「ここのところ、ラルジュずっと忙しかったでしょう？　あまりお話できていないし、今日はいい機会じゃない」

「……そこだけ聞くと、僕が新婚の奥さんを放っておくひどい旦那みたいなんですけど。僕は貴女と話をしたいといつも思っていますよ？　でもすぐ先に寝ちゃうじゃないですか」

ラルジュは憮然とした顔をしている。

「だ、だってそれは、ラルジュが……」

――ラルジュは帰宅するとすぐ、夕食の支度に取り掛かる。

食事の後はお茶を飲んだりするのだが、天と地の騎士を掛け持ちしているラルジュは自宅に持ち帰る書類仕事が増えた。

だからファラウラは邪魔をしないよう、庭でガナフにブラシをかけたりしている。

それからラルジュの仕事が終わったら二人で湯を浴びて、すぐにベッドへ連れて行かれる。甘く優しいが執拗なラルジュとの行為は、なかなか一回では終わらない。

すると疲れ切ってしまい、話をするどころではなくなってしまうのだ。

「終わったあとに話をすればいいでしょ？　僕はそのつもりなのに」

「もう、それは無理なの！　私だって頑張っているけど、体力なんてそう簡単につくものではないのよ。じゃあ、今日から一週間はなにもしないでその日あったことをお互いにお話するのはどう？」

「それは無理ですね。話をするのが嫌なんじゃなくて、貴女になにもしないのが無理だ」

ファラウラは呆れた。自分の夫は、なんてわがままで子供じみたことを言うのだろう。

仕方がない。ここは〝あの手〟を使うしかない。

「ラルジュ。お兄さまに、来月の貴方のお休みがいつなのか、教えてもいいのよ……？」

そう言うと、ラルジュは肩を震わせた。

「そ、それは、卑怯じゃないですか？」

「お兄さま、喜ぶと思うわ。ラルジュのこと、〝魂の親友〟って言っていたもの」

「あー、相変わらず重いなー……」

額を押さえるラルジュを見つめながら、ファラウラは笑いをかみ殺していた。

――兄ライムーンは三か月前、『薔薇竜』マルバ家と双璧をなす『剣獅子』ビスクート家の長女マリカ・ビスクートと婚約をした。廃太子になったナビールとの婚約がなくなり、王家から支払われた慰謝料を手に港町で白翡翠を買いに来たマリカと、ファラウラの代わりに灯台守をしている兄が偶然出会い一気に話が進んだという。

婚約披露には二人で出席した。その時にラルジュとゆっくり話をした兄は、ラルジュを相当気に入ったらしい。時間の融通が利く仕事をしているのをいいことに、先日はアシエにいきなり現れ二人の家に泊まり、ラルジュを独り占めしては延々と喋っていた。

「嫌いじゃないんですよ？　どっちかと言えば好きです。でも僕はもっと気楽な話がしたいのに、あの人すぐ政治の話とか始めるから……」

「ごめんなさい、お兄さまは真面目な人なの」

「ともかく、剣獅子のご令嬢に仲を疑われるような電話とか二度と貰いたくないですから、ちょっとそれは勘弁してください」

心底弱り切ったラルジュを見て、ファラウラは堪えきれずに声をあげて笑った。

「ま、僕ももう二度と作るつもりがなかった友達ってやつが出来たのは良かったですけどね。義兄上は本当に裏表がないから、裏切られる心配は一切ないですし」

肩を竦めるラルジュの黒と青の目に、一抹の寂しさが過る。

――ラルジュを裏切った〝元親友〟フォリー・ヴィペール。

彼は重罪人のみを閉じ込めた塔型の刑務所に収監されている。生涯そこから出ることは叶わないが、いまだに反省の言葉一つ口にしていないらしい。

「行きましょう、ラルジュ」

ファラウラはそっと、夫の腕に自らの腕を絡めた。

散歩から戻ったあとは、二人で昼食を取った。

「そういえば、アレニエさんの体調はどう？」

「元気ですよ。悪阻《つわり》もないみたいで、遠慮なくそこらを走り回るんで困ります。僕らが気を使うんですよね」

「ふふ、アレニエさんらしい」

「あの団長夫人ですら、死にそうな顔をしていたっていうのに」

——後輩ダムアは無事に出産をし、可愛らしい女の子の母親になっている。

二人で色々な話をしたり、岩陰にいるのをいいことにじゃれ合ったりしている内に、あっという間に草原が橙色に染まり始めた。

「そろそろ、帰りますよ」

「うん、わかった」

ガナフものんびりと過ごせたらしい。機嫌良さそうに翼を動かしながら、主の騎乗を大人しく待っている。

「ラルジュ、今日はありがとう。たくさんお話出来て、嬉しかったわ」

「それは良かった。……その、僕も夜の事は少し考えます。ちゃんと話も聞くので、隠し事をしたり相談なく色々と決めたりするのは止めてください」

ファラウラはこくりと頷く。

「ガナフ、行くぞ」

天馬が鼻を鳴らし、翼がはためく音とともに浮遊感が訪れる。ファラウラはラルジュの腕の中にすっぽりと納まり、遠ざかる地上を見つめた。

「ねぇ、ラルジュ」

「ん？　なに？」

ファラウラは笑みを浮かべながら、夫の胸に頬を寄せる。ラルジュの言葉使いは結婚前と変わらない。体を重ねている時はそれなりに崩れた言葉使いになるが、基本的にはいつも敬語で話してくる。

それはもう彼の考えだと理解しているが、時折ふと気を抜いたように話してくれる瞬間が嬉しくてたまらない。けれど、それを言うと気を抜いてくれなくなりそうで、いつも気づかないふりをしている。

「私に直して欲しいところがあったら言ってくれない？」

「どうしたんですか？　突然」

訝《いぶか》しげなラルジュの声。

「私、甘え過ぎだなぁって思ったの。話したいって言いながら、ラルジュに話をしようとしなかったのは私なのよね、って」

「……なるほど」

ラルジュは思案顔になっている。

ファラウラは大人しく待った。やがて、ラルジュが軽く息を吸う気配がした。

「そうだな、まずは体力がなさすぎるところですかね」

ファラウラは頷く。これは言われるだろうと思っていた。

「あとは俺が帰って来た時に嬉しそうな顔で駆け寄って来るところ。食事の支度があるのに貴女に構いたくなるので困るんですよ。それと、胸が大きいのに腰が細すぎるところと、セックスの時に感じすぎるところ、貴女からヤラしい言葉を聞くと夢に出て来るせいでつい寝すぎてしまうところ、それから――」

「ちょ、ちょっと待って！」

――おかしい。話が微妙にずれ始めている。

「まだあるので聞いてください。役所をこっそり覗きにいったら窓口で可愛く笑っているところ、そのせいで若い男の客が貴女の窓口にばかり並ぶところ、制服のスカート丈が長すぎもせず短すぎもしない絶妙な長さで貴女の綺麗な足がより引き立っているところ、牽制のために見えるところにキスマークをつけたくても、役所には子供も来るから断念せざるを得ないところ。……時間はまだあります？　あと二時間くらいは語れますけど？」

「も、もう止めて！」

ファラウラは湯気の出そうな頬を押さえた。ここは空の上で誰も聞いていないとはいえ、あまりにも恥ずかしすぎる。そもそも、こんなつもりではなかった。

「遠慮しなくてもいいのに」

ラルジュは喉奥で笑っている。それなら、とファラウラも反撃をした。

「ラルジュは、格好良すぎるところを直して欲しいわ。寝起きの掠れた声を聞くとドキドキするところも困るし、お風呂の時にお湯が流れて嫌そうな顔をしているところもお臍のピアスを揺らすとくすぐったがるところも、全部可愛くて困っちゃう」

　ファラウラはどう？　と夫を見上げる。

「……まったく、貴女という人は」

　――ラルジュは夕日に負けないくらい、顔を真っ赤にしていた。

「あと五時間くらい語れるけど？」

「……結構です」

「あら、遠慮しなくてもいいのに」

　ファラウラは不貞腐れた顔をする夫の胸に顔を埋めながら、くすくすと笑う。

　砂糖菓子のように甘い言葉をぶつけるだけで、仕返しになるならこんなに良いことはない。

　それなら家に着くまで延々と伝え続けてやろう。ファラウラはそう考えていた。

あとがき

「真珠の魔女が恋をしたのは翼を失くした異国の騎士・完結編」を手に取っていただきありがとうございます。

上巻「邂逅編」で明かされなかった部分が明かされる今作は、主人公二人の関係性が大きく変わっています。

最後の最後で心が通じ合った前巻とは異なり、すでに互いを深く愛している状態でお話が進んでいくわけですが〝恋人同士〟になったからこそ起こる、思いのぶつかり合いやお互いに対する不安などが起こってしまいます。

ツンデレひねくれ騎士ラルジュは膨む思いを持て余すようになり、ファラウラは信じて貰えないことに拗ねてしまう。

今作は新しい機装騎士も登場し、戦闘場面も前作よりは多めかな、といった感じですがそれでも甘い雰囲気に満ちた内容になっているかなと思います。

そして表紙でお気づきだと思いますが、今作はイラストが変わっています。

主役二人が心を通い合わせるまでを書いた前作はクールな雰囲気のイラストで今作は甘

い柔らかい雰囲気、と思いながら読んでいただけると違和感なく世界に馴染んでいただけるのではないかな、と。

そして実は挿絵に、前作も登場した読者様人気の高かったあのキャラが、今回はかなり大きめに登場します。とっても可愛いです。

最後に、再びご一緒させてくださりお世話になりました担当様、校正様にデザイナー様、可愛くて美しくて胸がドキドキするイラストを描いて下さった、さばるどろ先生。

いつも応援してくださっている読者様。

皆様に心よりの感謝とお礼を申し上げます。本当にありがとうございます。

また皆様にお目にかかれるよう頑張っていくので、今後ともどうぞよろしくお願いいたします。

杜来リノ

★著者・イラストレーターへのファンレターやプレゼントにつきまして★
著者・イラストレーターへのファンレターやプレゼントは、下記の住所にお送りください。いただいたお手紙やプレゼントは、できるだけ早く著作者にお送りしておりますが、状況によって時間が掛かる場合があります。生ものや賞味期限の短い食べ物をご送付いただきますとお届けできない場合がございますので、何卒ご理解ください。
送り先
〒160-0022　東京都新宿区新宿 1-36-2
（株）パブリッシングリンク
ムーンドロップス 編集部
○○（著者・イラストレーターのお名前）様

真珠の魔女が恋をしたのは
翼を失くした異国の騎士　完結編

２０２３年１０月１７日　初版第一刷発行

著……杜来リノ
画……さばるどろ
編集……株式会社パブリッシングリンク
ブックデザイン……しおざわりな
（ムシカゴグラフィクス）
本文ＤＴＰ……ＩＤＲ

発行人……後藤明信
発行……株式会社竹書房
〒102-0075　東京都千代田区三番町８－１
三番町東急ビル６Ｆ
email：info@takeshobo.co.jp
http://www.takeshobo.co.jp
印刷・製本……中央精版印刷株式会社